KB234540

©Asdrubal VICKI

괜찮아, 여긴 쿠바야

우리와는 다른 오늘을 사는 곳

일러두기●●●

이 책에서는 사람과 지역 이름을 쿠바 사람들이 실제로 소리 내는 것과 가깝게
표기하였습니다. (예 : 오비스뽀obispo 골목)

다만 널리 알려진 이름의 경우, 혼동을 피하기 위해 기존에 통용되는 대로 표기
하였습니다. (예 : 산타클라라, 카스트로)

우리와는 다른 오늘을 사는 곳

괜찮아, 여긴 쿠바야

초판 1쇄 찍음 2011년 7월 15일
초판 1쇄 펴냄 2011년 7월 20일

지은이 한수진·최재훈
펴낸이 김선영
펴낸곳 책으로여는세상

출판등록 제396-2008-000066
주소 (우)410-709 경기도 고양시 일산동구 마두1동 백마마을 302동 501호
전화 031-818-9917 | **팩스** 0505-917-9917 | **E-mail** chaekyeose@daum.net

ISBN 978-89-93834-07-9(03810)

책으로여는세상

좋·은·책·이·좋·은·세·상·을·열·어·갑·니·다

*잘못된 책은 사신 곳에서 바꿀 수 있습니다.
*이 책에 실린 모든 글과 사진은 〈책으로여는세상〉의 서면 동의 없이는 사용할 수 없습니다.

이 도서의 국립중앙도서관 출판시도서목록(CIP)은 e-CIP 홈페이지(http://nl.go.kr/cip.php)에서
이용하실 수 있습니다.(CIP2011002847)

괜찮아, 여긴 쿠바야

한수진 · 최재훈 지음

책으로여는세상

여기 섬 하나가 있다.
타이노 선주민들이 비옥한 땅이 넘쳐나는 곳이라는 뜻으로 쿠바오(Cubao)라 불러서
오늘날 쿠바라 불리게 됐다는 카리브 해에서 제일 커다란 섬.
대서양과 대륙에서 탐욕이라는 돛을 단 배들이 성난 파도처럼 휘몰아쳐올 때마다
섬은 심하게 상처받고 불안에 잠겼다.
그렇다고 애처로운 눈길로 바라보지는 말길.
어제도, 오늘도, 그리고 내일도
'그래, 우린 쿠바 사람이야!' 라며 호탕한 웃음으로 오늘을 받아넘기는 그들이니까.

오대호
미국
북대서양
멕시코 만
멕시코
쿠바
도미니카공화국
자메이카
아이티
푸에르토리코
벨리즈
과테말라
온두라스
카리브 해
엘살바도르
니카라과
파나마
코스타리카
베네수엘라
콜롬비아
에콰도르
브라질
페루

처음부터
쿠바였던 건
아니었다

　　술잔을 마주할 때, 영화를 보고 난 후에, 때로는 길을 걷다가도 우리가 나누는 대화는 종종 지도 위를 자유로이 날아다니곤 했다. 그때마다 입에 오르내린 곳들을 색연필로 칠하자면 그 넓은 세계지도가 온통 알록달록해질 정도였고, 쿠바는 오른쪽 귀퉁이에 칠해진 작은 조각일 뿐이었다.

　　그러던 어느 날, 먼저 쿠바앓이를 시작한 건 바다 저 건너에 머물고 있던 까밀로였다. 매년 여름 털털거리는 고물 버스에 의약품과 학용품, 컴퓨터, 자전거 따위를 싣고 쿠바로 연대의 여행을 떠나는 친구들을 배웅하고 돌아온 뒤부터였다. 지레 들떠서 친구들의 여행담을 마치 자기가 겪은 듯 풀어놓는 시간이 점점 늘어가더니, 쿠바와 관련된 모임에도 나가기 시작했다. 그리고 쿠바앓이 바이러스는 전화선을 타고 이내 바다 너머로 전염되었다. 모니터 앞에서 비행기 표를 검색하는 걸로 하루 일과를 시작하는 지경에 이른 거다.

　　그렇게 우리는 쿠바로 떠났다. 한 번의 만남으로는 너무나 아쉬워 2년 후 또다시 두 눈을 질끈 감고 쿠바행 비행기 표를 질렀다. 가까운 곳으로 주말여행을 한 번 가려 해도 몇 번의 망설임과 결심을 거쳐야 하는 평소 우리의 우유부단함이나 게으름과는 완전히 다른 모습이었다. 쿠바의 어떤 매력이 그토록 우리를 끌어당긴 것일까. 이 책을 쓰는 동안 이 질문을 떠올리고 답하기를 몇 번이나 되풀이했는지 모른다.

　　어디든 마찬가지겠지만, 쿠바는 딱 잘라서 좋았다 혹은 나빴다 이렇게 한마디로는 도저히 설명이 안 되는 나라였다. 우리가 한 번도 경험해보지 못한 평등과 정의의 파라다이스도 아니었고, 그렇다고 가난에 찌든 사람들이 절망에 지친 얼굴로 정처 없이 거리를 헤매는 실패한 국가의 전형도 아니었다. 또 쿠바 사람들이라고 해서 이른 아침부터 늦은 밤까지 살사만 추고 사는 것도 아니고, 반대로 혁명, 혁명만 외치는 전사들의 나라는 더더욱 아니었다. 아침에 일어나면 사람들은 일터로 향하고, 아이들은 학교에서 재잘대고, 거리의 상인들은 한 푼이라도 더 벌려고 악다구니 하고, 그러다가 내키면 듬뿍 덤을 얹어주기도 하고, 저녁엔 뭐 먹을까 고민하고, 다들 그렇게 그냥저냥 살고 있었다. 잠시나마 그들의 삶에 끼어든 우리 역시도 때로는 도대체 뭐 이런 사람들이 다 있나 싶어 당장 내일이라도 짐을 싸서 떠나고 싶다가도, 또 때로는 쿠바에 아예 눌러앉아 살 수 있는 방법은 없는지 머리를 굴려보기도 했다. 기쁨과 노여움, 슬픔과 즐거움이 씨줄과 날줄처럼 뒤얽힌 삶은 쿠바라고 예외는 아니었다.

그럼에도 쿠바는 분명히 우리와는 다른 공간, 다른 시간을 살고 있었다. 사람이란 존재를 오로지 경쟁과 발전을 위한 수단으로 인식해 이제는 교육이란 말 뒤에도 '인적 자원'이란 말이 자동으로 따라붙는 시대에 사는 우리와는 달리, 그들은 아직도 인간애니 휴머니즘이니 하는 '푸른 유니콘'을 찾아 헤매고 있었다. 너무나 당연한 사실을 너무나 당연한 듯 잊고 살던 우리에게 인간이란 존재를 다시 떠올리게 해준 나라 쿠바. 그것이 오늘도 우리가 쿠바를 꿈꾸는 이유다.

나이를 거꾸로 먹는지 해가 갈수록 경쟁력 떨어지는 짓만 하고 사는 우리가, 대책 없이 쿠바나 들락거리고 급기야 이런 돈 안 되는 책까지 쓰겠다고 했을 때에도, 한심한 눈길 대신 격려와 애정으로 지켜봐준 사랑하는 가족과 친구들에게 고맙다는 말을 전한다.

2011년 6월 수진과 재훈

| 차 례 |

여는글　　처음부터 쿠바였던 건 아니었다

어제와 오늘이 공존하는 도시
아바나

웰컴 투 쿠바!　14
올라, 아바나!　20
부에나 비스타 소셜 클럽은 어디에　28
히네떼로 3종 세트를 만나다　34
전 세계 빨갱이들의 로망　41
다시 만난 롤란도　52
내 친구 호세의 집은 어디인가　59
한낮의 야구 구경　65
혁명박물관에서의 하루　72
무작정 찾아간 쿠바 외교부　80
검은 깃발의 벽　86
괜찮아 여긴 쿠바야　93
시와 노래가 있는 주말 파티　99
아프로 쿠반 문화가 살아 숨 쉬는 까예혼 데 아멜　105

평화로운 시골 마을
비냘레스

느리게 여유롭게 따뜻하게　120
스쿠터 다이어리1-신기한 모고떼　128
스쿠터 다이어리2-과히로와 선주민　135
스쿠터 다이어리3-쏟아지는 비와 멍텅구리 스쿠터　143
스쿠터 다이어리4-중국제니까 당연하지?　152

파스텔 물감을 뿌려놓은 도시
트리니다드

예전의 따스함을 잃지 말아요　160
추억의 트리니다드에서 다시 만나다　166
오늘 빨렝께가 문을 연대　172
설탕 공장의 계곡　180
노래하는 구두수선공, 라몬　187

혁명의 싹이 트고 자라난 곳
산띠아고 데 쿠바

쿠바의 보물찾기는 끝나지 않았다 196
산띠아고의 알려지지 않은 영웅, 프랑크 빠이스 201
역사가 나를 무죄로 하리라 208
혁명 노인정의 세 할아버지 216

섬 동쪽 끝 연대의 바다
관타나모와 바라꼬아

관타나모의 기적과 아이러니 224
아름다운 반란의 도시, 바라꼬아 232
보까 더 유무리의 훈훈한 남자들 238
여행은 결과보다는 과정 244

체 게바라와 게릴라들이 잠든 곳
산타클라라

우리 바보 아니에요 252
세상에서 가장 큰 의과대학 258
게바라는 뭐라고 할까 264
블린다도 기차 탈취 기념비 273

쿠바의 또 다른 맨얼굴
바야모

할아버지의 자본주의 Dream 284
돈 때문에 포기한 시에라 마에스뜨라 292
쿠바에서 밥투정은 NO! 298
좋은 기억만 챙겨서 가자 305

올긴 그리고
다시 아바나

까밀로, 자전거 택시를 몰다 312
우리가 올긴에 간 이유 316
사람도, 거리도 여유가 넘치는 베다도 325
밤늦드록 대화는 계속되고 334
쿠바에서 강도를 당하다 341
까밀르, 드디어 콩가를 사다 349
그때까지 행복해야 해 355

아바나

어제와 오늘이 공존하는 도시
아바나
La Habana
P11 ALAMAR-MICRO X
VEDADO
METROBUS
176

웰컴 투
쿠바!

    아바나의 호세 마르띠 공항은 2년 전 모습 그대로였다. 한가한 활주로, 낡은 건물, 빨간색 기둥은 빠르게 변하는 바깥세상 따위는 아랑곳하지 않는 듯했다. 비행기 창문밖으로 '온 인류가 (나의) 조국이다 (Patria es Humanidad)'라는 커다란 선전판이 눈에 들어온다(독립운동가이자 언론인이었던 호세 마르띠가 신문 〈조국〉에 기고했던 글 가운데 따온 것으로, 쿠바의 이념적 나침반이기도 하다). 몇 번을 곱씹어봐도 마음에 쏙 들어온다. 인류가 나의 조국이라니! 다른 나라 어느 도시에서도 이렇게 멋진 환영인사를 본 적이 없다. 만약 쿠바에 와서까지 기업하기 좋은 도시니, 21세기 관광도시니 따위의 말들을 들어야 했다면 아마도 절망했을 거다.

    공항 안쪽은 특이하게도 입구 심사대가 벽으로 막혀 있어 그 너머가 보이지 않는다. 일부러 그런 건 아니겠지만, 이런 구조가 은근히 호기심을 자극한다. 문을 열면 어떤 풍경이 펼쳐질까. 예전에 쿠바를 여행했던 한 친구는 출입국 직원이 한국 여권을 보더니 태권도를 해보라해서 "태권! 태권!" 기합까지 넣으며 주먹지르기를 했다던데, 우리에겐 그런 일 따위는 일어나지 않았다. 카키색 제복을 입은 직원은 간단히 방문 목적을 물어보고 개구리 눈알같이 생긴 카메라로 사진을 찍은 뒤 여행자카드에 도장을 찍고는 씽긋 웃으며 말했다. "웰컴 투 쿠바!"

'온 인류가 나의 조국' 이란 말로 우리를 맞아준 호세 마르띠(José Martí) 공항
다른 나라 어느 도시에서도 이보다 멋진 환영인사를 본 적이 없다

심사대 문을 열고 나오자마자 왁자지껄 사람들의 떠드는 소리가 귓전을 울린다. 문 하나를 사이에 두고 마치 다른 세상으로 들어온 것 같다. 긴장감이 사라진 자리에 가벼운 흥분과 설렘이 채워진다. 너도 나도 담배를 꺼내 무는 사람들. 쿠바는 적어도 흡연자들에게는 천국 그 자체다. 공항 건물 안이든, 호텔 로비든, 민박집 거실이든 사람들은 자연스레 담배를 꺼내 물고 또 재떨이를 권한다.

비행기 안에 갇혀 니코틴 부족에 시달렸던 사람들은 줄담배를 빨아댔고, 다 피운 꽁초를 그대로 바닥에 비벼 껐다. 하지만 신기하게도 공항 바닥은 방금 버린 꽁초 말고 쓰레기라고는 눈에 띄지 않았다. 청소부들이 빗자루와 쓰레기통을 끌고 다니며 수시로 사람들 사이사이를 쓸고 닦기 때문이었다. 담배 한 개비가 거의 타 들어갈 즈음, 짐들이 하나둘 모습을 드러내기 시작하자 어디선가 경찰들이 개를 끌고 나타났다. 마약이나 폭발물을 탐색하는 수색견이었다.

"예전엔 저런 개들이 없었는데, 보안이 강화된 건가?"
"근데 개들이 덩치만 컸지 무지 귀엽게 생긴 게 애완견 같아."

그사이, 개 한 마리가 바로 우리 발밑에 와서 코를 킁킁거렸다. 좀 전까지 개들이 귀엽네 어쩌네 하던 우리는 착한 초딩의 얼굴이 되어 손을 가지런히 바지 옆단에 모았다. 그리고 혹시 우리 짐 중에 걸리는 물건은 없나 머릿속으로 헤아려보기 시작했다.

보안검색에 신경을 쓰는 건 어느 나라 공항이나 마찬가지다. 그러나 그 문제에 관한 한 쿠바는 훨씬 더 민감하다. 1959년 혁명 이후 마이애미를 근거지로 한 반쿠바 테러리스트들은 수시로 쿠바의 항구와 비행기, 호텔, 식당을 상대로 폭탄 테러와 암살, 납치 따위를 저질러 왔다. 이 때문에 지난 반세기 동안 죽은 사람들만 무려 수천 명에 달한다. 그런데도 아바나 공항의 풍경은 살벌함과는 거리가 멀었다. 심지어 어떤 여행자는 개가 귀엽다며 쓰다듬기도 했다. 그들과 이야기를 주고받는 경찰들은 마치 개를 데리고 산책을 나온 사람들 같았다.

이젠 공항을 벗어나 시내로 갈 차례. 공항 직원은 택시를 타야 한다고 했다. 하지만 얼핏 버스가 있다는 이야기를 들은 적이 있는 까밀로는 안내 창구를 기웃거렸다.

"센뜨로 아바나(아바나 중심가)까지 가는 버스는 없나요?"
"노, 솔로 딱시(택시밖에 없어요)."

곱슬거리는 머리카락을 올려 묶어 한껏 멋을 낸 덩치 큰 여성 안내원이 퉁명스럽게 대답했다. 그러나 꼭 눈으로 확인해야 직성이 풀리는 까밀로는 짐을 맡겨놓고 한참을 사라졌다 돌아와서는, 피곤한데 그냥 택시를 타잔다. 그러면서도 끝까지 버스가 없다는 건 인정 안 한다.

카트를 밀고 공항 출구로 나가자 곧바로 유니폼을 입은 직원이 다가와 목적지를 물었다. 여행할 때 가장 신경 쓰이는 것 중 하나가 바로 바가지 택시 요금인데, 아바나 공항에서는 그런 걱정을 할 필요가 없다. 직원에게 주소를 말해주면 그 자리에서 정해진 요금을 알려준다. 우리가 가야 할 센뜨로 아바나까지는 25CUC(CUC는 '쎄우쎄' 라고 읽으며 1CUC는 수수료를 제하면 미화로 약 0.8달러다)가 공정가격이다. 그런데 이번

에는 택시를 잡아주면서 20CUC에 해줄 테니 다른 사람과 합승을 하
겠냐고 묻는다. 그럼 우린 땡큐죠! 얼른 짐을 택시에 실었다. 앞자리에
탄 중년의 서양 남자는 뒤에 탄 우리를 그다지 신경 쓰지 않는 눈치였
다. 택시기사와 유창한 스페인 말로 대화를 나누는 게 쿠바가 처음은
아닌 듯했다.

“쿠바에 여러 번 왔었나 봐요?”

까밀로가 영어로 말을 걸자 남자는 반색을 했다.

“어, 영어 할 줄 아네요. 휴가 때마다 와서 석 달 정도 쉬다 가곤 해
요. 너무 여러 번 오다 보니까 이젠 호텔에서 쉬면서 책 읽고 그런 게
좋더라고요.”

참 팔자 좋은 양반이군. 캐나다 밴쿠버에서 온 그는 아예 접이식
자전거까지 떠메고 왔단다. 그렇게 뻔질나게 찾게끔 만드는 쿠바만의
매력이 뭐냐는 뻔한 질문을 던져봤다. 중세부터 현대까지 아우르는 건
축물과 1940년대식 시보레 자동차, 세상에서 가장 친절한 사람들을 한
꺼번에 만날 수 있는 나라는 전 세계에서 쿠바밖에 없을 거란다. 뻔한
질문에 뻔한 대답이다. 그러나 쿠바가 가진 것이 과연 그뿐일까. 애써
화장을 한 것도, 그렇다고 일부러 흉측하게 그려놓은 것도 아닌 쿠바
의 있는 그대로의 맨얼굴을 마주하는 것. 꼬박 이틀을 걸려 우리가 이
곳까지 온 이유다.

애써 화장을 한 것도
그렇다고 일부러 흉측하게 그려놓은 것도 아닌
쿠바의 있는 그대로의 맨얼굴을 마주하는 겻…
꼬박 이틀을 걸려 우리가 이곳까지 온 이유다

올라,
아바나!

올라,
아바나!

아바나를 길게 감싸고 있는 말레꼰 해안도로와 쁘라도 거리가 만나는 지점에 택시를 세웠다. 그곳어는 우리가 자주 들르던 카페테리아가 있다. 아바나에는 번지수를 가지 이름으로 사용하는 식당들이 여럿 있는데, 이곳도 그냥 '쁘라도 12번지 카페(Cafeteria Prado No.12)'가 가게 이름이다. 7CUC(약 7,500원) 정도면 맛있는 스테이크와 시원한 모히또(mojito) 한 잔을 곁들일 수 있는 데다 깨끗하고 친절하다. 게다가 테라스 자리에서는 말레꼰을 때리는 파도소리와 바다내음까지 덤으로 즐길 수 있다.

모히또 한 모금을 들이켜자 오랜 비행으로 푸석해진 얼굴에 생기가 돌아온다. 민트잎과 라임즙을 섞고, 얼음과 탄산수를 채운 뒤 아바나 클럽 럼주를 부어서 만든 모히또. 이걸 맨 처음 만든 사람은 분명 천국에 갔을 거다. 그것도 하느님과 가장 가까운 자리에! 훤칠한 얼굴의 종업원이 음식을 가져다주며 말을 건넸다.

"꼬레아, 뻴로따 부에노!"

한국에서 왔다니 대번 야구 이야기부터 꺼낸다. '뻴로따'는 원래 공이라는 뜻이고 '부에노'는 'good'을 의미하는데, 야구를 광적으로 좋아하는 쿠바 사람들에게 공놀이는 곧 야구다.

"그래도 야구 하면 쿠바죠."
"예전에는 그랬지만 지금은 한국이랑 일본이 최고예요. 쿠바 야구는 이제 한물갔어요."

옆 테이블에서는 건장한 몸집에 문신을 한 젊은 남자 셋이 치즈와 올리브를 안주 삼아 맥주를 마시면서 친구의 귀를 뚫어주고 있었다. 바늘을 대기도 전에 남자는 소리부터 질러댔다. 그 모습을 보고 친구들은 배꼽을 잡고 웃는다. 생긴 건 조폭인데 노는 모습은 영락없는 10대 소녀다. 얼음을 귀에 대고 아파하던 남자가 우리와 눈이 마주치자 쑥스러운 웃음을 짓는다. 친구들은 우리와 남자를 번갈아보며 더 크게 낄낄거렸고 우리도 마음 놓고 따라 웃었다. 긴장이 확 풀리면서 비로소 쿠바에 왔구나, 실감이 들었다.

배를 채우고 숨도 돌렸으니 이제 숙소를 구해야 한다. 아바나 도시 전체는 서울보다 면적이 넓지만 여행자들이 주로 찾는 곳은 크게 세 지역으로 나뉜다. 먼저 스페인 식민지 시절에 지어진 건물들과 좁고 오래된 골목들이 그대로 남아 있는 아바나 비에하(Habana Vieja)가 있다. 흔히 올드 아바나라고도 부른다. 그리고 아바나 비에하와 맞닿아 있는 센뜨로 아바나(Centro Habana)는 상점과 식당들이 몰려 있어 주민들과 여행자들이 서로 뒤엉키는 중심가다. 마지막으로 서울의 강남과 비길 만한 베다도(Vedado)에는 큰 호텔과 고급 주택가, 그리고 대사관들이 즐비해 도로가 넓고 조용한 반면 물가가 비싼 편이다.

우리는 아바나 비에하에서 까사 빠르띠꿀라르(일종의 쿠바식 민박집으로 흔히 '까사'라고만 부른다)를 고르기로 했다. 지난번에는 센뜨로 아바나에서 묵었기 때문에 분위기를 바꿔보고 싶어서였다. 아직 여행철이 아니라서 얼마든지 싸고 괜찮은 방을 구할 수 있을 거라는 믿음을 갖고 무작정 산또 앙헬 꾸스또디오 성당 골목으로 들어갔다. 경사진 골목길에서 내려다보니 까사 간판들이 여러 개 눈에 들어왔다. 파란색 닻이 거꾸로

식민지 시절의 고풍스러운 건축물에서부터
20세기 초반에 지어진 미국식 고층 빌딩들이 공존하는 아바나
덕분에 도시 전체가 한 권의 역사책을 펼쳐놓은 듯하다

아바나 비에하와 센뜨로 아바나 사이에 위치한 아바나대극장

✪쿠바형 민박집, 까사 빠르띠꿀라르(Casa Particular)

흔히 '까사'라고만 부르며, 까사 빠르띠꿀라르를 운영하는 집 문앞에는 파란색 문양이
표시되어 있다. 방의 크기와 개인욕실, 에어컨의 유무에 따라 값이 달라지지만, 보통 아
바나에서는 25~30CUC, 지방 도시에서는 15~20CUC에 묵을 수 있다. 아침 식사는 1인당
1~2CUC를 따로 받거나, 방값에 포함되어 있는 경우도 있다. 정부의 허가를 받아 운영되기
때문에 시설이 깨끗한 편이며, 호텔에서는 절대 느낄 수 없는 쿠바 서민들의 삶을 엿보는
재미가 쏠쏠하다.

매달린 그림이 마치 거친 파도에 지친 여행자를 부르는 손짓 같았다.

　1층에 높다란 천장만 덩그러니 있는 첫 번째 집의 벨을 눌렀다. 창살문을 열고 마음씨 좋아 보이는 아주머니가 환한 웃음으로 우리를 맞았다. 아주머니는 데레사라고 이름을 소개했다. 까사 주인들 중에는 드물게 흑인이다. 아주머니를 따라 아주 좁고 가파른 경사의 돌계단을 올라갔다. 밤늦게 술이라도 취해서 들어오는 날에는 말로만 듣던 쿠바의 뛰어난 의료수준을 체험하기 딱 좋은 구조다. 1층보다 천장이 더 높은 거실로 들어서자 하얀 털이 보들보들한 예쁜 고양이가 쪼르륵 달려와 소파 가운데에 턱하니 앉는다. 친절해 보이는 흑인 아주머니에 예쁜 고양이라니, 더 이상 망설일 이유가 없었다.

　"메 구스따르(좋아요, 좋아)."

　우리가 좋다는데도 아주머니는 계속 무언가를 설명하려고 했다. 하지만 짧은 스페인어 실력으로는 아주머니의 말을 도저히 알아들을 수가 없었다. 도저히 안 되겠다 싶었는지 아주머니가 누군가를 불렀고, 곧 젊은 남자 하나가 들어왔다. 아주머니와 그 남자의 차이는 오로지 말을 빨리 하느냐, 또박또박 느리게 하느냐의 차이밖에 없었다. 그래도 그게 금방 효과를 발휘했다. 알고 보니, 지금 우리 집에는 빈방이 없으니까 근처에 다른 까사를 소개시켜주겠다는 말이었다.

　이곳저곳 전화를 돌리던 데레사 아주머니는 50미터쯤 떨어진 같은 골목 끝에 있는 까사로 우리를 데려갔다. 자기네 집에 빈방이 없을 때 이웃집을 소개해주는 건 여기서 아주 흔한 일이고, 그렇다고 해서 소개비를 요구하지도 않는다. 그래서 도착한 집은 고집불통의 이탈리아 영감처럼 생긴 알폰소 할아버지네였다.

늘 까만 선글라스를 쓰고 다니는 백발의 알폰소 할아버지네 거실에는 '귀하는 25년 동안 성실히 일하며 혁명에 기여하였으므로 이에 표창함' 하는 식의 문구가 적힌 표창장이 액자에 자랑스레 걸려 있었다. 그러나 그 할아버지가 과거에 얼마나 성실히 혁명에 기여했는지는 모르겠지만, 적어도 그 집에서 머문 동안 쿠바 사람들에 대한 우리의 애정에는 아무런 기여를 하지 않았다.

첫 만남부터 그랬다. 간단히 방과 욕실, 부엌을 둘러본 뒤 흥정에 들어가자 할아버지는 아침 식사를 포함해서 하룻밤에 30CUC를 불렀다. 아무리 아바나 물가가 다른 지역보다 높다지만 비수기에는 25CUC면 충분하다. 비싸다고 했더니, 그럼 방값은 25CUC만 받고 아침 식사는 한 사람당 3CUC씩 따로 내란다. 그럼 오히려 1CUC 더 비싸지는 건데, 참 어이없는 흥정이었다. 그 와중에 알폰소의 부인은 벌써 침대시트를 새 걸로 갈고 있었고, 데레사 아주머니는 그걸 또 옆에서 거들고 있다. 시장에서 "할머니, 이 사과 얼마예요?"하면 할머니가 이미 까만 비닐봉지에 사과를 주워 담고 있는 것과 똑같은, 아주 익숙한 시추에이션이다.

우리가 그냥 돌아설 기미를 보이자 할머니가 남편을 쿡쿡 찌르며 뭐라고 한다. 그랬더니 알폰소 할아버지는 벌레 씹은 표정으로 여기다 짐을 풀란다. 이번 여행 내내 숱하게 치르게 될 흥정의 1라운드는 이렇게 우리의 승리로 끝이 났다. 그러나 예전 까사 주인들의 넉넉한 마음씀씀이와 전혀 가공되지 않은 자연산 웃음이 못내 그리웠던 우리로서는 씁쓸한 승리이기도 했다.

쿠바의 화폐와 물가

★이중화폐제도

쿠바에서는 CUC(CUban Convertible peso,쎄우쎄)와 MN(Moneda Nacional, 모네다 나시오날), 이렇게 두 종류의 화폐가 쓰인다. MN은 혁명 이후 부터 사용하고 있는 기본 화폐로 CUP라고도 하며, CUC는 국내에서 유통되는 외화를 대체하기 위해 1994년에 도입됐다. 기본적으로 호 텔과 까사, 식당, 박물관, 버스와 택시를 비롯해 여행자가 이용하는 모든 시설과 서비스는 CUC로 값을 지불해야 한다.

MN(위)과 CUC(아래)

반면, 쿠바 사람들의 생활은 MN을 중심으로 이루어진다. 그러나 비 싼 전자제품이나 문구류 같은 공산품과 수입 식품, 의류들은 CUC로 구입해야 하기 때문 에 쿠바 사람들도 어느 정도의 CUC가 필요하다. 현지인들이 종종 CUC와 MN을 모두 그 냥 '페소'라고 부르는 경우가 있어, 헷갈리지 않게 주의해야 한다. 또한 CUC를 'Pesos Convertibles', MN을 'Pesos Cubanos'라고 표기하기도 한다.

★환전

외화는 은행과 CADECA(CAsa DE CAmbio, 정부가 운영하는 환전소)에서 CUC로 환전할 수 있고, MN은 CADECA에서 CUC로만 바꿀 수 있다. 다단, 미국 달러는 금액의 10%를 추가 수수료 로 제하기 때문에 유로나 캐나다 달러, 영국 파운드, 멕시코 페소가 환전에 유리하다. 그리 고 길거리 음식이나 주민들이 주로 이용하는 식당에서는 MN을 받기 때문에 항상 30MN 정 도는 갖고 다니는 게 요긴하다. 1CUC로 24MN을 살 수 있고, MN을 팔 때는 1:25의 환율이 적 용된다. 여행이 끝나고 남은 CUC는 쿠바 밖에서 바꿀 수 없기 때문에 출국 전 공항에서 다 른 외화로 환전을 해야 한다.

★신용카드와 ATM

큰 호텔과 리조트에서는 신용카드를 사용할 수 있지만 미국계 금융기업에서 발행한 카드는 받지 않는다. ATM이 설치되어 있는 은행이 몇 군데 없고, 고장이 잘 나 불안한 편이라 현금 카드와 신용카드 사용은 아예 잊어버리는 게 낫다.

★물가

쌀밥 1접시 : 1CUC
길거리 피자 : 8~12MN
담배 : Hollywood 1.25CUC
시외버스(Viazul) : 아바나~트리니다드 25CUC
시내버스(Guagua) : 낙타버스 0.2MN
일반버스 0.4MN

생수 1.5L : 0.75~1.5CUC
콜라 : Tukola 0.5CUC, Fiesta Cola 6MN
모히또 : 3CUC
맥주 : Bucanero/Cristal 1~1.2CUC
지역맥주 : 10MN

모히또

"알레~하안드로오~!"

이웃집 아줌마가 누군가를 부르는 소리에 눈이 떠졌다. 좁은 골목은 이미 휘파람 소리와 자전거 벨소리, 둥둥 땅땅 울리는 음악 소리로 가득 차 있었다. 더운 나라 사람들은 아침잠이 별로 없다던데, 쿠바 사람들이 딱 그렇다. 우리가 부스럭대는 소리를 들었는지 주인 할머니가 아침을 차리는 소리가 들려온다. 굵게 썬 바게트에 버터와 꿀, 계란부침과 열대과일 한 접시, 그리고 모카포트로 진하게 내린 커피와 주스. 까사의 아침 메뉴는 집집마다 거의 똑같다. 먹는 거에 민감한 내가 심각한 얼굴로 포크를 휘저으며 말했다.

"혹시 정부에서 관광객용으로 아침 메뉴를 정해주는 거 아냐?"
"설마. 그럼 메뉴가 바뀌면 경찰에 신고해야 되는 거야?"
"첫날부터 벌써 아침밥이 지겨워지려고 해. 그냥 주인집에서 평소 먹는 대로 주면 좋을 텐데."

아마도 최소의 비용으로 최대한 서양 여행자들의 입맛에 맞는 식단을 꾸미다 보니 그렇게 일반화된 것 같다. 특히 빵과 계란은 정부가 운영하는 상점에서 매달 일정량을 아주 싼 값에 살 수 있고 과일도 다른 물가에 비해서 싸다. 그래도 이방인들에게는 날마다 똑같은 아침밥을 먹어야 한다는 게 커다란 아쉬움 중 하나다. 나에게는 더더욱 그렇다.

어쨌거나 식탁에 올라온 음식을 깨끗이 해치운 뒤, 카리브의 뜨거운 태양에 맞설 채비를 단단히 하고 거리로 나섰다. 먼저 환전부터 하려고 아바나 비에하에서 가장 번잡한 오비스뽀(Obispo) 골목으로 향했다. 그런데 이상했다. 중앙공원에 다다를 때까지 단 한 명의 히네떼로(jinetero)와도 마주치지 않은 거다. 아바나에서 가장 먼저 여행자들을 반겨주는 사람들이 바로 히네떼로들인데 말이다.

물론 센뜨로 아바나에 접어들자 히네떼로들이 간간이 눈에 띄긴 했지만 확실히 그 수는 줄어 있었다. 아마 여행자들이 상대적으로 적은 계절인 탓도 있을 테고, 2007년 라울 카스트로의 국가평의회 의장 취임 이후 경제가 조금씩 활력을 찾아가면서 일터로 돌아간 이들도 많아진 때문인 듯하다.

히네떼로라고 해서 명찰을 단 것도, 유니폼을 맞춰 입은 것도 아니지만 그렇게 붐비는 길에서도 그들은 눈에 확 들어온다. 특히 센뜨로 아바나의 쁘라도 거리나 라빠엘 골목을 돌아다니다 보면, 낯선 젊은이들이 "헤이, 마이 프렌드~"하면서 다가와 어디서 왔냐고 친한 척 악수를 건네곤 한다. 얼떨결에 한국에서 왔다고 대답하면 이내 "유 노우 부에나 비스타 소셜 클럽? 지금 저기서 공연하고 있는데 같이 갈래?"라거나 "어, 오늘부터 살사 페스티벌 시작인데 여기서 뭐 하는 거야?"라며 손을 잡아끈다. 백 퍼센트 히네떼로다. 우리는 처음에 쿠바에서는

이렇게 쉽게 친구가 될 수도 있는 거구나 하고 신기해했지만 정작 그들을 따라가 보면 평범한 식당이나 나이트클럽 문앞이었다.

히네떼로는 이렇게 외국인들에게 다가와 흥미진진한 볼거리나 맛있는 식당, 또는 살사를 가르쳐준다는 명목으로 꼬신 뒤 사전에 약속된 곳으로 데려가 바가지를 씌우고는 수고비를 챙기는 젊은이들을 말한다. 혼자인 경우도 있지만, 외국인들을 안심시키기 위해 연인인 척, 또는 진짜 연인 사이인 남녀 둘이 다니는 경우가 많다. 남성은 히네떼로, 여성은 히네떼라라고 부른다.

예전에 한번은 라빠엘 골목에 들어서자마자 순진하게 보이는 남자애가 인사를 건넨 적이 있다. 한 열일곱쯤 됐을까, 어린 친구였다.

“웨어 아유 쁘롬?”
“꼬레아.”
“꼬레아? 오우, 우리 할아버지가 한국 사람이야!”

사기 치려고 이제는 조상까지 파는구나. 어이가 없어서 웃으며 돌아서려는데 호주머니를 뒤지더니 신분증을 꺼내 보여준다.

“헤이, 봐봐. 내 성이 뻬(Pe) 잖아.”

정말이었다. 쿠바 성치고는 특이했다. 하지만 우리가 아는 한 한국에 저런 성은 없다. 그런데 찬찬히 얼굴을 들여다보니 정말 눈,코,입이 아기자기한 게 동양인의 얼굴이 묻어난다. 혹시 할아버지가 중국이

Havana Club
TIENDA

나 베트남 출신? 어린 나이에 애쓴다 싶어 속는 셈 치고 따라가 보기
로 했다. 한 열 발짝이나 갔을까. 그 녀석은 얼굴에 웃음을 띠더니 바
로 앞에 보이는 가게를 손으로 가리키며 저기란다.

"캬바레 엔젤?"

울긋불긋 촌스러운 조명이 반짝이는 저기서 부에나 비스타 소셜
클럽이 연주를 한다고? 풋, 귀여운 녀석. 누나도 다 알거든.

"노 그라시아스(고맙지만 됐어). 차오(안녕)~."

그 녀석을 뒤로 하고 한참을 걸어가다가 까밀로가 갑자기 멈춰 섰다.

"근데 말야, 아까 그 애 할아버지 진짜 한국 사람일까?"
"에이, 다 속이려고 하는 거지. 뻬씨가 어딨냐? 뻬, 페, 피… 배? 배
씬가?"
"그렇지, 배! 그럼 우리 쿠바 와서 배씨 소년 만난 거야?"

그렇게 거절하긴 했지만 한편으로는 궁금했다. 끝까지 따라가면,
저 친구들은 어떤 식으로, 어느 정도까지 우리를 등치는 걸까. 껍데기
만 남기고 완전 홀라당? 이런 것까지 몸소 확인하려다간 자칫 신문에
이름이 오르내리는 수가 있다. 그래도 궁금한 건 궁금한 거다.

히네떼로
3종 세트를
만나다

혁명 전까지 국회의사당으로 쓰이던 까삐똘리오 나시오날(Capitolio Nacional)을 돌아본 날이었다. 높고 널찍한 중앙 계단에 앉아서 아이스크림을 빨고 있는 동안 청년 하나가 우리 주위를 오르락내리락 하는 거였다. '혹시…' 하는 생각이 들긴 했지만 한동안 먼저 말을 걸어오지는 않았기에 친구를 기다리나 보다 했다. 그런데 어느새 슬그머니 다가온 이 청년. 아바나대학교 학생인데 영어 실력을 늘릴 겸 말을 걸었단다. 그렇지 않아도 쿠바 사람들에게 물어보고 싶은 게 많던 차에 잘됐다 싶어 이런저런 얘기를 나누었는데, 아무래도 대학생은 아닌 듯 싶었다.

며칠 전 아바나대학 교정에 갔을 때 만난 녀석도 이 청년과 느낌이 거의 비슷했다. 정치학을 전공한다던 그는 대화가 거듭될수록 영어에서 역사까지 도대체 전공하지 않는 과목이 없었다. 결정적으로 대화 도중에 코를 파고 중요 부위를 자꾸 쪼물락거리는 통에 신뢰하고 싶어도 당최 신뢰할 수가 없을 지경이었다. 아무튼 오늘 만난 루이스라는 친구에게 먼저 견제구를 날린 건 까밀로였다.

"시간 있으면 모히또 한 잔 하면서 이야기하는 건 어때? 내가 살게."

국회의사당으로 쓰이던 시절엔 온갖 정치술수와 음모가 난무하던 까삐똘리오 나시오날
지금은 야외 촬영을 하는 지호부부들과 공을 차는 아이들로 활기가 넘친다

순간 나는 루이스의 눈빛이 반짝이는 걸 보고야 말았다.

"정말? 내가 아는 바가 있는데 거기 모히또가 아주 죽여. 가격도 안 비싸고."

그렇게 루이스를 따라 도착한 곳은 의사당 건물을 돌아 중국 식당들이 양쪽으로 늘어선 차이나타운 골목 중간쯤의 작은 바였다. 우리가 별다른 말없이 테이블에 앉자 루이스의 얼굴에서 불안한 기색이 가신다. 이내 육중한 몸집의 바텐더가 메뉴판을 가져왔는데, 메뉴에는 가격이 적혀 있지 않았다. 우리가 얼마냐고 묻지도 않고 모히또 세 잔을 시키자, 루이스는 바텐더와 문밖으로 나갔다가 잠시 뒤 돌아왔다. 그제서야 루이스에게 모히또 가격을 물어봤지만 우물쭈물 얼버무린다. 바텐더를 불러 물었더니 한 잔당 무려 5CUC, 거의 고급 호텔 가격이다. 바가지를 씌운 돈은 그대로 루이스의 호주머니로 들어갈 거다. 어차피 예상했던 일. 우리는 돈보다 루이스가 더 궁금했다.

그런데 이때부터 루이스의 태도가 180도 달라지기 시작했다. 목적은 달성했다는 거지. 심드렁한 얼굴로 딴청을 피우거나 살사 음악에 맞춰 온몸을 흔들어대는 뮤직비디오 속 여가수만 뚫어져라 쳐다보는 거다. 루이스를 집중시킬 뭔가가 더 필요했다. 나는 모히또 두 잔을 더 주문했다. 다시 웃음을 찾은 루이스는, 쿠바에서는 아무리 열심히 일해봤자 제대로 된 청바지 하나 사 입을 수 없다고 불평부터 늘어놓았다.

"그래서 난 집에서 하는 일 없이 놀아. 일을 하면 뭐해. 너희처럼 여행을 다닐 수가 있나, 그렇다고 미래가 있나.”

　　너무 마음을 놓아버린 루이스. 대학생이라는 게 거짓말이었음을 스스로 실토해버렸다. 이번엔 좀 더 민감한 질문을 던져봤다.

　　“쿠바 사회와 정부에 대해서는 어떻게 생각해?”
　　“사람들은 착하고 좋아. 하지만 쿠바가 사회주의 국가인 게 문제지. 나도 기회만 되면 너희처럼 자본주의 국가에 가서 살고 싶어.”
　　“그럼 당연히 카스트로도 싫겠네?”
　　“아니, 카스트로는 존경해. 멋진 지도자거든. 독재자 바띠스따(Fulgencio Batista. 1933년 쿠데타로 정권의 실세로 떠올라 1940년부터 1944년까지 대통령으로 집권, 그 뒤 미국으로 떠났다가 1952년에 다시 쿠데타로 재집권한 친미 독재자. 온갖 인권유린과 폭정을 일삼다가 1959년 1월 1일 혁명군에게 쫓겨 망명길에 올랐다)를 쫓아냈잖아. 그전의 쿠바는 정말 개판이었어. 소수만 배부르고 대다수 사람들은 미국 놈들의 종이나 다름없었거든.”

　　혼란스러웠다. 불평등과 제국주의는 나빠, 그래서 그걸 몰아낸 혁명은 옳아, 하지만 나는 자본주의가 좋아, 그래서 집에서 놀아? 대체 무슨 생각을 하는 건지 알다가도 모르겠다. 그때 갑자기 루이스가 화제를 바꿨다.

　　“그런데 너희 환전은 했어? 쿠바는 돈이 두 가지라서 많이 헷갈릴 텐데.”

환전 이야기를 꺼내다니, 드디어 두 번째 작업에 들어가시는군. 모르는 척 넘어가볼까. 루이스는 까밀로가 들고 있던 수첩과 펜을 달라더니 CUC와 MN의 차이를 설명하기 시작했다. 숫자를 잔뜩 적어놓고 더하고 곱하고 한바탕 난리를 치더니, 결론은 자기에게 돈을 바꾸면 은행보다 훨씬 잘 쳐주겠단다. 그러나 이것까지 속아줄 수는 없지. 우리가 말려들 기미를 보이지 않자 루이스는 마지막 카드를 꺼내 들었다.

"너희 쿠바 시가 유명한 거 알지? 우리 엄마가 시가 공장에서 일하는데, 진짜 좋은 시가가 있어. 우리 집에 구경하러 갈래?"

집으로 따라갔다가는 피지도 않을 시가를 박스째 안길 것 같아 여기서 그만두기로 했다. 루이스는 정말 히네떼로 3종 세트 같은 친구였다. 사실 피델 카스트로도 루이스 같은 젊은이들이 많이 생겨날 거라고 아주 오래 전부터 내다보고 걱정해왔다. 쿠바 정부는 1990년 말 소비에트의 몰락과 그 뒤에 불어닥친 '고난의 시기(Periodo Especial)'를 넘기기 위한 하나의 방편으로 외국인 관광객들에게 문을 활짝 열었다. 당시 그는 물밀듯 쏟아져 들어올 관광객들이 결국엔 사회 구석구석에 퍼져가는 독이 될 거라고 경고했다.

그러나 선택의 여지는 별로 없었다. 끼니를 거르는 아이들과 주유소 앞에 길게 늘어선 사람들을 그냥 보고만 있을 수는 없는 노릇. 결국 독인 줄 알면서도 독배를 들어야 했다. 그리고 그의 예측은 정확했다. 혁명 과정을 몸소 겪었던 세대에 비해 해독 능력이 현저히 떨어지는 젊은 세대들에게 자본주의라는 독은 훨씬 더 빨리 퍼져 나갔다. 리

★고난의 시기(Periodo Especial)

1990년 소련이 해체되기 시작하면서, 무역을 전적으로 소련과 동구권에 의존하던 쿠바에는 커다란 위기가 몰아쳤다. 수출입은 80퍼센트 이상 곤두박질쳤고, 외국에서 들여오는 석유 수입량은 예전의 10퍼센트에도 못 미쳤다. 므엇보다 가장 큰 문제는 국민들에게 당장 시급한 먹을거리와 의약품을 사들여오는 게 거의 불가능해진 것이었다. 오늘날 쿠바 사람들 중에 아무나 붙잡고 물어보면 누구나 당시의 그 생담을 서너 보따리쯤은 풀어놓을 수 있을 만큼 쿠바 사람들에게는 결코 잊을 수 없는 시기가 바로 이때였다.

다행히 90년대 중반을 고비로 상황은 점점 나아지기 시작해 오늘날엔 그때의 후유증에서 거의 벗어난 듯한 모습을 보여주고 있다. 그리고 무엇보다도 쿠바는 고통과 시련을 통해 소중한 지혜를 얻을 수 있었다. 쿠바의 그 유명한 도시형 친환경 생태농업과 의학기술의 발달에서부터 마차나 자전거 같은 대체 교통수단의 대중화, 웬만한 물건은 알아서 고쳐 쓰고 만들어 쓸 수 있는 맥가이버들을 동네 어디서나 찾아볼 수 있게 된 것이 그 대표적 예다.

바이스 청바지에 비싼 카메라를 메고 거리를 활보하는 서양 관광객들을 보면서 이들은 자신의 낡은 옷이 초라하게 느껴지기 시작한 거다.

공장에서 한 달 내내 일해봤자 아디다스 운동화 한 켤레 살 수 없는 노동을 포기하는 대신, 자신을 벌레 보듯 하는 관광객들에게 비굴한 웃음을 파는 삶을 선택한 젊은이들. 이제 그들의 몸에는 바라던 리바이스 청바지와 아디다스 운동화가 걸쳐져 있지만 갈수록 마음은 초라해지고 삶은 불만스럽기만 하다. 그들이 우리를 향해 불어대는 휘파람 소리가 슬픈 이유다.

한 손에는 길거리 피자, 다른 한 손에는 부까네로(Bucanero) 맥주를 들고 오후 내내 번잡한 아바나 비에하 구석구석을 돌아다녔다. 우리는 그들을 구경했고 그들은 우리를 구경했다.

어느 골목 모퉁이에서 코끝에 돋보기를 걸치고 오른손에 그림붓을 든 아주머니와 눈이 마주쳤다. 아주머니가 "올라!" 하며 눈을 찡긋한다. 나도 손을 흔들어 인사를 했다. 한 골목에 사는 이웃이 된 거 같아 괜히 설렜다. 정겨운 인사에 용기를 얻어 아주머니에게 다가갔다. 문이 활짝 열린 조그만 사무실에는 대여섯 명이 모여 반듯하게 오린 상자 뒷면에 알록달록 물감으로 글씨를 쓰고 있었다.

¡ Viva Cuba, Viva Revolución(쿠바 만세, 혁명 만세)!"
¡ Luchar con Fidel(피델과 함께 투쟁하자)!"

사람들은 내일 있을 5월 1일 노동절 집회에 들고 나갈 피켓을 만드는 중이었다. 그리고 사무실 벽에는 'CDR #6 Cecilia Sanchez'라고 적혀 있었다. CDR은 'Comités de Defensa de la Revolución'의 줄임말로 '혁명수호위원회'라는 뜻이다.

쿠바를 여행하다 보면 대도시건 시골이건 골목마다 이런 작은 간판을 어디서나 볼 수 있다. 동네의 크고 작은 일을 챙기는 것부터 노동절처럼 큰 행사가 있을 때 주민들을 조직하는 역할까지 담당하는 일종의 주민자치조직으로, 주민들은 모두가 자기 동네 CDR에 속해 있다. 우리가 관심을 보이는 게 반가웠는지 아주머니는 피켓을 일일이 꺼내 보여주면서 문구 하나하나를 설명해주었다.

"내일 이걸 들고 동네 사람들이 다 집회에 나가는 건가요?"
"당연하지, 꼭 일을 해야 되는 사람들 말고는 다 갈 거야. 지방에서 올라온 사람들까지 수십만 명이 혁명광장을 꽉 채울걸."
"비바 레볼루시옹(혁명 만세)이라… 아주 멋진데요."
"그럼. 다들 살기 어렵다, 어렵다 해도 혁명이 없었으면 그나마 사람대접도 못 받았을 거야."

아주머니들이 옹기종기 앉아 웃고 떠들면서 피켓을 만드는 모습이 흡사 마을잔치를 준비하는 부녀회 같았다. 내일 우리도 꼭 노동절 집회에 나가겠다고 약속을 하고 작별인사를 나누었다.

"비바 쿠바, 쿠바 만세~!"
"비바 쿠바! 비바 레볼루시옹!"

까밀로가 오른팔을 들어 외치자 사무실에 있던 사람들이 일제히 구호를 외치며 우리를 배웅했다. 5월 1일 노동절은, 7월 26일 몬까다

병영 습격(1953년 이날, 카스트로를 비롯한 160여 명의 젊은 혁명가들이 산띠아고 데 쿠바에 주둔하던 정부군의 병영을 습격했다가 실패에 그친 사건) 기념집회와 더불어 쿠바에서는 가장 큰 정치집회가 열리는 날이다. 그날을 전후해 집회를 알리는 포스터와 각종 구호를 적은 펼침막들이 도시 곳곳에 걸린다. 심지어 노동과는 가장 거리가 멀어 보이는 히네떼로들조차 '그들만의 살사 페스티벌'에 여행자들을 꼬시려고 분주히 노동절을 팔고 다녔다.

우리도 마찬가지였다. 쿠바에서의 노동절, 이거야말로 전 세계 빨갱이들의 로망 아닌가! 바로 내일 아침이면 우리도 혁명광장에서 '만국의 노동자여 단결하라'를 외치고 있을 텐데, 어떻게 흥분하지 않을 수 있겠어. 들뜬 마음에 우리는 전야제 행사가 어디서 열리는지 아냐고 묻고 다녔다. 그러나 다들 고개만 갸웃할 뿐 노동절 전야제를 아는 사람은 없었다. 결국 포기한 채 늦은 저녁을 먹고 쁘라도 거리를 산책하는 걸로 아쉬움을 달래기로 했다.

말레꼰을 향해 거의 중간쯤 왔을까. 어디선가 '둥둥따따' 하는 북소리가 들려왔다. 소리 나는 쪽을 쳐다보니 골목에서 삼삼오오 사람들이 쏟아져 나오고 있었다. 어느새 산책로는 족히 백 명은 넘어 보이는 사람들로 북적거리기 시작했다. 웃통을 벗은 채 커다란 북을 메고 있는 예닐곱 명의 흑인 청년들 주위로 여기저기 뛰어다니는 꼬맹이들, 벌써부터 리듬어 빠져 스텝을 밟는 백발의 할아버지, 짧은 치마에 형광색 비키니 탑을 입고 깔깔대는 여자애들. 모두가 설레는 표정을 감추지 못하며 무언가를 기다렸다.

그때, 북을 데고 있던 청년 하나가 소리를 지르자 땅이 들썩거리는 듯한 북소리가 사방을 꽉 채웠다. 누가 먼저랄 것도 없이 온몸을 흔들어대는 사람들. 우리가 온종일 찾아 헤매던 노동절 전야의 축제가 느닷없이 짠, 하고 모습을 드러내는 순간이었다. 도대체 뭔 일인가 싶어 어리둥절해하던 우리도 어느새 사람들 속으로 녹아들어 갔다. 말레꼰을 향해 움직인 행렬은 골목에 들어서자 수백 명으로 불어나 있었다. 그들은 격렬한 구호와 팔뚝질 대신 흥겨운 리듬과 땀으로 그렇게 노동절의 아침을 맞이했다.

"일어나, 벌써 8시야."

알람 소리에 겨우 눈을 떴다. 시계는 정확히 집회 시작 시각을 가리키고 있었다. 어제 들뜬 마음에 혼자 팩소주와 천하장사까지 날름 먹어버린 까밀로는 좀처럼 일어날 의지가 없어 보였다. 한참을 흔들고 협박한 끝에 겨우 까밀로를 욕실에 밀어 넣고 거실로 나갔더니, 맙소사! 텔레비전에서는 벌써 사람들이 광장 가운데에 있는 연단 앞을 행진하고 있었다. 설마 작년 화면을 보여주는 건 아니겠지. 그런데도 전혀 굴하지 않는 까밀로.

"내가 집회를 숱하게 다녀봤지만, 제 시각에 시작하는 건 한 번도 본 적이 없어. 그건 전 세계 운동권들에게는 암묵적 합의와도 같은 거야. 이제 모이기 시작했구만. 아직 멀었으니까 걱정 마."

마치 주최측이라도 되는 듯 까밀로는 여유만만이다. 불안한 마음은 없지 않았지만 듣고 보니 그럴 듯하다. 평소처럼 느긋하게 아침을 먹고 선크림까지 꼼꼼하게 바른 뒤 집을 나섰다. 거리는 한산했다. 혁명광장 주변은 교통이 통제되어 택시는 아예 들어갈 수도 없다고 했다. 겨우 코코택시(노란색 3륜 택시) 한 대를 발견해 근처까지 데려다 달라고 부탁을 했다. 그 와중에도 까밀로는 요금을 흥정하려 든다. 대단한 놈이다.

5분 남짓 달렸을까. 혁명광장에 가까워지자 거리는 이미 집회를 마치고 돌아가는 사람들로 북적였다. 이것도 행진이라고 한번 우겨보시지! 광장에서는 무대 해체 작업이 한창이었다. 우리는 하릴없이 광장 주위를 뱅뱅 돌았다. 아쉬움이 쓰나미가 되어 밀려온다. 평생에 한 번 있을까 말까 한 기회를 이렇게 허탈하게 날려버린 거다.

광장을 나와 살바도르 아옌데 거리를 따라 터벅터벅 걸었다. 벽에 붙어 있는 노동절 포스터를 괜스레 기웃거리는데 빨간 티셔츠를 입은 중년의 아저씨가 말을 걸어왔다. 얼핏 봐도 인상이 너무 착하고 순박해 얼굴에 '나 착해요' 라고 쓰여 있는 것 같았다. 아저씨의 이름은 아우구스또. 아저씨도 동네 CDR 사람들과 집회에 참석하고 집으로 가는 길이라고 했다. 우리가 늦잠을 자서 집회를 놓쳤다고 아쉬워했더니 아저씨는 껄껄 웃으며 오늘 집회에는 멀리 바라꼬아(Baracoa, 쿠바 동쪽 끝에 위치한 항구도시)에서도 많이 왔더라, 피델은 아파서 못 나왔다, 학생들은 이유 없이 집회에 빠지면 불이익을 받기도 한다는 등등의 이야기를 해줬다.

그래도 우리의 질문이 끊이질 않자 아저씨는 이러지 말고 아예 자

쿠바의 명물로 꼽히는 노란색 2인용 코코택시
모양이 코코넛을 닮아 이런 이름이 붙었다

기 집으로 가서 차나 한잔 하잔다. 우리로서는 고맙기 그지없는 일. 아저씨를 따라 뒷골목을 5분 정도 걸어서 아저씨 집에 다다랐다. 의자와 작은 텔레비전기 전부인 소박한 거실과 침대 하나 들어가면 꽉 찰 정도의 방 세 개가 나란히 붙어 있는 단출한 집이었다. 아저씨와 같이 사는 딸이 마떼차를 가지고 나왔다. 천식에 특히 효험이 있어 체 게바라가 시에라 마에스뜨라 산(Sierra Maestra. 쿠바 동남쪽 끝에 위치한 산맥으로, 워낙 산세가 깊고 흔해 혁명 게릴라들이 이곳을 주무대로 무장투쟁을 벌였다)에서 약처럼 마셨다는 바로 그 마떼차였다.

"설탕을 넣어서 마시면 더 맛있어요."

아저씨는 작은 찻잔에 설탕을 한 숟가락 가득 넣어 저으며 말했다. 처음 마셔보는 거라 아저씨 말대로 설탕을 넣어봤는데, 내 입에는 설탕 없이 마시는 게 더 나았다. 아저씨는 인상 그대로 목소리도 차분했고 말수도 적은 편이었다. 잠시 어색하게 애꿎은 찻잔만 들었다 놨다 하다가 까밀로가 물었다.

"아저씨는 무슨 일을 하세요?"

"난 시가 공장에서 일해요. 차이나타운 옆에 있는 시가 공장 가봤어요? 나도 그런 일을 해요."

"그렇군요. 공장 월급으르 생활하시기는 어떠세요? 월급이 굉장히 적다던데."

"힘들기야 다 힘들지요. 딸한테 좋은 옷은 고사하고 맛있는 거 한

번 사줄 여유도 없어요."

"그럼, 아저씨는 오늘 집회 때에도 그다지 마음이 편치는 않으셨겠어요?"

"아니에요, 그렇진 않아요. 나도 혁명은 지지해요. 다만 우리 같은 보통 사람들이 너무 많은 걸 희생해야 하니까 그게 문제지요. 이것도 다 미국의 경제봉쇄 때문이겠지만."

그러면서 아저씨는 조심스럽게 자신이 일하는 공장에서 가져온 시가를 사줄 수 없냐고, 정말 미안한 표정으로 부탁했다. 대략 난감했다. 하지만 동정심 때문에 그런 부탁을 들어주는 건 옳지 않다는 생각이 들었다. 죄송하다고 말씀드렸더니 아저씨는 더 이상 그 이야기를 꺼내지 않았다. 그 집을 나와서 돌아오는 내내 무거운 추를 단 저울마냥 발걸음이 무거웠고 푹푹 찌는 날씨만큼이나 마음이 답답해져 왔다. 한평생 정직하게 땀과 노동으로 살아왔을 아우구스또 아저씨가 우리 같은 젊은이들에게 시가를 사달라고 부탁할 때의 그 심정은 어땠을까. 거창한 노동절 집회나 쫓아다니려고 했던 내가 부끄럽게 느껴졌다.

"나도 혁명은 지지해요. 다만 우리 같은 보통 사람들이
너무 많은 걸 희생해야 하니까 그게 문제지요.
이게 다 미국의 경제봉쇄 때문이겠지만…"

미국의 혹독한 경제봉쇄로 조금씩 지쳐 가고
관광객들의 달러에 웃음을 파는 젊은이들이 늘어만 가는 쿠바
하지만 그렇다고 해서 체 게바라의 숨결까지 다 사라진 것은 아니다

아바나 베다도에 위치한 혁명광장
건물 벽면에 혁명 영웅, 체 게바라(왼쪽)와 까밀로 씨엔푸에고스의 얼굴이 새겨져 있다

다시 만난
롤란도

"올라(안녕)! 롤란도 집에 있어요?"

"전데요, 누구세요?"

"나, 수진이야. 2년 전에 트리니다드에서 만났잖아. 호세한테 콩가 (기다랗고 둥그런 나무 몸통 위에 가죽을 씌운 쿠바의 타악기)도 배우고."

"어, 글쎄… 기억이 잘 안 나는데."

전화를 받은 롤란도는 우리를 기억하지 못했다. 솔직히 조금 서운했지만 이해할 수는 있었다. 롤란도는 우리가 쿠바에서 사귄 첫 번째 친구였기 때문에 쿠바를 떠올릴 때면 어김없이 기억 속에 등장하는 친구였다. 하지만 그에게 우리는 잠깐 머물다 스쳐 지나가는 여행자에 지나지 않을 테니 어쩌면 기억을 못하는 게 당연할지도 모른다. 게다가 외국인들을 상대로 음악을 연주하던 친구였으니 우리 같은 사람이 어디 한둘이었겠어. 추억은 다르게 적히는 법이다.

다음날 오후, 약속한 시간보다 10분 정도 늦게 빠르게 센뜨랄 (Parque Central) 호텔에 도착했다. 로비를 한 바퀴 빙 둘러봐도 롤란도의 모습은 보이지 않았다. 혹시 우리가 늦어서 그냥 간 건 아닐까 불안한 마음이 들려던 찰나, 호텔 정문에서 경비원과 가벼운 실랑이를 벌이는 롤란도를 발견했다. 거의 동시에 롤란도도 우리를 보고 달려왔다. 그럼 그렇지, 우리를 잊었을 리가 있겠어! 포옹을 하고 볼을 마주 대며 입으로 쪽쪽 소리를 내는 것으로 반가움을 나눴다.

"찾아봐도 없길래 우리가 늦어서 간 줄 알고 걱정했어."
"응, 경비원 때문에. 여긴 외국인들이 드나드는 호텔이라 우리는 함부로 못 들어오거든."

아차 싶었다. 우리는 찾기 쉬울 거라 생각하고 약속 장소를 호텔로 정했던 거였는데 롤란도 입장을 생각하지 못했던 것이다. 롤란도에게 미안하다고 했더니 괜찮다며 고개를 젓고는 까밀로의 어깨를 툭 쳤다.

롤란도는 이전에 비해 스타일이 많이 얌전해졌다. 폭탄 머리와 딱 붙는 쫄티는 짧게 쳐올린 머리와 헐렁한 회색 면 티셔츠, 청바지로 변해 있었다. 그 사이 얼굴도 늙은 것 같다. 20대와 서른의 차이인 걸까. 하지만 자존심만큼은 그대로였다. 처음에는 점심을 안 먹었다고 배가 고프다더니, 막상 식당에 가자니까 밥 생각이 없단다. 점심값을 우리가 낼 거라는 걸 알고 그렇게 둘러대는 게 분명하다. 그래서 간단히 맥주나 마시기로 하고 몬세라떼(Monserrate) 건물 1층에 자리 잡은 카페로 발걸음을 옮겼다.

몬세라떼 건물은 1959년 혁명 이전까지만 해도 도박과 술, 여자를 찾아 아바나에 건너온 미국 관광객들이 머물던 호텔이었다. 혁명 이후에 정부가 건물을 국유화해 객실을 집이 없는 서민들에게 나누어주면

혁명 전까지만 해도 미국 관광객들의 술과 쾌락의 장소였던 몬세라떼 호텔…
이제는 쿠바 서민들의 아파트가 되었다

서 지금은 1층을 제외하고는 아파트처럼 쓰이고 있다. 건물 꼭대기에 절반쯤 색이 지워진 채 남아 있는 'MONSERRATE'란 글씨만이 술과 쾌락으로 흥청대던 이곳의 과거를 이야기해줄 뿐이다. 카페에 들어서자마자 부까네로 맥주를 시켜놓고 우리는 담배부터 꺼내 물었다. 잠시 담배갑을 들어 요리조리 살피던 를란도가 물어온다.

"이거 독한 거야?"
"아니, 한국 담배 순하다는 거 잘 알잖아."
"한 대 피워도 돼?"
"어, 너 담배 피워? 저번엔 안 피웠던 것 같은데."
"그땐 엄마가 하도 몸에 안 좋다고 잔소리해서 끊던 중이었어."

쿠바 사람들도 건강을 위해 담배를 끊어야 된다고 생각하는구나. 당연한 사실이 새삼스럽게 느껴졌다. 대화가 자연스레 이어지기까지 우리는 각자 두세 대씩 연거푸 담배를 피워댔다.

"요즘은 어떻게 지내? 트리니다드(Trinidad)는 안 가? 같이 음악하던 아센또 라띠노 멤버들은 다 잘 있고? 호세는?"
"응, 그저 그래. 트리니다드는… 이번 봄에 잠깐 다녀온 뒤로는 간 적이 없어."
"왜? 공연은 어쩌고?"
"무대에 못 올라간 지는 벌써 1년이 다 돼 가. 아센또 라띠노도 사실상 해체 상태고."

시무룩한 롤란도의 표정에 들떴던 우리 마음도 금세 찬물을 끼얹은 듯 가라앉았다. 롤란도 얘기로는, 1년 전부터 트리니다드 같은 관광지에서 경찰이 외국인들과 어울리는 쿠바 젊은이들을 별 이유 없이 단속하기 시작했다고 한다. 그러자 관광객들만 넘쳐나는 그 먼 곳까지 굳이 찾아갈 필요를 못 느낀 외국인들의 발길이 뜸해지면서 덩달아 그들을 상대로 영업하던 클럽이나 카페들 중 상당수가 문을 닫았다고 한다. 아센또 라띠노 같은 밴드들이 설 자리를 잃어버린 건 물론이다. 멤버들은 각자 먹고 살 길을 찾아 뿔뿔이 흩어졌고, 리더였던 롤란도는 상황이 나아지길 기다리며 1년째 집에서 놀고 있는 형편이었다.

"그럼 호세도 연락이 안 되는 거야?"

"아니, 호세는 아바나에 있어. 최근에 재혼했는데, 센뜨로 아바나에 있는 자기 집하고 부인 집을 왔다갔다하면서 지낸대. 나도 본 지 꽤 됐는데, 연락하면 언제든 볼 수 있을 거야."

그나마 다행이었다. 호세와 롤란도. 우리는 항상 둘을 그렇게 같이 이어서 불렀다. 호세는 밴드에서 콩가를 연주하고 노래를 했다. 트리니다드에서 까밀로는 호세에게 콩가를 배웠고, 영어를 할 줄 모르는 호세를 위해 롤란도가 항상 같이 나와 어울렸다.

"참, 선물이 있어."

나는 가방을 뒤지며 말했다. 유달리 사진 찍는 걸 좋아하는 쿠바 사람들에게 뭐니뭐니해도 이게 최고다 싶어 서울에서 잔뜩 뽑아 온 2년 전 사진들을 끄집어냈다. 사진을 고르고 이름을 적어 포장지에 넣으면서 크리스마스의 산타가 된 듯 마냥 신이 나기도 했다. 선물을 준비하면서 그렇게 설레어보는 것도 정말 오랜만이었다.

사진을 보자 롤란도의 얼굴에 웃음이 되돌아왔다. 구부정하게 큰 키와 긴 팔을 휘저으며 엉거주춤 노래하던 빠블로, 조개껍데기를 이은 목걸이를 머리에 둘러야 소리가 제대로 나온다던 루이스, 단 한 번도 말하는 걸 본 적이 없는 과묵한 에트네스또. 한 사람씩 얼굴이 등장할 때마다 롤란도는 그들과 무대에서 춤추고 노래하던 그때가 그리운 듯 사진을 쉽게 넘기지 못했다. 옆에서 그 모습을 지켜보는 우리도 마음이 찡해왔다. 롤란도의 눈가가 살짝 촉촉해지는 게 보였다. 얘 오늘 이러다 울겠다. 그때 천장에 매달린 텔레비전에서는 야구 중계가 한창이었다.

"롤란도, 야구 좋아해?"

"응, 좋아하지. 쿠바는 야구잖아."

"그럼, 우리 야구나 보러 갈까. 안 그래도 쿠바 와서 야구장에 꼭 한 번 가보고 싶었는데, 같이 가자."

롤란도도 좋다고 했다. 바텐더에게 경기 일정을 물어봤더니 마침 내일 오후 1시 반에 경기가 있다고 했다.

"호세도 같이 가면 좋은데. 연락해볼 수 있어?"

"응, 할 일도 없으니까 가자고 하면 좋아할걸. 아예 지금 집에 찾아
가볼래?"

호세네 집에는 전화가 없다. 만약 집에 호세가 없어도 이웃집에 말
을 남겨놓으면 연락이 닿는 건 문제가 없다. 그는 또 어떤 모습으로 변
해 있을까. 남은 맥주를 단숨에 들이켜고 카페를 나섰다.

차이나타운을 지나 호세의 집이 있는 상하(Zangja) 거리로 향했다. 상하는 원래 중국 이민자들이 아바나에 와서 맨 먼저 뿌리를 내린 동네 가운데 하나다. 그래서 간혹 골목 안쪽에 한자로 된 간판이나 문패가 걸려 있는 집들이 보인다. 걸어가는 동안 롤란도는 기분이 나아졌는지 말수가 많아지고 농담도 하며 원래의 롤란도로 돌아왔다.

"저기, 저 경찰서! 우리 저기 간 적 있어."
"엥? 경찰서에 니들이 왜 가?"
"얘기하려면 긴데, 흐흐."

우리는 2년 전 여행 마지막 날에 공원에 앉아 있다가 강도를 당한 이야기를 해줬다. 롤란도의 얼굴이 자못 심각해졌다.

"다치지는 않았어? 그만하길 다행이네. 나도 흑인이지만, 이 주변에 사는 흑인 애들 가운데는 그런 나쁜 짓을 하는 애들이 많아. 너희가 좀 더 조심하는 수밖에 없어."
"쿠바에도 그런 게 있어? 왜 미국 같은 데서는 흑인들이 차별이 심

해서 교육도 잘 못 받고 일자리 구하기도 힘들어서 범죄의 유혹에 빠지기가 쉽잖아."

"인종차별 말이야? 어휴, 당연히 있지! 정부는 쿠바에서 피부색으로 차별하는 일은 없다고 하지만 실제로는 안 그래."

롤란도는 그 예로 학교 다닐 때 이야기를 해줬다. 음악전문학교에 진학해 바이올린을 전공으로 선택하려고 하자, 선생님들은 흑인이 무슨 바이올린이냐며 남들처럼 타악기를 하라고 강요했다고 한다. 그래서 어머니가 1주일이 넘도록 계속 학교에 찾아가 조르고 항의한 끝에 겨우 바이올린 공부를 계속할 수는 있었다.

하지만 그 다음이 더 문제였다. 아무리 연주를 잘해도 백인 친구들의 실력을 더 인정해줬다. 그 학교 전체에서 흑인 학생은 롤란도를 포함해 딱 두 명뿐이었는데, 학창시절 내내 그런 차별의 벽 앞에서 번번이 좌절해야 했다고 한다.

롤란도는 딱 잘라 말했다. 쿠바에 인종차별이 없다는 것은 다 거짓말이라고. 제도적으로는 차별이 완전히 금지되어 있지만 사람들의 마음속에는 여전히 강하게 남아 있다고 말이다. 실제로 거리에서 만나는 사람의 절반은 흑인이지만 중요한 자리에 오른 흑인은 보기 힘들지 않느냐고 되물었다. 음악 하는 밴드도 다찬가지였다. 롤란도는 자기네 밴드가 여느 밴드보다 실력이 뛰어나다고 자부했지만 흑인들 음악인 룸바를 한다는 이유로 큰 무대에 설 수 없었다고 속상해했다.

한창 심각한 이야기를 주고받는데 갑자기 롤란도가 길 맞은편을 가리키며 웃음을 터뜨렸다. 그쪽을 쳐다보니 큰 키에 깡마른 중년 남자가 엉거주춤한 몸짓으로 바람에 날아가는 모자를 주우려 애쓰고 있었다. 얼핏 봐도 대낮부터 술에 취해 있다는 걸 알 수 있었는데 어라, 어디서 많이 본 사람이다.

"저 사람 호세 아니야?"
"크큭. 호세랑 닮았지? 호세 형이야, 형. 근데 완전 크레이지야. 크레이지 브라더스. 푸하하!"

롤란도는 웃다가 아예 바닥에 주저앉기라도 할 기세였다. 그 얘기를 듣고 다시 호세 형을 보자 우리도 웃음을 참을 수 없었다. 휘청이는 걸음걸이, 항상 술에 취해 그 정신세계를 도무지 가늠할 수 없는 4차원의 호세 얼굴이 떠올라서였다.

호세의 집은 사람 하나 겨우 지나갈 정도의 좁은 골목 양옆으로 다닥다닥 붙어 있는 작은 집들 가운데 맨 끄트머리에 있었다. 골목 입구에 번지수가 적혀 있었는데, 집들은 모두 같은 번지수를 쓴다. 롤란도는 입구에 멈춰 서더니 우리더러 굉장히 누추하고 지저분할 텐데 괜찮겠냐고 머뭇거렸다. 전혀 상관없다고, 아무렇지도 않다고 말했다.
롤란도를 따라 들어서자 할 일 없이 집 앞에 서 있던 동네 사람 몇이 의아한 눈빛으로 우리를 쳐다봤다. 열린 문 사이로 슬쩍 들여다보니 한낮에도 볕이 들지 않아 집안이 어두컴컴했다. 불을 켜둔 집은 한 곳도 없었다. 그러나 집과 세간은 누추해도 깔끔하게 잘 정돈되어 있

한 번지수에 네 개의 초인종이 정겹다

있고 골목도 깨끗했다. 한 집에서는 아주머니가 다 걸레를 밀며 바닥
청소를 하고 있었다.

호세네 집 문을 두들겼지만 대답이 없었다. 소리를 듣고 나온 옆집
아저씨에게 물었더니 부인 집에 갔다가 저녁에나 돌아올는지 자기도
잘 모르겠다고 했다. 아저씨에게 말을 전해달라고 부탁하고 돌아섰다.
워낙 산속에 부는 바람처럼 종잡을 수 없는 호세라 과연 내일 제 시간
에 그가 우리 앞에 나타날지 살짝 걱정이 되었다. 호세네 집으로 가는
길을 잘 눈여겨 봐둬야겠다.

아침부터 짐을 싸느라 한바탕 난리를 쳤다. 어젯밤에 알폰소 할아버지가 와서는 한 달 전에 예약한 사람이 있으니 방을 비워달라고 통보한 거다. 우리가 머물기로 한 날이 이틀이나 남았는데, 이건 무슨 경우람! 짐작으로는 우리보다 방값을 더 높게 부른 여행자가 나타난 게 아닐까 싶다. 어이가 없고 화가 났지만 까사가 여기밖에 없나 뭐! 다행히 데레사 아주머니가 사정 이야기를 듣고 아침에 다른 까사를 소개해 주기로 했다.

새로 옮겨간 까사 주인은 쉰 살 정도 돼 보이는 아저씨였다. 집 안 가득 쿠바 사람들이 즐겨 먹는 검은콩 수프 냄새가 폴폴 풍겼다. 내가 수프 냄새에 취해 있는 동안 까밀로는 아저씨의 엄청난 똥배가 그렇게 신기한지 눈을 떼지 못한다. 아무리 쿠바 사람들이 야채를 거의 안 먹고 고기와 단 음식을 좋아한다지만, 어쩜 저렇게 부풀어 올랐을까. 서둘러 짐을 내려놓고 롤란도와 호세를 닫나러 공원으로 달음질쳤다.

"오~ 까밀로, 수진! 우와하하하하하ㅎ!"

아프리카 느낌이 팍팍 나는 파란색과 노란색으로 염색된 옷을 위

아래로 빼입고 기다란 하얀색 우산까지 든 호세가 소리쳤다. 그의 과장된 몸짓과 호탕한 웃음소리에 주변 사람들의 시선이 일제히 우리에게 꽂혔다. 하지만 이런 걸 신경 쓴다면 그건 호세가 아니다. 그는 두 팔을 활짝 벌리고 우리를 동시에 껴안은 채 귀가 울릴 정도로 쪽쪽 소리를 내며 볼에 키스를 해댔다. 그리고 까밀로더러 안 본 사이 많이 늙었단다. 까밀로가 장난스럽게 주먹으로 호세의 가슴을 툭툭 쳤다.

"호세는 하나도 안 변했네, 그대로야."
"난 아티스트잖아, 와하하하! 참, 이거 볼래? 내가 꼬마들 주려고 산 만화 DVD야."
"꼬마들? 벌써 애까지 낳았어?"
"아니, 내 부인 애들이야. 어찌나 예쁜지 아주 죽어, 죽어."

호세는 DVD 속지까지 꺼내 보여주며 자랑을 늘어놨다. 내내 혼자 지내다 가족이 생긴 게 그렇게 좋을 수가 없나 보다. 그때 옆에서 롤란도가 재촉해댔다.

"애들이 나이가 몇 살인데 이런 걸 사고 그래? 늦겠다. 빨리 가자."

이미 경기가 시작돼서 그런지 야구장 입구는 한산했다. 매표소 직원에게 입장료가 얼마인지 물었다.

"외국인은 3CUC, 쿠바 사람은 1페소예요."

"3CUC요? 70배 넘게 차이나네. 똑같은 경기를 보는 건데 왜 이렇게 차이가 나요?"

그런데 생각해보면 소득수준이 그만큼 차이가 나니까 입장료를 달리 받는 건 당연한 일일 수도 있다. 그때 뒤에서 차례를 기다리던 보스턴 레드삭스 모자를 쓴 백인 남자가 참견하고 나섰다.

"디스 이즈 쿠바(여긴 쿠바잖아요)!"

쿠바에 온 뒤 선뜻 이해가 안 되는 상황에서 가장 많이 듣는 말이 '여긴 쿠바니까요'다. 그러나 같은 말이라도 쿠바 사람들이 하는 것과 서양 남자가 퉁명스럽게 내뱉는 말은 느낌이 완전 달랐다. 왠지 그 말 속에 비아냥거림이 묻어 있는 것 같아 별다른 대꾸도 하지 않고 휙 돌아서버렸다.

평일 낮 경기인데도 내야쪽 자리는 절반 넘게 차 있었다. 어린 손자를 데리고 온 할아버지, 간식을 한 아름 들고 소풍 온 가족, 데이트하는 연인, 이미 한 잔 걸친 듯 연신 소리를 질러대는 아저씨. 경기장이 좀 낡았고 상업 광고가 없는 것 말고는 우리나라의 야구장과 다를 바 없는 분위기다.

쿠바 사람들의 야구 사랑은 각별하다. 한번은 공원에서 열댓 명의 남자들이 큰 소리로 논쟁을 벌이는 걸 보고 다가간 적이 있다. 정치문제를 가지고 토론을 하나 싶어서였다. 뒤늦게 모여든 사람들도 한마디씩 거들면서 한낮의 백분토론이 벌어졌다. 그런테 가만 들어보니 어느 팀의 누가 더 야구를 잘하는지를 놓고 서로 말싸움을 벌이는 거였다.

오늘 경기는 둘 다 아바나를 홈으로 하는 인두스뜨리알레스(Industriales)와 메뜨로뽈리따노스(Metropolitanos) 끼리의 시합이었다. 나는 야구 규칙을 전혀 모른다. 그저 사람들을 구경하는 게 재미있고, 쿠바에서 야구를 본다는 게 마냥 신이 날 뿐이었다. '다악!' 방망이에 맞은 공이 경쾌한 소리를 내며 허공을 가르자, 옆에 있던 롤란도가 오락실 두더지처럼 튀어올라 주먹을 허공에 내지르며 흔호성을 질렀다. 덩달아 박수를 치며 좋아하는 까밀로. 그런데 웬일인지 호세는 그다지 흥이 안 나는 표정이었다. 한참을 큰 눈망울을 굴리면서 입맛을 다시던 호세는 까밀로에게 넌지시 귓속말을 했다. 빙긋 웃는 까밀로, 주머니에서 지폐 한 장을 꺼내 호세에게 건넨다. 롤란드가 놀란 표정으로 호세에게 다가갔다.

"호세! 미쳤어? 안 돼!"
"까밀로, 호세가 뭐라고 한 거야? 설마 술?"

짐작대로였다. 호세는 나가서 럼을 사오겠다그 우겼고, 롤란도는 경찰한테 걸리면 큰일 난다고 말리는 중이었다. 여기도 경기장 안에서는 술을 못 마시게 되어 있는데, 호세는 막무가내르 돈과 내 가방을 가지고 자리를 떴다.

잠시 뒤, 호세는 종이팩에 든 럼 네 개를 가방 간에 숨겨 들어왔다.

그리고 호세는 셔츠 앞주머니에, 롤란도는 수건에 돌돌 말아서, 까밀로는 가방에 숨긴 채로 빨대를 꽂다 럼을 빨았다. 다 큰 남자 셋이 나란히 앉아서 빨대를 쪽쪽 빠는 모습이 참 가관이었다.

"어이, 까밀로, 이거 영어로 뭐라고 해?"
"젖꼭지? 니플?"
"어, 그래. 니플! 롤란도~ 내 찌찌 먹어라~ 쭈쭈."

술 한 모금에 생기를 되찾은 호세는 가슴팍에 있는 빨대를 롤란도 얼굴에 갖다 대며 짓궂은 장난을 걸었다. 평소 호세가 장난치면 면박을 주곤 하던 롤란도도 빨대를 빠는 시늉을 하며 맞장구를 친다. 누가 이 사람들을 마흔 중반과 서른 살 먹은 어른이라 생각할까.

한창 경기가 무르익어갈 무렵, 이번엔 롤란도가 관중석 왼쪽을 뚫어져라 쳐다보는 거다. 거기엔 갈색 생머리에 스키니 진을 입은 가슴 큰 여자가 사람들 사이를 가로지르고 있었다.

"롤란도, 경기는 안 보고 대체 뭘 보는 거야."
"저 여자 진짜 끝내주지, 그치?"
"으응? 무슨 말도 안 되는 소리야. 그렇게 쳐다보면 되게 기분 나빠할걸."
"무슨 말씀. 애써 꾸미고 나오면 그걸 알아봐주고 예쁘다고 말해주는 게 쿠바에서는 예의야."

그때, 아까부터 뒤에서 소리를 지르던 아저씨가 까밀로를 불렀다.

"어이, 아시아 친구. 자넨 어느 편이야?"
"인두스뜨리알레스요."
"그렇지! 메뜨로 놈들은 야구선수도 아냐!"

아저씨는 일부러 밑에까지 내려와 우악스럽게 까밀로의 손을 잡아 흔들고는 다시 악을 써가며 경기에 빠져들었다. 경기는 우리가 응원한 인두스뜨리알레스의 깔끔한 승리로 끝이 났다. 하나둘 경기장을 빠져 나가는 사람들을 보며 롤란도가 지나가는 말처럼 중얼거렸다.

"내가 야구장에 오는 건 아마 오늘이 마지막일 거야. 야구는 좋지만 대낮부터 술 먹고 소리 지르고, 더 이상 이렇게 살기는 싫어."

큰 결심이라도 한 듯 롤란도는 럼을 꿀꺽 삼키고 텅 빈 경기장을 뚫어져라 쳐다봤다. 괜찮아, 롤란도. 이제 겨우 네 인생의 3회 초가 시작됐잖아. 홈런을 칠 기회는 아직 얼마든지 많다고!

혁명박물관에서의
하루

　　3·13 광장(Plaza 13 de Marzo)에 멈춰 선 중국제 신형 관광버스는 계속해서 관광객들을 토해내고 있었다. 우리처럼 혁명박물관(Museo de la Revolución)을 둘러보러 온 사람들이 분명했다. 물론 하와이안 꽃무늬 셔츠에 반바지와 슬리퍼 차림을 했다고 혁명에 관심을 가지지 말란 법은 없지만, 그들의 차림새와 이 공간이 너무 안 어울린다는 느낌만큼은 떨쳐버릴 수가 없다. 오래전 열혈 청년들이 독재정권에 맞서 목숨을 내던졌던 이곳 광장에서는 초등학생 꼬마들이 서로 뒤엉켜 장난을 치고 있었다.

　　1957년 3월 13일, 독재에 저항하던 학생연맹의 호세 안또니오 에체베리아(Jose Antonio Echeverria)가 이끄는 수십 명의 학생들은 독재자 바띠스따를 제거하기 위해 총을 들고 대통령궁을 습격했다. 그러나 건물이 워낙 복잡한 탓에 끝내 대통령 집무실을 찾지 못하고 모두 사살되거나 체포돼 비극적인 죽음을 맞았다. 바로 그 대통령궁이 오늘날 혁명박물관이 되었고, 그 앞 광장은 3·13 광장이라 이름 지어졌다. 박물관 안팎에는 벽 곳곳에 총탄 자국들이 그대로 남아 치열했던 그날을 증언해주고 있다.

정면에서 바라본 박물관은 전면에 수직으로 뻗은 기둥 장식에서 웅장하면서도 단순한, 남성적인 미력이 느껴진다. 광장 저 너머 말레꼰 앞에 세워진 쿠바의 독립영웅 막시모 고메스(Maximo Gomez)가 늠름하게 말을 타고 있는 모습의 동상과 마치 한 세트로 만들어진 듯 잘 어우러졌다.

건물 안은 1층의 넓은 중앙 홀 위로 천장까지 가운데가 뻥 뚫려 있다. 2층으로 연결된 계단을 올라가면 네모난 도너츠처럼 둘러진 복도를 따라 전시실로 쓰이는 방들이 촘촘히 연결되어 있다. 우리가 봐도 그 방이 그 방인 것 같은데 일분 일초를 다투던 당시의 학생들이 대통령 집무실을 못 찾은 게 당연해 보였다.

처음 들어간 전시실에는 콜럼버스가 쿠바 섬 동쪽 끝에 있는 바라꼬아(Baracoa)에 맨 처음 상륙했던 당시부터 두 차례에 걸친 독립전쟁, 뒤이은 미국의 점령의 역사가 연다 별로 정리되어 있었다. 그러나 무엇보다도 혁명박물관에서 가장 큰 부분을 차지하는 건, 20세기 초반에 시작된 독재정권에 맞선 민중들의 투쟁의 역사였다.

몬까다 병영 습격 사건 때의 사진들, 그 유명한 '역사가 나를 무죄로 하리라' 는 제목의 카스트로의 법정 최후 진술서, 시에라 마에스뜨라 산맥에서 무장투쟁을 할 때의 지도와 무기, 라디오 장비들, CIA가 꾸민 피그만 침공, 그리고 혁명 직후부터 오늘날까지 혁명이 이룩한 성과를 보여주는 기록들이 전시실을 채우고 있었다.

각각의 전시물들이 모두 만만치 않은 역사적 무게를 지닌 것이니만큼 관람하는 사람들의 분위기는 진지하고 엄숙했다. 하지만 카리브

해 특유의 낙천적인 유머와 재치는 그런 무거움을 그냥 두고 볼 리 없다. 그 중에서도 가장 압권은 '얼간이들 코너(Rincon de los Cretinos)'였다.

입술을 시뻘겋게 칠한 바띠스따와 미국의 로널드 레이건, 조지 H. 부시(아빠 부시) 전 대통령의 우스꽝스러운 캐리커처 밑에는 각각 '혁명을 이루게 해줘서 고마워, 바보야', '혁명을 강하게 해줘서 고마워, 바보야', '혁명을 공고히 해줘서 고마워, 바보야'라는 문구를 적어놓았다. 너희가 그렇게 망하라고 고사를 지내고 별 지랄을 다해도 우린 끄떡없이 살아남았어 이 자식들아, 하는 자신감과 대견함의 표현일 거다. 한편으로는 맞는 말이긴 하지만, 다른 한편으로는 미국의 공세가 그만큼 만만치 않음을 보여주는 반증일지도 모르겠다.

혁명 전까지 대통령궁으로 쓰였던 혁명박물관(왼쪽 건물)

전시는 건물 밖으로까지 이어졌다. 박물관 뒤뜰에는 배 한 척이 커다란 유리로 둘러싸여 있다. 할머니란 뜻의 그란마 호(Granma)다. 1956년 11월 25일 멕시코 항을 출발한 여든두 명의 혈기왕성하고 정의감에 불타던 혁명가들을 할머니처럼 꼬옥 품어 안고 쿠바로 데려다준 요트였다.

"생각보다 배가 훨씬 더 작네."
"원래 정원이 열두 명밖에 안 되는 배였다잖아. 돈이 모자랐든지 해안경비대 눈을 피하려고 일부러 그랬는지 나름 이유는 있었겠지만, 수십 명이 1주일 동안 타고 올 거면 더 큰 배를 구했을 법도 한데 말이야."

혁명박물관 안의 '얼간이들 코너'

그런데 체 게바라가 쓴 회상기를 보면 정작 더 큰 문제는 뱃멀미였다고 한다. 일행 가운데 서너 명을 빼고는 다들 배를 처음 타보는 거라 몇몇은 중간에 아예 바다로 뛰어내리려는 걸 말리느라고 아주 애를 먹었단다.

"아니, 그런 엄청난 일을 꾸미던 사람들이 사전에 그 정도 적응훈련도 안 했다는 거야?"

"그게 끝이 아냐. 정부군한테 발각돼서 산으로 도망갈 때는 멕시코에서 새로 사 신은 군화 때문에 발뒤꿈치가 까져서 다들 군화를 손에 들고 다니느라 두 배로 고생했대."

"하하, 비극적인 이야기긴 한데 너무 웃기다."

"근데 말이야, 원래 그란마 호 정원이 열두 명이었잖아. 그런데 나중에 상륙하고 살아남은 사람도 딱 열두 명이었어."

"진짜 그러네. 그럼 그란마 호의 저주?"

그란마 호 주변에는 탱크, 전투기, 미사일 같은 무기들도 여러 점 전시되어 있었다. 모두가 미국의 사주를 받은 반혁명 테러리스트들과의 싸움의 흔적들이다. 그 앞을 한 젊은 여인이 유모차를 끌고 한가로이 지나간다. 무기들을 모두 치워버리고 이 잔디밭에서 아이들이 공놀이하는 모습을 볼 수 있는 날은 언제쯤일까. 그런 날이 온다면, 우리는 컴퓨터에 저장되어 있는 묵은 사진들 중에서 오늘 이곳의 풍경을 모두 삭제해버리고 둘이서 쿠바 리브레 칵테일을 만들어 건배를 해야겠다.

꿈꾸는 섬 쿠바, 그 혁명의 역사

쿠바라는 섬의 존재가 바깥세상에 알려지기 시작한 건 1492년 콜럼버스가 이끄는 선단이 바라꼬아 해안에 도착하면서부터였다. 당시 섬에는 과나하따베이라는 토착민들과, 인근 이스빠뇰라 섬(지금의 아이티와 도미니카 공화국이 있는 섬)에서 이주해온 타이노와 시보네이 선주민들이 살고 있었다. 이들은 백인들의 침략에 맞서 아뚜에이라는 타이노 족장의 지도 아래 완강히 저항했지만, 대부분이 학살당하거나 백인들이 옮겨온 전염병으로 거의 전멸하고 말았다. 그렇게 쿠바를 식민화한 스페인인들은 이곳을 본국과 중남미의 다른 식민지를 오갈 때 잠깐 쉬어가는 기착지 정도로만 활용했을 뿐, 정작 한동안은 이 작은 섬에 그다지 큰 관심을 두지 않았다.

그러던 중 본격적인 변화를 몰고 온 사건이 일어났다. 하나는 17세기 중반 영국군이 아바나 항구를 점령한 사건이었고, 다른 하나는 18세기 말 아이티에서 일어난 흑인 노예혁명으로 수천 명의 프랑스인들이 대거 쿠바로 쫓겨 온 사건이었다. 이들 백인들은 쿠바에 대농장을 건설하고 사탕수수와 커피 농사를 짓게 했다. 그리고 부족한 노동력을 충당하기 위하 아프리카에서 대거 노예들을 끌고 왔다. 이는 쿠바의 인구 분포를 완전히 뒤바꾸어 놓았을 뿐 다니라, 백인 농장주와 관료로 구성된 지배층, 유색 혼혈인과 노예의 신분에서 풀려난 중간 관리지층, 그리고 대다수의 흑인 노예들로 이루어진 계급 구조를 만들어냈다.

이러한 계급 구조를 바탕으로 쿠바의 설탕 산업은 갈수록 커져 갔고 그에 따른 이윤도 눈덩이처럼 불어났다. 그러자 쿠바를 바라보는 스페인 본국의 태도도 완전히 달라졌다. 부지런히 설탕을 수출하기 위해 쿠바에 도로와 철도를 새로 깔고 항구를 넓힌 것이다. 또한 부를 좇아 이주해오는 백인들의 수도 점점 불어났으며, 그들은 기회의 땅 쿠바에 정착해 막대한 부를 거머쥐게 되었다.

하지만 시간이 지날수록 이들에게는 점차 불만이 쌓여가기 시작했다. 경제적으로는 부유했지만, 정치적으로는 본국에서 파견된 관료와 군인들로부터 항상 억압과 차별을 당한다고 느꼈기 때문이다. 해마다 본국으로 꼬박꼬박 바쳐야 하는 세금이 점점 늘어나는 것도 불만의 원인 중 하나였음은 두말할 나위가 없다. 그리하여 19세기 중반으로 접어들면서 쿠바 태생의 백인들과 흑인 노예들의 반란이 여기저기서 고개를 들기 시작했고, 1868년부터 10년 간에 걸친 1차 독립전쟁을 거쳐 1895년부터 시작된 2차 독립전쟁에서는 호세 마르띠와 안또니오 마세오, 막시모 고메스 같은 쿠바 독립영웅들의 활약 속에 스페인인들을 거의 몰아내기 직전까지 이르게 된다.

그러자 이번엔 바로 코앞에 위치한 미국이 쿠바에 끼어들기 시작했다. 미 군함 메인 호가 아바나 항구에서 의문의 폭발사고로 침몰한 사건을 구실로 스페인에게 전쟁을 선포한 것이다. 결과는 신흥 강대국 미국의 손쉬운 승리로 끝났고, 저물 대로 저물어가던 고거의 제국 스페인 군대는 쓸쓸히 본국으로 발길을 돌려야 했다.

그때부터 독립국 쿠바는 사실상 미국의 식민지나 다름없게 되었다. 헌법을 비롯해 정치, 사회, 경제, 문화에 이르기까지 온통 '아메리칸 스타일'로 바뀌게 된 것이다. 앞다퉈 쿠바로 몰려온 미국 투자자들은 사탕수수와 커피 농장을 헐값에 사들이느라 눈썹이 휘날릴 정도였고, 아바나 같은 대도시들은 자국의 금주령을 피해온 마피아들이 개설한 도박장에서 피워대는 시가 연기가 하늘의 구름을 가릴 지경이었다. 그 사이, 헐벗고 굶주린 아이들은 그 주변을 서성이며 푼돈을 구걸했고, 그 어미와 누이들은 관광객들에게 웃음과 몸을 팔아야 했다.

그러던 1953년 7월 26일, 159명의 쿠바 젊은이들이 산띠아고 데 쿠바와 바야모에 있는 정부군 기지를 공격하는 사건이 일어나게 된다. 쿠바 혁명의 시작을 알리는 봉홧불이었다. 그러나 혈기는 왕성했지만 불행히도 너무나 순진하고 어수룩했던 이들 대부분은 정부군의 총탄에 즉결처형당하고, 카스트로 형제를 비롯해 살아남은 자들은 감옥에 갇히고 만다. 그러나 2년 뒤, 민중들의 들끓는 석방 요구 덕분에 감옥에서 풀려나 멕시코로 몸을 피한 피델과 라울 카스트로는, 까밀로 씨엔푸에고스와 체 게바라 같은 헌신적이고 열정적인 젊은이들을 끌어 모아 쿠바에서 본격적인 무장 혁명 투쟁을 꿈꾸기 시작한다.

그리고 1년 뒤인 1956년 11월 25일, 그란마 호를 타고 멕시코 항구를 떠난 82명의 젊은 혁명가들은 천신만고 끝에 라스 꼴로라다스 해안에 상륙하는 데 성공한다. 하지만 그들을 맞이한 것은 민중들의 박수와 함성이 아니라, 정부군의 기관총과 전투기의 굉음이었다. 그 결과, 대부분이 총 한 방 제대로 쏴보지 못한 채 그 자리에서 목숨을 잃었고, 동료들의 시체를 뒤로 하고 가까스로 시에라 마에스뜨라 산맥의 험난한 밀림 속으로 몸을 피한 게릴라들의 숫자는 겨우 12명에 지나지 않았다.

그러나 본격적인 반전은 그때부터였다. 1957년 2월 7일, 뉴욕 타임스 특파원인 허버트 매튜스가 혁명 게릴라 본부에 잠입, 취재하는 데 성공하면서 그들의 존재가 만천하에 알려지게 된 것이다. 그러자 바띠스따 독재 정권의 폭정과 만행에 질린 사람들이 그 소식을 듣고 하나둘씩 산으로 올라와 대열에 합류하기 시작했다. 게릴라들의 수는 점점 불어났고, 도시의 혁명 세력들은 수시로 총파업과 거리 시위를 통해 정부를 괴롭히는 한편, 부지런히 무기, 자금, 그리고 자원병들을 끌어 모아 산으로 올려 보냈다.

그렇게 민중들의 지지를 등에 업은 게릴라들은 1958년 여름부터 아바나 진격투쟁을 시작했고, 그에 반해 부패한 독재자를 위해 목숨을 바쳐야 할 이유를 찾지 못했던 정부군은 맥없이 패배만 거듭했다. 그리고 마침내 1959년 1월 1일 새벽 2시, 바디스따가 쿠바를 떠나 도미니카공화국으로 줄행랑치면서 2만 명의 목숨을 앗아갔던 혁명전쟁은 2년 만에 막을 내리게 된다. 피델 카스트로가 서른두 살, 체 게바라가 서른 살 되던 해의 일이었다.

혁명이 성공할 당시, 쿠바 농민들의 연평균 수입은 91.25달러로 미국에서 가장 가난하다는 미시시피 주의 8분의 1밖에 되지 않았다. 그렇게 농사를 많이 짓는 나라에서 우유를 마실 수 있는 인구는 약 11%, 고기는 4%, 수돗물은 3%, 전기는 9.1%였으며, 국민의 36%가 기생충에 감염되었고, 14%가 결핵을 앓고 있었으며, 43%가 문맹이었다. 이런 상황에서 혁명에 대한 지지는 당시 쿠바 민중들에게는 인간다운 삶을 위한 당연한 선택이었을지 모른다.

그리고 반세기가 흐른 오늘날, 58세이던 평균 수명은 79세로 늘어났고, 6천 3백 명뿐이던 의사도 7만 명으로 늘어나 쿠바뿐만 아니라 세계 80여 나라에서 의술을 펼치고 있다. 또한 국민의 97%가 글을 읽고 쓸 줄 알게 되었고, 전기와 수도 보급률은 이미 90%를 훌쩍 넘었으며, 유아 사망률은 1천 명당 4.7명으로 미극(6.4명)보다도 낮아졌다.

무작정 찾아간
쿠바 외교부

쿠바에 온 지 1주일 정도 지났을 무렵, 뭔가 부족하다는 느낌을 지울 수가 없었다. 처음에는 쿠바 사회에 대한 사람들의 생각을 듣는다는 게 마냥 신기하고 흥미로웠는데, 자꾸 듣다 보니 그 얘기가 그 얘기였다. 혁명의 큰 뜻엔 동의한다, 공짜로 교육받고 병원에 갈 수 있다는 건 당연히 좋다, 하지만 그거로는 부족하다, 우리도 너희처럼 외국 여행도 가보고 싶은데 그럴 돈도 자유도 없다, 카스트로는 존경하지만 그 밑에 관료들이 문제다 등등.

아마 여행자들 대부분이 들은 이야기도 우리와 비슷할 거다. 우리가 만난 사람들을 그들이 만나고, 그들이 갔던 곳엘 우리가 가고 하는 식이니 말이다. 이러다 보면 결국엔 우리 여행도 남들이 이미 보고 들었던 걸 직접 확인하는 수준밖에는 안 될 거라는 생각이 들었다.

"우리, 정부에서 일하는 사람을 한번 만나보는 거 어때?"

더위에 지쳐 낮잠을 자던 까밀로가 벌떡 일어나 물었다.

"그런 사람들 얘기는 뻔하지 않을까? 다들 좋은 이야기만 하겠지."

"물론 그렇긴 하겠지. 하지만 그 사람들을 만나보면 적어도 쿠바 정부가 이 나라를 어디로 이끌려고 하는지 최소한의 단서라도 얻을 수 있지 않겠어?"

"그럼 누굴 만날 건데? 피델? 라울? 누가 만나주기라도 한대?"

말은 그렇게 했지만 나도 어느새 까밀로의 말에 귀가 팔랑이고 있었다. 그래서 누구 하나 오라는 사람 없는데 우리끼리 설레발치며 찍은 곳이 바로 쿠바 외교부다. 우린 오국인이니까 외교부가 매정하게 내치지는 않겠지 하는 근거 없는 믿음이라고 할까. 만약 다른 나라에서였다면 이런 생각조차 해보지 않았을 거다. 그러나 쿠바 정부는 왠지 다를 것 같다는 기대가 들었다. '온 인류가 나의 조국'이라고 크게 써 붙여 놓은 것도 바로 그들이었으니까.

일단 무작정 택시부터 잡아탔다. 말레꼰을 따라 베다도 북서쪽으로 한참을 달린 택시는 커다란 운동장 뒤편에 우리를 내려줬다. 사다리꼴 구조물이 모자처럼 지붕에 씌어져 있는 3층짜리 건물이었다. 1층 현관문으로 다가서자 그 앞을 지키던 군인이 우리를 막아섰다. 아니, 막아섰다기보다는 용건을 물어왔다는 게 더 정확하겠다. 총은커녕 곤봉 하나 차고 있지 않은 그는 우리가 더 무안할 정도로 쭈뼛쭈뼛 말을 걸어왔다. 짧은 경험상 이럴 때는 무조건 현지어가 아닌 영어로 말해야 한다. 그래야 더 있어 보여서가 아니라 조금이라도 어버버한 모습을 감추는 게 유리하기 때문이다. 우리가 워낙 호기롭게 볼일이 있어 왔다고 하니까 군인은 로비에 있는 안내 데스크로 우리를 안내했다.

이제 어쩌지? 일단은 안내 직원에게 용건을 설명했다. 그런데 아무리 포장하려고 해도 우리가 내세울 거라곤 한국에서 왔고(그래서 어쨌다고?), 나름 빨간책도 읽고 데모도 좀 해봤고(아니 그래서 뭐?), 평소 쿠바에 대한 관심이 많았는데(누군들…), 쿠바에 대한 설명도 좀 듣고 자료를 얻고 싶다는 것뿐이었다. 말을 꺼내면서도 조심스레 직원의 눈치를 살폈다. 하지만 웬걸, 직원은 뜻밖에도 고개를 끄덕이고는 담당 직원이 내려올 테니 잠시 기다리란다. 오호, 이런 게 통한단 말이야? 스스로 기특해하는 사이, 양복을 입은 직원이 다가왔다. 그에게 아까 데스크에서 했던 말을 똑같이 하자 그는 빙긋 웃으며 유창한 영어로 말했다.

"그렇다면 저보다는 ICAP 사람들을 만나보는 게 훨씬 나을 것 같네요. 담당자 이름과 사무실 위치를 가르쳐드릴 테니 찾아가 보세요. 아마 친절하게 대답해줄 겁니다."

'Instituto Cubano de Amistad con los Pueblos(ICAP)' 그가 건네준 메모지에는 이런 이름과 주소가 적혀 있었다. 우리말로 풀면, '쿠바민중친선협회' 정도 될 텐데, 다행히 거기서 다섯 블록밖에 떨어져 있지 않았다. 직원은 정문앞까지 나와서 다시 한 번 길을 가르쳐주고는 손까지 흔들어주었다. 쿠바 공무원들이 대체로 저렇게 친절한 건지, 우리가 외국인이어서 특별히 그랬는지, 아니면 저 사람의 품성이 원래 그런 건지, 그것도 아니면 오늘따라 기분 좋은 일이 있었는지 모를 일이다. 아무튼 그 사람 덕분에 쿠바 정부 호감도 1점 상승.

주소를 따라간 사무실은 주택가에 있는 가정집을 고쳐 쓰고 있었다. 아마 혁명 이후 주인이 버리고 떠난 집을 정부가 사용하고 있는 듯

했다. 잠시 뒤, 예순은 족히 넘어 보이는 할아버지 한 분이 환하게 웃으며 내려왔다. 이름은 로베르또. 여기서 동북아시아를 담당하는데, 특히 꼬레아와 인연이 깊다고 했다. 북한 김일성대학에서 유학생활을 했으며, 몇 년 전까지는 1년에 몇 번씩 북한에 다녀오기도 했다고 한다. '아, 그렇군요. 그럼 한반도 상황이나 그런 거는 잘 알고 계시겠군요.' 하고 맞장구를 쳤다. 여기까지는 일이 술술 잘 풀리는 느낌이었다.

그러나 그도 잠시, 위기는 한순간에 찾아왔다. 우리가 인권단체에서 일도 했고, 쿠바에도 관심이 많다고 하자 할아버지의 얼굴이 순식간에 잿빛으로 변한 것이다. 방금까지만 해도 허리를 우리 쪽으로 숙인 채 부드러운 얼굴로 우리를 쳐다보던 로베르또는 '끄응' 하는 소리를 내며 허리를 의자 등받이에 기대앉았다. 우리가 뭘 잘못한 걸까. 재빨리 머릿속으로 되짚어보니 그 이유를 금방 짐작할 수 있었다. 바로 '인권단체에서 일했다' 는 대목이 문제였던 거다. 인권 문제로 국제사회로부터 공격을 당하고 있는 쿠바에게 인권은 불편하고도 민감한 단어였다. 그 어색함을 한 방에 날려버린 건 까밀로의 입에서 나온 한마디였다.

"여기, 서울에서 가져온 〈사람〉이라는 인권잡지인데요, 쿠반 파이브(Cuban Five. 미 교도소에 수감 중인 다섯 명의 쿠바 양심수)에 관한 글이 있어요. 제가 쓴 거예요. 한글이긴 하지만, 그래도 기념 삼아서…."

"오, 그래요? 한국에서도 쿠반 파이브를 아는 사람이 있다니, 정말 멋지군요. 이거 제가 가져도 될까요? 윗분들도 아마 꽤 흥미 있어 할 것 같아서요."

로베르또의 얼굴이 환하게 펴지면서 입가에 웃음이 번져나갔다.

"여기서 잠시만 기다리세요. 저도 두 분에게 뭔가 드릴 게 있어요."

그리고 몇 분 뒤, 다시 나타난 로베르또의 양팔에는 책과 리플렛, 포스터가 잔뜩 들려 있었다.

"쿠반 파이브에 관한 자료들이에요. 넉넉하게 준비했으니까, 한국에 가서 주위 분들에게도 나눠주세요."

그렇게 주거니 받거니 하면서 분위기는 급 화기애애해졌다. 우리는 쿠바에 대한 인상과 가볼 만한 곳을 주제로 좀 더 이야기를 나눴다. 그러나 아쉽게도 우리가 약속 없이 불쑥 찾아온 탓에 로베르또는 다른 일정을 위해 자리를 떠야 했고, 그걸로 로베르또 할아버지와의 인연은 마지막이었다. 나중에 우리가 다시 사무실을 찾았을 때에는 할아버지는 시력이 점점 나빠져서 은퇴를 한 뒤였다. 비록 이날 우리가 원하던 이야기는 나누지 못했지만, 그날의 갈증은 나중에 아바나에 돌아와 우연찮게 만난 아마리따 아주머니를 통해 해소하게 된다.

★쿠바와 인권

쿠바 정부에게 있어서 '인권'이란 단어는 지극히 민감하면서도 불편한 단어다. 쿠바의 카스트로 정권을 목구멍에 걸린 가시처럼 여겨온 역대 미국 정부와 정보기관, 그리고 마이애미에 근거지를 두고 수십 개의 방송국과 신문들을 통해 반카스트로 선전을 생산, 퍼뜨려온 쿠바 출신 이민자 조직들이, 전가의 보도처럼 휘둘렀던 공격 무기 가운데 하나가 바로 인권이었기 때문이다.

특히 2003년 봄, 두 개의 대형 사건이 잇달아 터진다. 하나는 '검은 봄' 사건이라 부르는, 쿠바의 이른바 반체제 인사 75명에 대한 체포와 중형 선고였고, 다른 하나는 민간 여객기를 납치해 미국 마이애미로 가려던 납치범 11명 중 3명에 대해 유죄선고 1주일 만에 이례적으로 사형을 집행한 사건이었다. 이 두 사건의 후폭풍은 과거와는 차원이 달랐다. 이번에는 노벨 문학상을 받은 주제 사라마구, 에두아르노 갈레아노, 수전 손탁 같이, 그동안 카스트로와 쿠바 혁명을 한결같이 지지해온 각국의 좌파와 진보 지식인들에게서도 비판의 목소리가 봇물처럼 터져 나왔다.

그들의 요지는, 쿠바 사회주의 정부를 무너뜨리기 위한 미국 정부의 온갖 공작과 음모, 혹독한 경제봉쇄라는 특수성을 감안하더라도, 또 그런 어려운 상황에서 그 어떤 나라들과도 비교할 수 없을 정도의 의료, 문맹퇴치, 주거 같은 보편적 복지와 사회 안정을 이룩해온 쿠바 정부의 공을 인정한다 하더라도, 그것이 기본적인 인권을 무시하고 짓밟는 행위에 대한 변명은 결코 될 수 없다는 것이었다.

이렇듯 쿠바와 그 혁명이 걸어온 길에 애정 어린 시선을 거두지 않고 있는 이들에게 인권의 보편성과 쿠바 사회의 특수성 사이에서 오는 갈등과 모순은 종종 당혹감을 안겨준다. 그러나 그걸 일일이 헤아릴 길 없는 쿠바 정부와 그 지지자들은 인권의 '인' 자만 나와도 방어적인 태도를 취하는 경우가 많다. 혹시 인권 어쩌구 하면서 자신들을 공격하고 비방하려는 거 아닌가 하고 말이다.

ICAP 사무실을 나서자 어느새 하늘엔 구름이 검게 뒤덮고 있었고 거센 바람까지 휘몰아쳤다. 숙소로 돌아가려고 길가에 서서 택시를 기다렸다. 그런데 생각해보니 지금 굳이 숙소로 돌아가야 할 이유가 없었다. 점점 굵어지고 강해지는 비바람을 피해 잠시 길가 매점 천막 아래서 어디로 갈지 고민했다. 그때 까밀로가 말했다.

"이왕 여기까지 온 거 이 근처를 좀 더 돌아보는 건 어때?"
"그러고는 싶은데, 인간적으로 비가 너무 많이 오는 거 아니야?"
"뭐 어때. 여기서는 다들 이 정도 비는 맞고 돌아다녀. 아마 지구 전체로 보면 우산 없이 사는 사람들이 훨씬 많을걸."
"그건 그 사람들 얘기고. 산성비 맞으면 머리 빠지고 피부 상한단 말이야. 이마도 넓으면서."

그렇게 옥신각신한 끝에 결국 까밀로의 말을 따르기로 했다. 하긴, 사람들 시선 신경 안 쓰고 온몸이 흠뻑 젖도록 비를 맞고 돌아다니는 것도 이때 아니면 또 언제 해보겠어.

SCHOOL BUS

"좋아. 그럼 이제 어디로 가지?"

"글쎄, 오뎅바에서 따끈한 정종 한 잔?"

말이 끝나기도 전에 성큼성큼 비 사이를 뚫고 걸어가자 까밀로가 쫄레쫄레 따라왔다. 아까 택시를 타고 오는 길에 점찍어둔 곳이 생각나서였다. 가운데에 별이 그려진 커다란 검은색 깃발 수십 개가 나부끼는 걸 보고 여기가 어디지 하며 얼른 지도를 찾아봤더니 미국 이익대표부가 있는 자리였다.

미국 이익대표부. 사회주의 국가 쿠바의 심장에 떡 하니 박혀 있는 독수리의 발톱이라고 해야 할까. 본래 이곳에는 미국 대사관이 자리 잡고 있었다. 1898년 스페인과의 전쟁에서 승리한 미국이 쿠바 땅에 본격적으로 발을 들여놓은 뒤로, 쿠바는 정치적으로는 미국의 앞마당, 경제적으로는 유나이티드 프루트 컴퍼니 같은 미국 기업들이 단물을 빨아먹는 꿀통, 문화적으로는 미국 마피아들이 카지노와 매춘을 즐기는 놀이터로 전락했다. 그 과정에서 관제탑 역할을 했던 곳이 바로 미국 대사관이었다.

그들은 독재정권의 부패와 갖은 악행에 완전히 질려버린 쿠바 민중들이 혁명세력을 대안으로 선택한 순간까지도 과거의 좋았던 시절에 대한 미련을 버리지 못했다. 당시 미 국무부 고문이었던 윌리엄 윌런드(William Wieland)는 '사람들이 바띠스따를 개자식으로 여긴다는 건 나도 안다. 하지만 미국의 이익이 최우선이다…(중략)…적어도 그는 우리를 잘 따르는 개자식이거든.' 이라고 울분을 토했다고 한다.

미국 정부는 혁명이 성공한 지 2년 뒤인 1961년 1월 3일, 쿠바 혁명 정부가 미국 기업들이 갖고 있던 농지와 자산을 빼앗아 농민들에게 나눠주고 나머지는 국유화하자 외교관계를 일방적으로 끊어버렸다. 그래도 최소한의 끈은 남겨둬야겠다 싶어 아바나와 워싱턴에 각자 설치한 게 바로 이익대표부다.

말레꼰을 왼쪽 옆구리에 끼고 있는 이익대표부 건물은 정치적, 역사적 의미를 빼면 그냥 평범하고 밋밋하게 생겼다. 높은 담장과 철조망, 몇 미터마다 서 있는 무장한 경찰들은 쿠바에서는 처음 본 살풍경이다. 그보다는 작은 도로 하나를 사이에 두고 세워져 있는 쿠바 정부의 깃발 숲이 시선을 잡아끈다. 약 20미터 높이의 깃대에 흰색 별이 그려진 138개의 검은 대형 깃발들이 빼곡히 세워져 있는 그곳은 흔히 '검은 깃발의 벽'이라고 부르곤 한다. 깃발의 숫자는 미국이 지원한 반쿠바 테러리스트들에 의해 숨진 쿠바 사람들을 상징한다.

세찬 비바람에 펄럭이는 깃발 소리가 천둥처럼 마구 울려 퍼진다. 그 아래 서 있으려니까 폭풍 치는 날 혼자 뒷산 소나무 숲에 들어온 듯한 오싹함과 긴장감까지 느껴졌다. 그 옆으로는 철제 조명시설을 갖춘 상설 무대가 있는 호세 마르띠 반제국주의 광장(Plaza Tribuna Anti-imperialista José Martí)이 있다. 2000년 봄에 만들어져 주로 몇만 명 단위의 정치 집회 장소로 애용되어 온 이곳은, 몇 년 전부터는 힙합이나 락 음악을 하는 뮤지션들에게도 공간이 개방돼 종종 주말 밤이면 폭포수처럼 터져 나오는 랩과 강렬한 전자음, 그리고 젊은이들이 외쳐대는 함성이 광장을 꽉꽉 채운다고 한다.

이렇게 미국 이익대표부 바로 코앞에다가 떡하니 반제국주의 광장을 만들어 놓다니, 누가 봐도 그 의도가 뻔히 들여다보인다. 작고 가난

©André Deak

한 섬나라 전체를 반세기 넘도록 커다란 감옥으로 만들어버린 미국이지만, 적어도 이곳에서만큼은 그들이 깃발과 광장으로 꽁꽁 포위된 셈이다. 쿠바 정부의 나름 소심한 복수인 것이다.

대형 깃발 숲이 세워진 것도 그런 두 나라 간의 팽팽한 기싸움의 결과였다. 때는 2006년 1월, 미국 이익대표부 총책임자는 건물 5층 바깥 창문에 커다란 전자 광고판을 설치했다. 광고판에서는 쿠바 정부의 정책을 비판하거나 쿠바의 현실을 꼬집는 문구들이 반짝이 전구를 통해 흘러나왔다. '이 나라를 이끌 만큼 똑똑한 사람들이 택시나 몰고 이발사 노릇이나 하고 있으니 얼마나 슬픈 일인가!' 하는 식이었다. 주변에 큰 건물도 없고 조명이라고는 가로등뿐인지라 전자 광고판의 시각적 효과는 거의 만점에 가까웠다.

그러자 뿔따구가 난 쿠바 정부는 깃발 숲을 세워 광고판을 가려버렸다. 깃발 색깔이 검은색인 이유도 밤에 가운데에 있는 흰 별만 도드라져 보이도록 하기 위한 장치였다. 이 밖에도 이익대표부가 '검은 봄' 사건 때 체포된 사람들의 수를 뜻하는 '75'라는 숫자를 크리스마

★ '검은 봄' 사건

2003년 봄, 쿠바 정부가 미국 정부의 사주를 받고 간첩 행위를 한 혐의로 75명의 반체제 인사들을 체포해 6년에서 13년형의 중형에 처한 사건. 이 때문에 국제사회의 비난과 제재가 잇따르고, 국제 앰네스티는 그들 모두를 양심수로 지정해 석방 운동을 벌이는 등 쿠바 정부가 상당한 곤경에 처했던 적이 있다. 그러나 이후 그들이 미국 정부로부터 자금과 사무실, 컴퓨터를 지원받은 게 사실로 밝혀지면서 이 사건은 지금까지도 논란이 되고 있는데, 지금은 모두 풀려나 각자 의사에 따라 스페인을 비롯해 여러 나라로 망명한 상태다.

스 장식으로 산타클로스와 함께 커다랗게 전시해놓자, 쿠바 정부는 이라크 아부 그라이브 수용소에서 미군이 수감자를 고문하는 사진을 게시해 맞불을 놓는 등, 이익대표부와 반제국주의 광장은 총성만 울리지 않을 뿐 이념의 칼날이 불꽃을 튀겨온 결투의 현장이었다.

광장을 벗어나자 비바람이 더욱 거세어졌다. 파도는 말레꼰을 넘어올 듯한 기세로 연신 제 몸을 부딪혀댔다. 바람이 얼마나 센지 몸이 휘청거릴 정도였다. 빗줄기를 맞으며 잠시 하늘을 올려다보니 진한 회색 구름이 금방이라도 무너져내릴 듯 머리 위로 잔뜩 내려앉아 있었다.

오늘은 호세가 자기 부인 집에서 저녁 식사를 같이 하자고 한 날이다. 살다 보니 호세가 식사 초대를 할 때도 다 있네, 신기해하면서 선물로 케이크를 골라 일단 센뜨로 아바나에 있는 롤란도 집으로 향했다. 말레꼰과 한 블록밖에 안 떨어진 롤란도네 집은 겉은 허름했지만 안은 넓고 깔끔했다. 거실에는 롤란도의 새 여자친구 수산나도 와 있었다. 같이 롤란도의 바이올린 연주를 듣는 사이 기다리던 호세가 나타났다.

호세가 부인 집이 걸어서 가기엔 '조금' 멀다고 해서 택시를 잡기로 했다. 그런데 멈춰 선 차들마다 모두 고개를 가로젓는다. 30분 넘게 지나가는 차마다 손을 흔들어댄 끝에 겨우 빈 승용차를 잡아탈 수 있었다. 우리 넷은 비좁은 뒷좌석에 거의 껴안다시피 엉덩이만 겨우 걸친 반면, 호세는 혼자 조수석에 앉아 노래까지 흥얼거린다.

"호세, 그런데 부인 집이 어디야?"

좀 전에도 몇 번이나 물어보았지만 그냥 얼버무리던 호세가 드디어 하얀 이를 드러내며 씨익 웃더니 더답했다.

"알라마르(Alamar)라고, 여기선 약간 멀어."

"맙소사, 알라마르? 호세, 제정신이야? 왜 진작 말 안 했어!"

롤란도가 흥분해서 손을 휘저으며 소리를 질렀다. 차는 이미 고속도로에 들어서고 있었다. 알라마르는 아바나 시내에서 차로 30분은 넘게 가야 될 정도로 먼 곳에 있었다. 서울에서야 30분 거리는 아무것도 아니지만, 대중교통이 불편한 아바나에서는 작정하고 가야 할 거리다. 대책 없는 호세가 오늘도 우리를 한 방 먹인 거다. 그래도 모두들 싫지는 않은 표정이다. 방금까지만 해도 투덜대던 롤란도는 언제 그랬냐는 듯 호세, 수산나와 시시덕거리더니 아예 셋이서 큰소리로 합창을 했다.

호세 부인네 집은 인가가 드문 동네에 자리 잡은 낡은 아파트였다. 부인과 두 딸이 우리를 반겨주었다. 요전 날 호세가 만화 DVD를 보여주며 딸내미들 줄 거라고 해서 우리는 당연히 딸들이 아주 꼬맹이일 줄 알았다. 그런데 막상 보니 중학생 정도는 돼 보였다. 롤란도가 호세에게 만화 DVD를 샀다고 타박한 이유를 이제 알겠다.

우리 둘은 뻘줌하게 앉아서 주위만 두리번거리는데 롤란도와 수산나는 처음 보는 사이라면서도 딸들과 오래전부터 알고 지낸 사이처럼 마냥 살갑다. 작은 애가 짧은 곱슬머리를 길게 보이려고 가짜 머리를 이어 붙이려다 잘 안 되니까 수산나가 옆에서 거들어준다. 끈이나 고무줄이 있냐고 묻는 수산나. 롤란도는 잠시 머리를 굴리더니 '아하!' 하고는 주머니에서 뭔가를 꺼내 건넸다. 콘돔이었다. 수산나가 이빨로 콘돔 맨 아래를 뜯어내자 튼튼한 고무줄 하나가 뚝딱 만들어졌다. 옆

에서 그걸 지켜보던 우리를 향해 롤란도가 의기양양한 표정으로 한마디 던진다. "여긴 쿠바야."

드디어 저녁밥이 나왔다. 식탁에 올라온 음식은 검은콩 수프와 흰쌀밥, 소시지, 그리고 소 간을 익힌 요리가 전부였다. 식사 초대라고 해서 은근히 특별한 음식을 기대했는데 솔직히 실망스러웠다. 하지만 호세 네의 곤궁한 살림살이를 생각하면 그나마 이 정도도 특별히 신경 써서 마련한 음식일 거다. 우리는 "와, 맛있겠다." 하면서 간과 밥을 듬뿍 덜어서 접시에 담고 먹기 시작했다. 그런데 롤란도가 구멍이었다. 그는 웬만해서는 음식을 가리지 않지만 간만큼은 절대 안 먹는다며 입에 대지도 않았다.

"맛있는데, 왜. 그래도 먹어봐."

내가 슬쩍 눈치를 줘도 요지부동이었다. 우리가 더 민망해져서 호세 부인의 표정을 살폈더니 그녀는 빙긋 웃고만 있었다. 썩은 웃음이었다.

그럭저럭 그릇이 다 비어갈 즈음, 호세가 슬그머니 침실 쪽으로 사라졌다. 그리고 나타난 호세의 손에는 작은 막대기 두 개가 쥐어져 있었다. 마치 윷처럼 생긴 막대를 한 손에 쥔 채 다른 손에 든 둥근 막대로 두들겨 '딱딱딱 딱딱' 하고 소리를 내는 끄라베였다. 쿠바 음악에서는 박자를 맞춰주는 역할을 하는 가장 기본이 되는 악기다. 자기가 직접 나무를 깎아서 만들었단다.

호세가 또 사라지는가 싶더니 이번에는 얇은 합판으로 만든 상자
를 가져와 양다리 사이에 끼고는 두들기기 시작했다. 이것도 직접 만
들었단다. 아프리카 전통 의상, 사진, 목걸이…. 호세는 줄기차게 새로
운 물건들을 가지고 나왔다. 결국 브다 못한 롤란도가 "호세, 그만해,
그만."하고 말리지 않았더라면, 아마 그는 집 안의 물건이란 물건은 죄
다 꺼내놓았을지도 모른다.

어느새 밤이 꽤 깊어졌다. 가족들과 아쉬운 작별을 하고 집을 나섰
다. 호세도 내일 거리 공연이 있는 날이라 상하에 있는 집에서 잔다며
따라나왔다. 지나가는 차를 잡으려고 비포장 길을 걷는데 롤란도가 들
뜬 목소리로 말했다.

"오늘 우리 집에서 부모님 친구들이 파티 하는데 같이 안 갈래?"
"파티? 우리가 가도 돼?"
"그럼, 토요일마다 모이는데, 노래도 하고 시도 읊고 이야기도 하
는 편한 자리야. 아까 누에바 뜨로바가 궁금하다고 했지? 오늘 가보면
누에바 뜨로바 음악도 들을 수 있을 거야."

오지 말라고 해도 제발 끼워달라고 애원해야 할 정도로 구미가 당
겼다. 옆에 있던 호세가 당연히 자기도 끼어야 한다는 듯 소리를 질러
댔다.

"이예, 무시까, 부에노! 음악이 최고지! 뚱뚱따다 뚱뚱따…"
"호세, 그만해. 동네 사람들 다 깨겠어."

이번엔 롤란도까지 가세했다.

"괜찮아, 여긴 쿠바야. 뚱뚱따다 음 빠빠…"

올 때와 마찬가지로 한참을 길바닥에서 서성인 끝에 겨우 아바나로 가는 차 한 대를 세울 수 있었다. 롤란도의 집에 도착하니 거실엔 열 명 남짓한 사람들이 동그랗게 둘러앉아 이야기를 나누는 중이었다. 롤란도가 우리를 간단히 소개하자 한 사람씩 손을 내밀거나 볼에 입을 맞추면서 우리를 맞아준다. 롤란도 아버지는 오늘 처음 봤는데 광장에 사람들을 잔뜩 모아놔도 금방 찾을 수 있을 정도로 롤란도와 완전 붕어빵이어서 저절로 웃음이 나왔다.

사람들이 내준 맨 안쪽 자리에 비집고 앉았다. 바로 옆에는 할머니 한 분이 손을 가지런히 모은 채 조용히 웃고 있었다. 가볍게 눈인사를 건넸더니, 할머니는 온화한 목소리로 '올가'라 부르라면서 올해 여든 여덟 살이라고 덧붙였다. 서른 살 젊은이와 아흔을 바라보는 할머니가 주말에 한 자리에 모인다는 건 낯설고 신기한 풍경이었다. 게다가 피부색도 각각이었다. 뭔가 잔뜩 기대에 부풀게 하는 밤이었다.

사람들은 다시 자유로이 대화를 나누기 시작했다. 10여 분 정도 흘렀을까. 대화를 이끌던 세사르라는 중년 남자가 기타를 꺼내 들었다. 서글서글한 눈매 사이로 강렬한 눈빛이 인상적인 미남이었다. 영어를 유창하게 말하는 그는 아까부터 우리를 위해 대화 내용을 짧게 정리해

주곤 했는데, 그 옆에 앉아 있던 부인도 눈길을 끌 만큼 큰 키에 매력적인 외모를 갖고 있었다. 세사르의 노래가 시작되었다. 귀에 착 감기는 허스키한 목소리는 화려하지는 않지만 깔끔한 통기타 연주와 잘 어우러졌고, 포크 음악을 연상시킬 정도로 눈을 감고 감상에 젖어들기 딱 좋은 음악이었다.

“세사르는 쿠바에서 꽤 알아주는 밴드의 리더야.”

롤란도가 옆에서 작게 속삭였다. 그럼 그렇지, 어쩐지 아마추어라고 하기엔 사람들을 휘어잡는 솜씨가 대단하더라니. 그러자 마치 마음속을 꿰뚫어보기라도 한 듯 세사르가 우리를 돌아보며 말했다.

“방금 부른 노래는 아마 너희가 여기 와서 듣던 노래들과는 많이 다를 거야. 이런 풍의 노래들을 누에바 뜨로바(Nueva Trova)라고 해. 1960년대부터 젊은 음악인들이 기존의 음악과는 다른 이런 노래들을 부르기 시작했어. 실비오 로드리게스 같은 이름은 너희도 많이 들어봤을 거야.”

들어본 정도가 아니라 정말 좋아해요, 속으론 이렇게 대답했지만 겉으론 고개만 끄덕이고 말았다. 지그시 눈을 감거나 조용히 노래를 따라 부르던 다른 이들의 감정선을 건드리고 싶지 않았기 때문이다.

세사르가 노래를 마치자 맞은편에 앉아 있던 50대 초반의 여성이 말문을 열었다. 그녀의 목소리는 갈수록 톤이 높아지더니 나중에는 양

팔을 옆으로 벌렸다 내렸다 하면서 열변으로 변해갔다. 옆에서 가만히 듣고 있던 사람들도 다들 한마디씩 거들기 시작하면서 분위기는 순식간에 난상토론으로 옮아갔다. 손을 갖다 대면 데이겠다 싶을 정도로 그 분위기가 너무나 뜨거웠다. 특히 그 아줌마의 표정과 목소리가 마치 화난 사람 같아서 우리는 혹시 우리 때문에 저러나 싶어 잔뜩 쪼그라든 채 사람들 얼굴만 번갈아 쳐다볼 뿐이었다.

잠시 대화를 끊은 세사르의 설명이 있고서야 우리는 무슨 이야기가 오가는지 알 수 있었다. 그가 실비오 로드리게스의 이름을 언급하자 크리스띠나라는 아까 그 아줌마가 두 달 전 아바나에서 열린 평화 콘서트를 화제로 꺼낸 거였다. 그 콘서트라면 우리도 대충은 들어서 알고 있다. 여기 오기 전에 혹시 괜찮은 공연이 있을까 하고 인터넷을 뒤지다가 우리가 도착하기 한 달 전에 열렸다는 걸 알고 무척 아쉬워했었다.

콜롬비아 출신 가수 후아네스(Juanes)가 ‘국경없는 평화(Paz Sin Fronteras)’를 내걸고 맨 처음 제안한 이 콘서트에는 실비오 로드리게스와 로스 방방 같은 쿠바 뮤지션들뿐만 아니라 중남미와 유럽에서도 쟁쟁한 음악인들이 출연했다고 한다. 그런데 쿠바를 비판하는 사람들은 콘서트가 결국 쿠바 정권을 홍보하기 위한 도구일 뿐이라고 비판했고, 심지어 마이애미에 사는 쿠바 망명객들은 후아네스를 죽이겠다고 공공연하게 협박까지 했다.

크리스띠나는 그 콘서트에 참여한 음악인들에 대한 비판이 부당하다고 목소리를 높였다. 예술가에겐 정치보다 예술이 우선인데, 음악하는 사람이 무대에 올라 평화를 노래하는 걸 가지고 정치적인 잣대로 재단해서는 안 된다는 거였다. 여기에 다른 사람들도 각자의 생각을 한마디씩 보탰고, 그 중에는 쿠바 정권이나 사회의 문제는 비껴간 콘서트의 한계를 이야기하는 사람도 있었다. 나중에 롤란도에게 물어보니 크리스띠나는 시를 낭송하는 예술가이자 텔레비전에도 나오는 유명인이란다. 그녀가 말할 때 마치 화난 사람처럼 보였던 건, 자신의 말에 최대한 감정과 진심을 담아 상대에게 전달하려는 그녀의 열정 때문이었나 보다.

어수선했던 자리가 다시 정돈되고, 이번엔 까무잡잡한 얼굴의 남자가 기타를 잡고 연주할 채비를 했다. 나이는 한 30대 초반 정도 됐을까? 어깨선이 내려온 헐렁한 남방이 작은 키를 더 작아 보이게 했다. 다른 사람들도 처음 보는지 세사르가 그를 직접 소개했다.

"까마구에이(Camaguey. 쿠바 중두에 위치한 시골 지방)에서 온 다비드라는 친굽니다. 농사를 짓다가 음악을 하려고 아바나에 왔는데, 워낙 작은 시골 출신이라 아직은 수줍음이 많아요."

그의 목소리는 가늘고 고왔다. 몸집에 비해 유난히 긴 손가락은 기타를 부드럽게 쓰다듬어 잔잔하면서도 구슬픈 소리를 냈다. 노래가 간주 부분에 접어들자 크리스띠나가 시를 낭송하기 시작했다. 독백을 하듯 조용히 읊조리더니 이내 목소리는 절규에 가까워졌고 표정은 심하게 요동쳤다. 그 뒤를 이어 롤란도의 어머니와 올가 할머니도 시를 읊었다. 내용을 이해하지 못해도 그녀들의 감정이 고스란히 전해져 나도 모르게 눈가가 촉촉해져 왔다.

　시계 바늘은 자정을 넘겼지만 파티는 계속 이어졌다. 세사르와 다비드가 주거니 받거니 노래를 몇 곡 더 연주했고, 오랜만에 롤란도가 바이올린을 꺼내 들어 기타와 화음을 맞췄다. 세사르가 하도 권하는 바람에 까밀로도 얼떨결에 김광석 노래 한 곡을 불렀다. 잊지 못할 밤이었다. 사람 사는 게 이런 거구나…

　롤란도와 호세가 바래다주겠다며 우리를 따라나섰다. 방향이 같은 세사르와 그 부인까지 합세해서 우리 여섯은 나란히 말레꼰을 따라 걸었다. 끈적이지 않는 바닷바람이 코끝에 불어오고, 간간이 하얀 물보라가 말레꼰을 넘어 머리 위로 흩날렸지만 아무도 피하지 않았다.

아침을 먹고 오비스뽀 거리에 있는 관광안내소 인포뚜르(Infotur)에 먼저 들렀다. 골목 한 귀퉁이의 작은 공간에 직원 한 명만 덜렁 있는 창구였다. 어쭙잖은 스페인어로 더듬거리며 말을 꺼내자, 직원은 그냥 영어로 하란다.

"비냘레스(Viñales) 가는 버스표 두 장 예매하려구요."

"아휴, 여기서는 예매가 안 되고, 출발하는 날 바로 비아술(Viazul) 터미널로 가서 표를 사고 버스를 타면 돼요."

"네? 그런데 여기 론리…"

"론리 플래닛에 그렇게 나와 있다는 거죠? 그거 보고 하루에도 댁 같은 사람들이 수십 명씩 찾아오는데, 그 책이 잘못된 거예요."

그제야 좀 전에 그녀가 귀찮다는 얼굴로 한숨을 내쉰 이유를 알았다. 그리고 그녀는 돌아서는 우리 뒤통수에 대고 외쳤다.

"그 여행 책을 낸 출판사에다 연락 좀 해줘요. 당신들 때문에 쿠바 여자 하나가 짜증나 죽을 것 같다고요."

그녀의 목소리를 뒤로 하고 우리는 서둘러 까예혼 데 아멜(Callejón de Hamel)로 발걸음을 재촉했다. 일요일 오후 내내 길거리 룸바 공연이 열리는 이 작은 골목은 아프로 쿠반(Afro-cuban. 아프리카 사하라 사막 이남에서 끌려온 노예들을 조상으로 하는 쿠바인들. 전체 인구의 약 40%가 아프로 쿠반 정체성을 갖고 있는 걸로 파악된다) 문화를 제대로 느낄 수 있는 흔치 않은 곳이다.

말레꼰 해안도로를 오른쪽으로 끼고 산 라사로(San Lazaro)길을 따라 신시가지인 베다도 방향으로 가다가 알람부루(Alamburu)라고 쓰여진 작은 골목으로 꺾어지면 알록달록한 그림과 아치형 돌담이 세워진 샛골목이 나온다. 활짝 열려 있는 철문 안으로 들어가면 뜻을 알 수 없는 벽화와 글씨들이 가득한 게 첫발을 들여놓는 순간부터 분위기가 범상치 않다.

솟대처럼 솟아 있는 시뻘건 철제 기둥과 기둥에 붙어 있는 장식품들, 황당한 표정을 짓는 파란색 얼굴 조형물, 시가를 물고 주렁주렁 목걸이를 건 채 누워 있는 노란 옷의 아프리카 여인상, 이마와 코에 피가 묻은 듯 붉은 빛이 도는 흑인 소년의 얼굴 부조상, 젊은 아프리카 여인이 양팔과 다리를 벌린 채 앉아 있는 그림으로 도배한 철제문. 심지어 담 너머 삐쭉 올라선 옆 건물의 벽에도 커다란 초록색 눈이 내려다보는 것처럼 그려 놓았다.

길이로 따지면 겨우 50여 미터밖에 되지 않는 작은 골목 전체가 하나의 예술작품이다. 아무리 카메라를 들이대도 강렬한 햇빛에 반사되는 아프로 쿠반의 강렬한 색감을 그대로 담아낼 수 없을 만큼 이국적이다.

입구 앞에 나와 서성대는 사람들 사이로 딱딱딱 하는 끄라베 소리

★까예혼 데 아멜(Callejón de Hamel)

살바도르 곤살레스 에스깔로나(Salvador Gonzalez Escalona)라는 화가가 1990년부터 지역의 젊고 실험
적인 예술가들과 함께 아프로 쿠반의 문화와 전통을 담은 벽화와 조각, 설치미술을 활용해 골목
전체를 하나의 야외 전시장으로 바꿔놓은 곳이다. 쿠바에서 여행자들이 접하는 미술이나 음악은
외국인 관광객들의 취향에 맞게 변형된 경우가 많은데, 이곳은 오로지 아프로 쿠반 주민들이 자
신들만의 문화를 보존하고 또 스스로 즐기기 위해 만들어졌다. 일요일마다 오전 11시부터 오후 내
내 룸바 공연이 펼쳐지고, 시작 무렵에 가면 살바도르를 직접 만나 이야기를 나눌 수도 있다.

에 맞춰 둥둥딱쿵 하는 콩가 소리가 들려오자 벌써부터 가슴이 콩닥거린다. 어느 틈에 우리를 봤는지 호세가 연주자들 뒤에서 담배를 입에 문 채 손을 흔들었다. 사람들 틈을 겨우 비집고 호세에게 다가가자, 그는 무대를 구분하기 위해서 쳐놓은 굵은 밧줄을 들어 올려 우리를 안으로 밀어 넣었다. 미처 사양할 틈도 주지 않았다. 다행히 연주자들도 전혀 싫어하는 기색 없이 한창 콩가를 두들기던 남자 바로 옆자리에 자리를 내준다. 졸지에 로열석에 앉아 콩가 위로 흐르는 땀과 거칠게 내뿜는 숨소리까지 느끼는 호사를 누리게 됐다.

오로지 타악기만으로 구경꾼들을 들었다 놨다 하는 연주자들, 그리고 그 앞에서 열정적인 몸짓을 휘두르는 춤꾼들은 지켜보는 이들을 흥분과 감동의 한계선까지 이끈다. 그런 열띤 공연 중에도 그들은 자유로이 담배를 피우고, 럼도 마시고, 친구에게 알은체도 하고, 우리한테 사진도 찍어달라 한다. 그야말로 할 거 다 한다. 적어도 이날만큼은 남에게 보여주기 위함이 아닌 스스로 즐기려고 하는 공연이기 때문이다.

공연이 절정을 향해 치닫는 가운데, 드디어 호세가 콩가를 잡을 차례가 됐다. 호세는 콩가 앞에만 앉으면 완전히 딴 사람이 된다. 한껏 치켜 올린 턱, 지그시 감은 두 눈, 박자를 맞추느라 쉴 새 없이 움직이는 두 발, 그러다 리듬에 완전히 빠져 들면 그 긴 두 다리 사이에 콩가를 끼우고 무릎으로 들었다 놨다 하면서 절정으로 내달린다. 신들린 무당처럼 연주를 마친 뒤 땀에 흠뻑 젖어 다가오는 그에게 두 엄지손가락을 추켜올렸더니 금세 어린애 같은 얼굴이 되돌아온다.

"아바나에서는 사람들이 콩가 하면 만날 호세, 호세만 찾아. 이것
참, 우와하하하."

어쩜, 겸손과는 완전히 담을 쌓아놓은 것까지, 그는 역시 마에스트
로였다. 다음 공연이 준비되는 사이, 호세가 우리 손을 잡아끌었다. 피
에스타에 가잔다. 갑자기 무슨 축제? 우리는 이미 룸바 축제를 즐기고
있는데.

"오늘 사촌들이랑 오리샤 피에스타(fiesta de Orisha)에서 연주하기로
했어. 빨리 가자."
"오리샤? 그게 뭔데?"
"저번에 우리 집에서 제대 모셔놓은 거 봤지? 내가 믿는 성인들한
테 제사 지내는 거야."

차로 20분쯤 갔을까. 서둘러 차비를 내고 호세를 따라가니 허름한
집들이 다닥다닥 붙어 있는 골목이 나왔다. 피에스타가 열릴 집은 난
간이 다 부서져서 막대기 몇 개만 남은 나선형 계단을 따라 올라가는
2층에 있었다. 복도 정면에 있는 방에서 아래위로 흰색 옷을 말끔하게
차려입고 번쩍이는 금목걸이를 걸친 남자가 우리 일행을 맞이했다. 호
세처럼 흑인일 줄 알았는데 그와 가족들은 모두 백인이었다.
그는 우리를 거실로 안내했다. 말이 거실이지 우리에게 권한 의자
두 개와 벽에 걸린 싸구려 그림, 낮은 탁자 말고는 세간이라고는 찾아
볼 수 없었다. 부엌도 마찬가지였다. 작은 식탁 한 개, 가스 불 두 개,

접시와 컵 몇 개가 부엌살림의 전부였다. 쿠바의 보통 서민들 살림살이가 단출한 편이긴 하지만, 이 집은 단출한 정도를 넘어 가난이 뚝뚝 떨어졌다. 호세는 피에스타에 가면 술과 음식을 마음껏 먹을 수 있다고 했는데, 괜히 우리까지 와서 민폐를 끼치는 건 아닌지 걱정이 됐다.

잠시 뒤 호세의 사촌동생 셋과 어린 조카 한 명 그리고 먼 친척뻘 되는 부부가 차례로 도착했다. 동생들은 처음 보는 타악기를 잔뜩 들쳐 메고 왔는데, 크기는 각각 달랐지만 모두 바타(Bata)라는 이름의 악기란다. 크기순으로 저음부터 고음까지 소리를 내는 바타는, 가로로 뉘어서 양쪽 가죽을 손과 나무막대기로 쳐서 연주하는 게 얼핏 한국의 장구와도 닮았다.

그때, 바타를 요리조리 살피는 우리 모습을 물끄러미 쳐다보던 호세 친척 마르따가 뜬금없이 우리 쪽을 손짓하며 "하봉, 하봉." 그랬다. 하봉(jabon)은 스페인어로 비누란 뜻이다.

"아줌마가 비누 달라는데 어떡하지?"

까밀로가 난처해하면서 물었다.

"비누를 달라고? 사람들이 있는데 여기서?"
"좀 전에 하봉, 하봉 하는 거 못 들었어? 진짜 그랬다니깐."

까밀로는 가방에서 비누 한 개를 주섬주섬 꺼내 조심스레 아줌마에게 내밀었다. 그런데 뭔가 잘못된 것 같다. 아줌마의 얼굴에 황당한 표정이 역력하다. 2,3초 정도 그렇게 까밀로는 비누를 들고 서 있었고 아줌마는 멍하니 그 손을 쳐다보고 있었다. 화면이 일시정지된 것 같았다.

"아줌마, 여기요, 하봉. 그냥 선물로 드리는 거예요."

순간 방 안에 있던 사람들 모두가 일제히 와하하 웃음을 터뜨렸다. 호세는 거의 바닥을 구르고 있었다.

"마르따는 너네가 일본(하뽕, Japon)에서 왔냐고 물은 거야, 꺼억꺼억."

예전에 시골 마을이나 가난한 동네에 갔을 때 비누와 남는 헌 옷이 있으면 달라고 부탁하는 주민들을 종종 마주친 적이 있다. 물론 정부가 매달 일정량의 비누와 화장지 같은 생필품들을 아주 싼 가격에 구입할 수 있게 해주지만, 워낙 깔끔한 걸 좋아하는 데다 한 집에 삼 대가 사는 경우도 흔한 쿠바 사람들에게는 그거로는 부족한 경우가 많다. 일반 상점에서 사려면 비누 하나에 최소한 0.5CUC는 줘야 하니까 월급 이외에 다른 수입이 없는 가정에서는 비누가 아주 요긴한 선물이 된다. 그래서 이번에 올 때는 비누와 야구공을 잔뜩 챙겨와 매일 몇 개씩 가방에 넣고 다녔고, 까밀로는 당연히 비누를 달라는 뜻인 줄 알았던 거다.

얼마 뒤, 남자들이 엄청난 양의 케이크와 과일을 부지런히 부엌으로 나르기 시작했다. 이제 곧 피어스타가 시작될 모양이었다. 마르따 아줌마 손에 이끌려 안쪽 방으로 들어가니 오리샤 성인들을 상징하는 각각의 색깔로 장식된 인형들과 사물이 놓여 있었다. 피에스타를 위한 제단이었다. 곧이어 호세와 두 사촌동생이 바타를 들고 와 자리를 잡았고, 다른 두 사람은 문 옆에 기대섰다. 원래 제사를 진행하는 사람들 말고는 그 방에 들어갈 수가 없는데, 마르따 아줌마는 괜찮다면서 우리를 창가 발코니로 이끌더니 거기서 구경하란다.

드디어 세 대의 바타가 포효하기 시작했다. 느린 박자에 맞춰 신령을 불러내던 사촌동생 후안의 목소리는 바타 소리가 점차 빨라지고 격렬해짐과 동시에 한껏 고조되었다. 그가 한 구절을 먼저 매기면 나머지 두 사람이 후렴으로 되받는 방식이나 고음에서 가늘게 꺾어지는 창법은 어찌 들으면 옹헤야 같은 한국 민요와도 닮았다.

★아프로 쿠반 종교

쿠바 국민들의 절대 다수는 가톨릭을 믿는다. 그러나 아프리카에서 끌려온 흑인 노예들을 조상으로 하는 아프로 쿠반들이 믿는 가톨릭은 정확히 말하면 요루바(Yoruba)라고 하는 아프리카의 토착종교와 서양의 가톨릭이 서로 뒤섞인 형태인 산떼리아(Santeria)를 가리킨다. 요루바는 나이지리아 남서쪽에 살던 요루바 부족의 종교였다. 백인들에 의해 강제로 끌려와 사탕수수 농장의 노예로 혹사당하던 요루바 인들에게 그나마 유일한 정신적 안식처는 종교였다. 그런데 다른 부족 출신 노예들이나 노예의 신분에서 풀려난 흑인들, 심지어 비교적 상류층에 속하는 뮬라토(흑백 혼혈)들까지 요루바를 믿기 시작하면서 요루바는 도시 지역으로까지 급속히 퍼졌고, 그 과정에서 자연스레 가톨릭 신앙의 요소들이 요루바 속에 섞여 들어가게 됐다.

하지만 백인 식민주의자들은 정통 가톨릭을 제외한 다른 종교를 낡아빠진 미신쯤으로 취급했고, 이들을 조롱하는 뜻에서 산떼리아라는 명칭을 붙이고 금지시켰다. 그래서 산떼리아를 믿는 사람들은 백인들의 눈을 속이기 위해 자신들이 기도를 바치던 오리샤(orisha)라는 신들을 가톨릭의 성인들(saints)이라고 둘러댔다. 오늘날 쿠바 사람들에게 오리샤가 뭐냐고 물으면 성인이라 대답하고, 종교가 뭐냐고 하면 가톨릭이라고 말하는 이유의 뿌리가 바로 거기에 있다. 아프로 쿠반 종교에는 이 밖에도 중앙아프리카의 반투족을 뿌리로 한 빨로 몬떼(Palo Monte)와 나이지리아 동남부에서 전해진 아바꾸아(Abakua)가 있다.

문 옆에 서 있던 둘은 박수를 치면서 추임새를 넣는 역할이었는데, 룸바 리듬을 롤란도에게서 배운 적이 있는 까밀로도 따라 거들었다. 제사는 그렇게 30분이 넘게 이어졌다. 호세와 사촌동생들의 얼굴은 땀에 젖어 번들거렸고 방 안은 후끈한 열기로 가득 찼다.

후안이 럼을 입에 머금고 제단에 뿜는 것으로 방안에서의 제사는 끝나고 모두 거실로 자리를 옮겼다. 어느새 거실과 복도, 부엌까지 사람들이 모여서 다음 순서를 기다리고 있었다. 제사장인 후안이 다시 목소리를 가다듬고 선창을 시작하자, 모인 사람들 모두 후창으로 화답했다. 그러고는 몇 사람이 앞으로 나와서 차례로 춤을 췄는데, 어찌나 격렬했던지 키 작은 남자 하나는 몸을 제대로 가누지 못할 정도가 돼서야 사람들의 부축을 받고 옆으로 비켜났다.

그리고 마지막, 오늘의 주인공인 젊은 여성이 하얀 옷과 신발, 모자를 곱게 차려입고 앞으로 나왔다. 그녀에게 후안이 다가가서 주문 같은 걸 외쳤는데, 때로는 달래는 듯했고 때로는 심하게 야단을 치는 것처럼 들렸다. 여자는 후안의 말이 끝나자 착한 아이처럼 고개를 끄덕이고는 제자리에서 빙글빙글 돌기 시작했다. 보는 우리가 어지러울 정도로 신들린 듯이 계속 돌았다. 결국 거의 쓰러질 지경까지 이르자 아까 그 남자처럼 사람들이 부축해서 그녀를 데리고 나갔다.

이제 사람들은 엄숙했던 좀 전과는 달리 자유로이 럼을 나눠 마시고 춤을 췄다. 바타가 연주되는 곳을 향해 여러 줄로 늘어선 사람들은 모두 같은 동작을 되풀이했다. 양발을 교대로 내밀었다가 뒤로 물러나면서 손을 앞뒤로 흔드는 춤동작이 마치 아프리카로 공간이동을 한 듯했다. 마르따 아줌마의 발만 쳐다보며 엉거주춤 따라 하는 까밀로의 춤이 우스웠는지 주변 사람들이 쳐다보며 킥킥 댔다. 그래도 우리는 꿋꿋이 스텝을 밟았다. 모두 함께 춤을 추고, 모두가 땀에 흠뻑 젖었으며, 모두가 흥분과 즐거움에 겨워 어찌할 바를 몰랐다.

그렇게 한바탕 축제를 끝내고 돌아가는 길, 호세가 또 차를 잡아주겠다며 따라나섰다. 그러고는 도르 한가운데까지 나가 연신 손을 흔든다. 잠시 뒤 반대 방향으로 구급차 한 대가 지나가자 거기다 대고도 두 팔을 흔들며 소리를 질렀다. 우리가 말리려는 찰나, 어라, 구급차가 중앙선을 넘어 방향을 틀더니 우리 앞에 멈춰 서는 거다. 운전사와 이야기를 주고받은 호세가 뿌듯한 얼굴로 차 문을 열더니 말했다.

"3CUC만 내면 태워준대. 조심해서 가라고, 친구들."

차 안에는 운전사 말고 조수석에 한 명이 더 타고 있었다. 둘 다 제복까지 갖춰 입었고, 뒷좌석 가운데에 들것이 놓여 있는 걸로 봐서 분명히 구급차가 틀림없었다.

잠시 뒤, 우리를 큰길가에 내려준 구급차는 삐용삐용 사이렌을 울리면서 황급히 사라졌다. 사라지는 구급차를 쳐다보며 우리는 그 자리에서 한참을 웃었다. 생전 타보지도 못한 구급차를 머나먼 쿠바에서, 그것도 택시로 타보다니. 올레!

쿠바 여행, 이렇게 준비하자

★여행자카드

쿠바는 별도의 비자 신청 없이 여행자카드 또는 여행자 비자
(VISA-TARJETA DEL TURISTA)를 구입하면 입국할 수 있다. 캐나다
국적 항공사를 이용하면 티켓에 여행자카드 가격이 포함되어
있어 기내에서 승무원이 여행자카드를 나눠준다. 멕시코나 유
럽에서 출발할 때에는 공항에 있는 해당 항공사의 체크인 카
운터에서 구입해야 한다. 값은 25~30달러 정도다. 한국인은
이 카드 한 장으로 30일 동안 머물 수 있고, 쿠바 이민국에서
연장 신청을 할 수도 있다.

★여행자 의료보험은 필수

2010년 5월 1일부터 바뀐 쿠바 정부의 정책에 따라 쿠바를 입
국하는 모든 여행자들은 반드시 쿠바에서 의료비를 보장해주
는 의료보험에 들어야 한다. 입국할 때 의료보험 카드나 보험
증명서를 확인하는데, 만약 보험에 가입되어 있지 않거나 쿠
바에서 적용되지 않는 보험이라면 도착한 공항이나 항구에서
쿠바 보험회사의 의료보험에 가입할 수 있다.

★여행하기 좋은 시기

날씨만으로 보자면, 쿠바를 여행하기에 가장 좋은 시기는 11월
에서 5월 중순 사이다. 5월부터 조금씩 비가 내리는 날이 많
아지기 시작해 6월부터 10월까지는 태풍을 동반한 우기가 계
속되고, 간혹 이 기간 동안 몇 년에 한 번씩 큰 허리케인이
쿠바 섬을 휩쓸기도 한다. 산간 지방을 제외하고 쿠바의 연평
균 기온은 20~35도이며, 서쪽보다 동쪽이 더 따뜻하고 일교
차가 큰 편이다. 겨울에는 20도 이하로 기온이 떨어지고 10도
를 기록한 '아주 추운 날'도 있었다고 한다. 하지만 이 기간
동안에는 날씨가 좋은 만큼 여행자들이 많이 몰려 붐비고 까
사나 음식점의 값도 올라간다.

쿠바의 길거리 음식

쿠바의 길거리 음식은 다양하지는 않지만, 쿠바 사람들의 삶이 그대로 담겨 있다. 정확히 고기의 그램을 재더 모두에게 똑같은 무게로 파는 평등 간식 보까디또, 고난의 시기를 떠올리게 하는 소박한 피자, 길게 늘어선 줄 앞에서 인내심을 갖고 땀 좀 흘려줘야 맛볼 수 있는 아이스크림까지. 주머니에서 짤랑거리는 쿠바 페소 한 움큼이 골목 여행을 더 설레게 한다.

❶보까디또(Bocadito) 5MN
동그란 빵에 고기나 햄, 야채를 넣은 샌드위치. 쿠바 어느 곳에서나 가장 흔하게 맛볼 수 있는 음식이다.

❷피자(Pizza) 10MN
즉석에서 화덕에 구워주는 작은 크기의 피자. 묽은 토마토 소스에 치즈만 얹었을 뿐인데 먹을수록 중독되는 묘한 매력이 있다. 아주 가끔 양파나 햄을 얹어주는 가게도 있다.

❸알봉디가스(Albondigas) 2MN
기름에 튀긴 고기완자. 하지만 고기가 비싸서 그런지 길에서 파는 알봉디가스에서는 밀가루와 정체모를 가공식품의 맛이 강하게 느껴졌다. 그래도 한 봉지 가득 담아 사가는 사람이 많을 정도로 인기가 많다.

❹아로스 프리또(Arroz Frito) 10MN
중국에서 온 이민자들 덕분에 맛볼 수 있는 친근한 볶음밥. 다진 파와 햄을 넣고 간장으로 간을 맞추어서 나름 중국의 맛을 냈다. 먹고 나면 입 안 가득 퍼진 짙은 파 향이 그 동안 쿠바 음식으로 쌓인 느끼함을 날려준다.

❺까히따스(Cajitas) 20MN
종이상자에 밥과 샐러드, 고기를 가득 담아주는 테이크아웃 도시락. 주로 튀긴 닭고기나 구운 돼지고기를 넣어준다.

DAGO
CUBA
HHD863
아바나
비냘레스

평화로운 시골 마을
비냘레스
Viñales
©chiewillyy

아바나의 서쪽 삐나르 델 리오(Pinar Del Rio) 주에 있는 비냘레스는 거리상으로는 두 시간이면 충분하겠다 싶었는데, 막상 네 시간은 넘게 걸렸다. 쭉 뻗은 고속도로를 한동안 신나게 달리는가 싶더니 삐나르 델 리오 시내를 지나서부터는 버스가 울창한 숲 사이를 느릿느릿 기어갔다. 그러나 세상살이가 다 그렇듯, 잃는 게 있으면 얻는 것도 있는 법. 빼곡히 들어찬 열대의 나무와 풀들 사이로 모습을 드러냈다 감췄다 하는 짙은 녹색의 강물이 눈과 마음을 한껏 싱그럽고 깨끗하게 해준다.

숲을 빠져 나와 집들이 점점 많아진다 싶을 즈음, 버스는 어느샌가 정류장에 도착했다. 정류장이 외곽에 있어서가 아니라 끝에서 끝까지 2킬로미터 정도밖에 되지 않을 정도로 마을이 작았기 때문이다. 주민들 숫자도 주위에 흩어져 있는 농가 사람들까지 다 합해봐야 3만 명이 채 되지 않는다고 한다.

버스가 도착한 곳은 수십 명의 사람들로 붐비고 있었다. 손에 종이를 들고 있는 사람도 있고 빈손인 사람들도 있었다. 모두가 마을에서 까사를 운영하는 주민들이었는데, 종이를 든 사람들은 이미 예약한 여행객을 마중 나온 사람들이고, 빈손인 사람들은 버스 시각에 맞춰 무작정 나와본 사람들이다.

비냘레스에는 까사가 많기로 유명한데, 특히 1만 4천 명 정도가 사는 중심가에는 까사가 무려 300개가 넘는다. 그래서 여행책에서는 비냘레스를 '쿠바에서 가장 큰 호텔'이라고도 불렀다. 그러나 우리는 그 표현이 마음에 들지 않았다. 사실 비냘레스 주민의 대부분은 담배나 과일, 커피 농사를 짓는 농민들인데, 상대적으로 외국인을 상대하는 까사들이 좀 많다고 해서 동네 전체를 그렇게 부르는 건 참 오만한 표현이다. 장충동에 족발집이 많다고 장충동을 '한국에서 가장 큰 족발집'이라고 부르면 거기 사는 주민들 기분이 어떨까.

여기저기 자기네 손님을 찾는 까사 주인들과 짐을 꺼내는 외국인들, 그리고 아직 예약 손님을 받지 못한 사람들이 서로 뒤엉켜 잠시 소란이 일었다. 그 와중에 우리는 덩치 큰 백인 아줌마가 'Sojin'이라고 쓴 종이를 들고 있는 걸 발견했다. 아줌마도 우리를 보고는 다가와서 "소힌?"하고 물었다. 내 이름에서 ㅇ를 하나 뺀 데다 알파벳 J가 'ㅎ'으로 발음되기 때문이다.

아줌마의 집은 큰길에서 세 블록 떨어진 골목에 있었다. 말이 세 블록이지 시골 동네라 큰길까지는 엎어지면 코가 닿을 정도였다. 허리까지 오는 나무문을 열고 들어가면 현관에 의자와 테이블이 놓여 있는 아담하면서도 깔끔한 단층집이었다. 이 지역의 집들은 거의 다 이런 식이라고 한다.

현관문에는 'Olga y Carmelo'라는 작은 간판이 붙어 있다. 부부의 이름이 곧 까사의 이름이 되는 거다. 그럼 혼자 사는 사람은 까사를 운영할 수 없냐고 물어보니 그렇단다. 애초에 까사 빠르띠꿀라르라는 제도가 원래 살던 집을 활용해 가족들의 생계를 꾸려갈 수 있도록 정부가 특별히 허가해준 것이기 때문에 가족의 존재 여부는 중요한 기준이 된다는 것이다. 어차피 쿠바에서는 개인이 마음대로 집을 사고 팔 수 없으니 젊은 독신 남녀가 가족들과 떨어져 혼자 생활한다는 게 거의 불가능하기도 하다. 그래서 다른 나라 여행지에서 볼 수 있는 '30대 독신 여성이 혼자 운영하는 민박집' 이런 건 여기서는 있을 수 없다.

올가의 남편 까르멜로는 부인보다 열 살 정도 더 많아 보이는 초로의 아저씨였다. 그는 활발하다 못해 에너지가 밖으로 마구 뻗치는 부인에 비해 말수가 적고 다소 수줍음을 탔다. 그러나 우리가 아저씨 이름이 처음에 까라멜로(caramelo. 사탕)인 줄 알고 정말 달콤한 이름이구나 싶었다고 농담을 던지자, 껄껄껄 웃더니 그 다음부터는 우리를 훨씬 편하게 대해줬다. 그에 비해 여장부 스타일인 올가는 원래 학교에서 영어를 가르쳤단다. 까사를 시작한 지는 10년쯤 됐다는데, '비즈니스'라고 부르면서 자기 일에 대한 자부심이 굉장히 컸다. 가격 흥정에서부터 여권 번호를 받아 적는 일까지 아줌마가 모든 것을 척척 해결했다.

짐을 대충 풀어놓고 우리는 현관 의자에 앉아 모카포트로 끓인 커피를 마셨다. 비가 와서 진흙탕이 된 골목길에는 엄마 돼지가 풀밭 사이를 킁킁대며 돌아다니고 그 뒤를 새끼 두 마리가 졸졸 따라다닌다. 건너편 집에는 아줌마가 더럽혀진 현관을 대걸레로 훔치고 있었고, 그 옆에서 너덧 살 정도 되어 보이는 여자아이 둘이 바닥에 주저앉아 소꿉장난을 하고 있었다. 쌍둥이처럼 꼭 빼닮은 애들이 노는 모습이 하도 귀여워 한참을 바라보다가 "올라~"하고 인사를 했더니, 뭐가 그리 재밌는지 자기네끼리 입을 가리고 킥킥 웃고 찌르고 난리도 아니다.

뒷골목을 따라 농가들이 띄엄띄엄 보이는 곳까지 걸어서 산책을 했다. 금방이라도 비를 쏟아부을 기세로 잔뜩 찌푸렸던 하늘은 어느새 늦은 오후의 햇살을 쏟아내고 있었다. 시골집 마당엔 닭과 병아리가 모이를 쫓아 다녔고, 그 위로는 독수리들이 빙글빙글 돌고 있었다. 또 다른 집 마당 한켠에 엎드려 있던 흰둥이 개는 낯선 사람이 와도 짖을 생각조차 않는다. 얼굴에는 귀찮다는 표정이 역력하다. 조용한 시골 동네의 오후는 그렇게 석양을 향해 천천히 걸어가고 있었다.

아바나에 있다가 비날레스에 오니까 조용하고 평화로워서 숨이 트이는 것 같았다. 물론 아바나도 서울에 비하면 삶의 속도가 여유롭고 느린 편이지만, 여기 와보니 정말 우리가 대도시에 있긴 있었구나 싶다. 인터넷으로 치면 서울은 광랜, 아바나는 ADSL, 비날레스는 전화 모뎀 정도라고나 할까.

그리고 또 하나, 비날레스가 마음에 들었던 이유 중 하나는 아무도 우리의 존재를 의식하지 않는다는 거였다. 성가시게 다가오는 히네떼로는 물론, '치노, 치노(chino. 중국인)' 하고 툭툭 던지고 지나가는 사람도 없을 뿐더러 심지어 곁눈질하는 사람조차 드물었다. 사람들은 그저 광장 한 구석에서 도미노 놀이를 하고, 저녁에 먹을 빵과 과일을 사고, 지나가는 친구와 인사를 나누고, 한 손에 케이크를 든 채 자전거를 타고 스쳐 지나갈 뿐이었다. 낯선 이로 인해 그들의 일상이 방해받거나 왜곡되지 않는 건 그동안 우리가 간절히 바라던 여행이었다.

까사에 돌아왔더니 낮에 봤던 여자아이 둘이 거실 소파에서 놀고 있었다. 등받이에 매달렸다가 바닥에도 뒹굴었다가, 넘치는 장난기를 주체하지 못한다. 올가와 까르멜로 부부는 그런 아이들을 귀여워 죽겠다는 표정으로 바라보고 있었다. 혹시 손주가 아닐까 싶어 물어봤더니 아니란다.

"그래도 우리 손주나 마찬가지랍니다. 이 동네 사람들은 모두 그렇게 생각하거든요."

어렸을 때 시골에 살았던 까밀로도 그런 기억이 있다고 했다. 전화 있는 집이 드물었던 그때, 읍내에 나간 엄마가 저녁이 되어도 돌아오지 않으면 옆집 아줌마가 자기네 집에 데려가 당연하다는 듯 밥상에 앉히던 시절 말이다. 그러나 이제 우리는 서로가 서로의 무관심을 오히려 다행으로 여기며 살아간다.

멀어지고 나서야 사람이 그리워졌다.

©Adam Jones, Ph.D.

©bradverb

신기한 모고떼

　오늘은 스물여덟 번째 맞는 내 생일이다. 쿠바에서의 생일이라 뭔가 재밌거나 멋진 일이 벌어질 것 같은 예감이 든다. 집을 나서기 전에 까밀로가 올가 아줌마에게 내 생일 이야기를 했더니, 아줌마는 눈이 동그래지면서 축하한다고 꼬옥 안아줬다. 속으로 나는 저녁 식탁에 맛있는 별미가 올라왔으면 좋겠다고 생각했다.

　어제 까밀로는 스쿠터를 빌려서 비날레스 주변을 구경하자고 했다. 자전거를 빌릴까도 생각해봤지만, 비날레스는 언덕이 많고 지역이 넓은 편이라 스쿠터가 좋겠다 싶었다. 미리 봐둔 동네에 딱 하나뿐인 대여점에 갔더니 여덟 시간에 20CUC를 달라고 했다. 별도로 30CUC를 보증금으로 맡겨야 했지만 어차피 돌려받는 돈이라 부담은 없었다. 필요한 준비물은 여권과 운전면허증뿐, 굳이 국제면허가 아니어도 상관없었다. 무표정한 얼굴의 아저씨가 꺼내준 빨간 스쿠터는 약간 오래돼 보이기는 했지만 타는 데는 전혀 지장이 없어 보였고 나름 앙증맞게 생기기도 했다.

　간식으로 보까디또 두 개를 사고 주유소에 들렀다. 탱크를 가득 채웠는데도 5CUC밖에 들지 않았다. 1990년대 중반까지만 해도 소련의 붕괴로 연료 수입이 거의 끊어지다시피 하면서 쿠바에서 석유는 금보다 더 귀했다고 한다. 우리가 그때 쿠바를 여행했다면 아마 죄책감 때문에라도 스쿠터는 절대 타지 않았을 거다. 그러나 다행히 1999년 우고 차베스가 베네수엘라 대통령이 되면서부터 연료 사정은 급속도로 나아졌다. 쿠바와 베네수엘라 정부가 맺은 'Convenio Integral de Cooperacion(완전한 협력 협정)'과 'Convenio de Atención a Pacientes(환자 치료 협정)' 덕분이었다.

남미 최대의 산유국인 베네수엘라가 하루 2만 배럴이나 되는 석유를 공짜로 공급하는 대신, 쿠바는 의사, 교사, 운동 코치, 예술가들을 베네수엘라의 빈민가와 가난한 시골에 파견하거나 환자들을 쿠바에 데려와 무료로 치료를 해주기로 한 거다. 개인도 그렇듯, 힘없고 가난한 나라라 할지라도 이렇게 가진 걸 서로 나누면 얼마든지 어려움을 헤쳐 나갈 수 있는 법이다. 그게 바로 나눔과 연대의 힘이다.

연료를 채우고 나니 밥을 먹은 것처럼 마음이 든든해졌다. 여행 와서까지 탄소 연료를 태우고 다니는 게 지구에게 미안했지만, 이걸 타고 시골길을 달릴 생각을 하니 마음이 둥둥 날아다니는 것 같았다. 게다가 오늘 스쿠터 여행은 까밀로가 야심차게 준비한 선물이니까.

쿠바 서쪽에 위치한 작은 시골 마을 비냘레스
비냘레스 계곡은 1999년 유네스코 세계문화유산으로 지정되었으며
모고떼라 불리는 사다리꼴 모양의 둥근 산들로 유명하다

©cristiano esclapon

우리는 우선 남서쪽에 있는 엘 몬까다(El Moncada) 쪽으로 향했다. 30도 정도 되는 급경사를 오르는데 스쿠터는 힘에 겨운지 낑낑 신음소리를 냈다. 아무래도 언덕길을 계속 올라가기는 무리다 싶어 언덕 꼭대기에 있는 관광 안내소에 스쿠터를 세웠다.

로비를 지나 전망대로 다가가니 비냘레스와 그 주변이 그림처럼 한눈에 펼쳐졌다. 처음 보는 기이한 경관이었다. 동네를 둘러싼 산들이 우리가 흔히 보던 산과는 모양이 완전히 달랐다. 거의 직각에 가까운 경사면에 뾰족한 꼭대기 없이 위가 뭉텅 잘려나간 사다리꼴이었다. 그렇게 생겨먹은 산이 들판 여기저기에 불쑥불쑥 솟아 있었는데, 어린 왕자에 나오는 코끼리를 삼킨 보아뱀들이 기어가는 모양이었다.

안내소에 있는 설명을 읽어보니 그렇게 생긴 산을 '모고떼(mogotes)'라고 부른단다. 우리 눈에는 모고떼가 튀어나온 것처럼 보이지만, 사실은 주변이 아래로 가라앉은 거라고 한다. 수억 년 전, 이 주변은 해발 수백 미터에 이르는 고지대였는데 오랜 침식작용으로 대부분 아래로 가라앉으면서 나머지 남은 부분이 저렇게 모고떼가 된 것이다. 전 세계에서도 이렇게 완전한 모고떼를 볼 수 있는 곳은 비냘레스뿐이라서 유네스코에서도 세계문화유산으로 지정해 보호하고 있다.

좀 더 가까이서 모고떼를 보기 위해 언덕을 내려갔다. 한참을 달리자 전망대에서 봤던 모고떼들이 일렬로 서서 우리를 반겨주었고, 반대편으로는 드넓은 밭이 펼쳐져 있었다. 한 시간쯤 달렸을까, '선사시대 벽화(Mural de la Prehistoria)' 라고 쓴 이정표가 나왔다. 둘 다 선사시대 유물 같은 데는 별로 취미가 없어서 그냥 지나칠까 하다가 오른쪽으로 3분만 가면 나온다기에 구경이나 해보자 하고 방향을 틀었다. 잠시 뒤

양옆에 모고떼를 끼고 왼쪽으로 돌자 저 앞에 커다랗고 평평한 기암절벽이 나타났다. 절벽에는 선사시대 공룡들이 노니는 그림이 가득했다. 까밀로가 감탄해서 소리를 질렀다.

"우와! 그 옛날 사람들이 어떻게 저렇게 높은 곳에다 그림을 그렸지? 진짜 대단하다."

그런데 내 눈에는 아무래도 이상했다.

"선사시대에 저렇게 올 컬러로 그림을 그렸다고? 절벽 전체에다가? 그게 말이 돼?"
"그러니까 대단한 거지. 왜 공연히 의심부터 하고 그래. 여기 사람들이 이런 걸로 거짓말을 하겠어?"

까밀로가 하도 자신 있게 우기는 바람에 난 슬그머니 꼬리를 내리고 말았다. 절벽 가까이 가려면 입구에서 표를 끊고 들어가야 한다. 마침 옆에 캠프장이 있어서 그 앞 공터에 스쿠터를 세웠더니 경비원이 다가왔다. 벽화만 보고 갈 거라고 하고선 내가 슬쩍 물어봤다.

"아저씨, 저 벽화 진짜 선사시대에 그린 거예요?"
"무슨 소리야, 저건 혁명 이후에 그린 건데. 관광객들 끌어들인다고 정부에서 그린 거야. 아마 61년인가에 그린 거라던데. 아무튼 아주 오래됐어."

그 얘길 듣고 다시 쳐다보니까 공룡과 원시인이라고 그려 놓은 게 딱 '뽀뽀뽀' 수준이다. 관에서 일하는 사람들의 유치함은 이념과 국경을 뛰어넘는 것 같다.

과히로와 선주민

좀 전까지 흐리던 날씨가 금세 환하게 갰다. 오전에는 보이지 않던 농부들이 하나둘씩 밭에서 분주히 손을 놀리고 있었다. 길 바로 옆 헛간에서 일을 하고 있는 농부 아저씨들이 무슨 일을 하나 구경할 겸 스쿠터를 세웠다. 우리가 다가가자 아저씨들은 잠시 일손을 멈추고 쳐다봤다. 그 중 빨간 모자를 쓰고 콧수염을 기른 아저씨가 콩깍지에서 방금 꺼낸 콩을 내 손바닥에 올려놓더니 헛간 쪽을 가리키며 수확한 콩을 터는 중이라고 말했다.

이게 우리가 먹는 콩그리(향신료를 넣은 콩밥)에 들어가는 콩이냐고 했더니 웃으면서 고개를 끄덕인다. 그리고 아저씨는 콩 한 줌을 잔뜩 손에 쥐여 주었다. 솔직히 인적도 드문 들판에서 몸집이 큰 아저씨가 다가오니까 처음에는 살짝 겁이 나고 의축되기도 했었는데, 첫인상과는 달리 마음이 따뜻한 농부 아저씨였다.

쿠바에서는 이런 농부 아저씨들을 과히로(guajiro) 라고 부른다. 원래 타이노 선주민 말로 '우리들 가운데 한 사람' 이라는 뜻의 이 단어에는, 단순히 직업으로서의 농사짓는 사람만이 아니라 '촌뜨기' 나 '숙맥' 같은 경멸과 무시의 뜻도 같이 담겨 있다. 그러나 농민들은 누가 과히로라고 불러도 화를 내거나 불편해하지는 않으며, 스스로도 자신

들을 과히로라고 부른다. 있는 그대로의 자신의 모습과 삶을 인정하고
받아들이는 농민들의 겸손함이 읽힌다. 하지만 이방인인 우리들은 가
급적 깜뻬시노(campesino.농민)라는 말을 사용하는 게 좋다. 그들과 뒤엉
켜 살아가는 사람들이 그렇게 부르는 것과 잠깐 스쳐 지나가는 사람이
하는 말은 다르게 들릴 수도 있으니까 말이다.

　　자동차도 거의 안 다니는 도로를 30분 넘게 달리던 우리는 왼쪽으
로 꺾어지는 언덕을 발견하고 그리로 올라가기로 했다. 또 다시 낑낑대
며 힘겨워하는 스쿠터를 다독여 걷는 것과 별반 다름없는 속도로 올라
가다가 오른쪽 아래에 허름한 농가 한 채를 발견했다. 그런데 농가 앞
마당에는 조각품 비슷한 것들이 여기저기 흩어져 있었다. 호기심에 작
은 돌계단을 내려갔다. 인기척을 들었는지 집 안에서 아주머니 한 분이
나오셨다. 다가가 말을 걸려고 하자, 아주머니가 먼저 반색을 한다.

"어서 와요. 날씨가 많이 덥죠? 주스 한 잔씩 마실래요?"

마치 우리가 오기를 기다리고 있었다는 듯, 그 행동과 말투가 아주
자연스러웠다.

"네, 저는 주스 말고 커피로 부탁드려도 될까요?"

자기가 마시고 싶은 걸 주문하는 까밀로가 좀 뻔뻔하게 느껴졌는
데, 아예 그렇게 부탁을 하고 나중에 사례를 하는 게 서로가 부담이 없
을 것 같단다. 듣고 보니 그게 낫겠다 싶었다.

"마당에 있는 조각품들이 신기해서 들어왔어요. 실례가 됐다면 죄송해요."

"아뇨, 얼마든지 구경해도 좋아요. 다 제가 만든 조각품들이에요."

마당에는 팔을 벌린 형상부터 엎드린 채 땅에 얼굴을 파묻고 있는 모습에 이르기까지 갖가지 알 수 없는 표정과 자세의 인물상들이 가득했다. 돌, 나무, 죽은 고목을 비롯해 재료도 제각각이었지만, 모두가 아메리카 선주민들을 형상화한 작품들이라는 걸 쉽게 알 수 있었다. 그 가운데서도 상체를 드러낸 채 얼굴을 두 손으로 가리고 있는 여인상이 가장 인상적이었다. 그런 여인상이 여러 개가 있었는데, 집의 처마를 떠받치는 기둥도 같은 모습이었다.

"여인들이 왜 다들 얼굴을 가리고 있는 거죠?"

아주머니는 그 까닭을 길게 설명했다. 우리 실력으로는 그 말을 다 알아듣지 못해서 결국 사전을 펴고 한 단어씩 되물었다가, 나중엔 손짓까지 동원해서야 겨우 그 뜻을 이해할 수 있었다. 거기엔 두 가지 의미가 동시에 담겨 있었다. 하나는, 구약 성서에 나오는 아담과 이브를 선주민의 이야기로 재해석한 것이었다. 선악과를 먹고 부끄러움을 알게 돼 얼굴을 가리고 있는 거다.

두 번째는, 힘들고 비참한 현실 때문에 울고 있는 쿠바의 선주민 여인을 표현한 것이었다. 선주민이자 여성으로서의 아주머니 자신의 삶과 처지를 그대로 표현한 것이기도 했고, 백인 정복자들이 쳐들어온

뒤 고된 노동과 굶주림 속에 서서히 사라져간 이 땅 선주민들의 역사를 담은 것이기도 했다.

조그만 거실에서 이런 이야기를 나누는데 웃통을 벗은 남자가 들어왔다. 꽤 나이가 들어 보여서 남편인 줄 알았더니 아들이란다. 악수를 청하자, 일을 하다 오는 길이라 손이 더럽다며 주저했다. 그래도 상관없다고 덥석 손을 잡았다. 물기 묻은 흙이 그대로 느껴졌지만 정말 상관없었다.

“허허, 농사일이란 게 해도 해도 끝이 없어요. 씻어도 금방 더러워지니까….”

아들은 민망해하며 조심스레 자리에 앉았다. 그런데 자꾸만 그의 벗은 몸에 눈길이 갔다. 그의 독특한 가슴 털 때문이었다. 북슬북슬한 가슴 털을 드러내놓는 건 쿠바의 뭇 남성들에게는 유니폼 같은 거였지만, 그의 가슴 털은 특이하게도 십자가 문양으로 면도가 되어 있었다. 까밀로도 그게 신기했던지 그에게 가슴 털이 참 독특하시네요, 하고 말했다.

“그런다고 그걸 또 물어보냐, 예의 없게시리.”

내가 정강이를 살짝 걷어차며 면박을 줬더니 까밀로도 아차 싶었는지 머쓱한 표정을 짓는다. 그러나 정작 당사자는 아무렇지 않게 자신의 가슴 털에 대해 아주 친절하게 설명해주었다.

"저는 산떼리아교를 믿어요. 이건 그 상징이구요. 이렇게 십자가를 가슴에 새기면 항상 내가 신으로부터 보호받는 느낌이 들거든요."

그러면서 그는 자신이 믿는 신들, 그리고 가난하고 힘들지만 그 덕분에 웃을 수 있는 이유에 대해 이야기를 풀어놓았다. 너무나 진지한 그의 태도에 가슴 털을 찍으려고 집어 들었던 카메라를 슬그머니 내려놓았다.

설명만으로는 부족하다고 느꼈는지 그는 우리 손을 잡아끌어 마당으로 데리고 나갔다. 아까 무심히 지나쳤던 작은 움막의 문을 열어젖히자 투박하지만 정성스럽게 꾸민 제단이 나왔다. 각각의 성인을 상징하는 색깔의 물건들, 깨끗한 물과 기름이 담긴 유리컵들, 아이스크림 컵에 꽂아 놓은 들꽃, 십자가와 묵주가 테이블과 벽돌 계단에 정성스레 올려져 있었다. 그리고 하얀 천이 드리워진 뒤편으로는 빨간 입술을 가진 흑인 인형이 우리를 쳐다본다. 그는 그 인형이 산떼리아 성인 열 명 중 하나인 엘레구아(Eleggua)라며 두 손을 모으고 성호까지 그어 보였다. 십자가 가슴 털을 따라서 말이다.

종교가 현실을 극복하는 힘이 될 수 있냐 아니면 현실의 모순을 잠시 잊게 하는 아편이냐, 이래저래 논쟁을 하자면 끝도 없지만, 지금 저 남자의 얼굴을 보면서 그런 논쟁은 아무짝에도 쓸모없게 느껴졌다.

쿠바의 선주민 타이노의 족장,
아뚜에이(Hatuey)

16세기 초, 쿠바 섬에는 시보네이(Ciboney)와 타이노(Taino) 선주민들이 살고 있었다. 어느 날, 농사와 사냥을 하며 살던 두 종족 앞에 한 남자가 나타났다. 백인들의 갖은 만행을 피해 4백 명의 부족민들을 이끌고 이웃 이스빠니올라 섬을 빠져 나온 타이노의 족장, 아뚜에이였다. 그가 말했다.

"지금 기독교도들이 이곳으로 몰려오고 있다. 그들은 이미 다른 부족들에게 만행을 저지르고 모조리 죽였다… 그들이 왜 그러는지 아는가?"

주민들이 대답했다.

"모릅니다. 하지간 그들이 천성적으로 사악하고 잔인하기 때문일 것 같군요."
"아니, 그래서가 아니다. 그들은 우리가 자신들이 숭배하는 유일신을 믿기를 바란다."

그는 바구니에 가득 담긴 금과 보석을 가리키며 말했다.

"기독교도들이 믿는 신이 바로 이것이다… 자 봐라. 우리가 이 금을 가지고 있는 한 그들은 우리를 죽이고 이것을 차지하려 들 것이다. 그러니 이 금을 강물 속에 던져 버리자."

사람들은 그의 제안에 동의했고, 근처에 있는 강에다 금 바구니를 내던져 버렸다.

그후 아뚜에이는 선주민들을 이끌고 백인 정복자들에게 맞서 끝까지 싸우다 붙잡혀 결국 말뚝에 묶여 산 채로 불태워지게 된다. 스페인의 가톨릭 수사였던 바르똘로메의 회상록에 따르면, 그가 죽기 바로 직전 한 신부가 그에게 다가가 지금이라도 예수를 믿으면 천국에 갈 수 있다고 구슬렸다고 한다. 그러자 그는 기독교도들이 천국에 가느냐고 묻고는 그럼 자신은 기독교도가 없는 지옥에 가겠다고 대답했다고 전해진다.
오늘날 쿠바 극민들 사이에서 제국주의에 맞서 싸운 영웅으로 추앙받는 아뚜에이는, 그러나 섬 바깥에서는 세계적인 럼과 위스키 제조업체인 바카디(Bacardi)의 맥주 상표로만 어렴풋이 기억될 뿐이다.

쏟아지는 비와
멍텅구리 스쿠터

굽이굽이 고개를 넘으며 계속 위로 내달렸다. 양 옆으로는 넓은 야자수 잎과 나무들이 빼곡히 들어찬 밀림이 이어졌다. 간간이 그 사이로 고개를 들이미는 풍경은 우리가 꽤 높고 깊은 산 속까지 올라왔음을 말해주었다.

수백 년 전, 쇠사슬에 양발이 묶인 채 채찍에 등짝을 맞아가며 담뱃잎을 따던 흑인 노예들이 가까스로 능장에서 도망쳐 아마도 이쯤 어딘가에 숨어들었을 것이다. 이 길을 되돌아서 저 북쪽 계곡 어딘가에는 탈출한 노예들이 집단으로 몸을 피했던 커다란 동굴도 있다던데, 지금은 낮엔 식당, 밤엔 나이트클럽으로 쓰인다는 이야기를 듣고 기분만 더러워질 것 같아서 가지 않기로 했다.

아바나에서 산 중국제 알람시계를 꺼내서 들여다봤더니 벌써 두 시가 넘어가고 있었다. 그제야 아침에 가판에서 사온 보까디또 말고는 아무것도 먹지 못했다는 걸 깨달았다. 그러나 중간에 마을을 두어 군데 지나치긴 했지만, 집이 몇 채 되지 않는 워낙 작은 마을이라 식당은 커녕 구멍가게조차 없었다. 염소 가족을 구경하러 나지막한 언덕에 올랐더니 저 멀리 꽤 큰 마을이 보였다. 마침 물통을 지고 지나던 아주머니는 뽄스(Pons)라는 동네인데 거기에 가면 식당이 있을 거라고 했다. 비로소 마음에 평화가 깃들기 시작했다.

하지만 막상 뽄스에 도착해보니 식당은 없었다. 간단한 피자와 스파게티를 파는 카페테리아가 있긴 했지만 식재료가 떨어졌다며 맥주만 팔았다. 하는 수 없이 마을이 두 갈래로 갈라지는 지점에 있는 간이매점에서 비스킷과 주스로 허기를 달래기로 했다. 그때 어, 저기 먹구름이 몰려오네, 싶더니 어느새 엄지손톱만 한 굵은 빗방울이 후두둑 떨어지기 시작했다. 주위에 있던 사람들이 순식간에 어디론가 비를 피해 사라졌다. 다행히 매점에는 커다랗게 차양이 드리워져 있어 우리는 비에 젖지는 않았다. 그러나 카페테리아 앞에 세워둔 스쿠터는 상황이 달랐다. 까밀로가 뒤늦게 달려가 스쿠터를 처마 밑으로 옮겨놓고 돌아왔다.

"어떡하지, 돌아가기 전에 비가 그칠까?"

"걱정 마. 요게 스콜이라는 열대 소나긴데, 오후 이 시간 즈음에 갑자기 한 30분 좍좍 쏟아붓다가 또 언제 그랬냐는 듯이 쨍쨍해져. 10년 전쯤 동티모르에 갔을 때도 우기 때는 날마다 그랬어."

제발 이번만은 까밀로의 호언장담이 적중하기를 속으로 바랐다. 하지만 시간이 지날수록 비는 점점 거세지기만 했다. 매점 앞에는 우리 말고도 아저씨들 서넛이 함께 비를 피하고 있었다. 슬쩍 인사를 건네도 눈으로만 살짝 받아줄 뿐이다. 시골 분들이라 낯선 사람과 말을 섞는 게 수줍어서 그런가 보다.

커다란 자루를 지고 있던 아저씨가 잠시 자리를 비우는가 싶더니 손에 뭔가를 들고 와 입에 대고 홀짝거렸다. 자세히 보니 맥주 깡통을 반으로 잘라서 만든 컵에 럼을 담아 마시는 거였다. 어디서 났느냐니까 저쪽에 가면 이렇게 럼을 컵에 부어서 판단다. 아저씨가 마셔보라고 까밀로에게 컵을 내밀었지만, 정중히 거절했다. 고향 친구들이 죄다 음주운전으로 면허 정지에 벌금으로 고생하는 걸 본 까밀로는 음주운전만큼은 절대 하지 않는다.

술이 들어가니까 어색함이 덜했는지 아저씨는 자루에 든 걸 손수 꺼내서 보여줬다. 고구마와 비슷하게 생긴 작물이었는데, 색깔은 좀 더 연했고 길이는 더 길었다. 말로만 듣던 유까(Yucca)였다. 그 중 한 녀석을 반으로 뚝 잘랐더니 속은 완전히 새하얗다. 쿠바에 와서 간혹 음식에 감자도 아닌 것이, 그렇다고 고구마도 아닌 게 섞여 있는 걸 본 기억이 있는데, 그게 바로 이 놈이었다. 아저씨는 저 멀리 밭에서 키운 이 유까를 캐서 짊어지고 비냘레스로 팔러 가던 길이었다.

까밀로의 말과는 달리, 한 시간이 지나도 비는 그칠 기미가 안 보였다. 산 속이라 두어 시간만 있으면 어두워질 테니 이제는 결단을 내려야 할 시간이었다. 스쿠터를 꺼내 시동을 걸었다. 남은 사람들에게 손을 흔들어 인사를 하고 한 50미터쯤 갔을까. 갑자기 '푸르르륵 쉬익' 하더니 엔진이 꺼졌다. 다시 시동을 걸었더니 이번에는 10미터 정도 가다가 멈춰 버렸다. 까밀로가 발로 시동을 걸어도 '우욱, 우욱' 하고 헛구역질 소리만 날 뿐 시동은 걸리지 않았다. 너무 황당해서 걱정조차 되지 않을 정도였다.

"저기 주유소가 있으니까 끌고 가보자. 이걸 고칠 수 있는 기술자가 있을지도 몰라."

주유소에는 아저씨들 여럿이 트럭 주위에 모여서 이야기를 나누고 있었는데, 우리가 도움을 요청하자 다들 몰려들어 스쿠터를 요리조리 살펴보고 만지기 시작했다. 한 아저씨가 발판 앞쪽을 뜯더니 고개를 끄덕이고는 시동을 거는 킥을 손으로 연거푸 내렸다 올리자, 부르릉 덜덜덜 하고 스쿠터가 다시 살아났다. 그는 손가락으로 부품 하나를 가리키며 말했다.

"아래쪽으로 빗물이 스며드는 바람에 저게 젖어서 시동이 꺼지는 거야. 여분이 있으면 바꿔주고 싶지단 우리도 지금 갖고 있지 않아서 말이야."

"그럼 이 상태로 비냘레스까지 갈 수 있을까요?"

"글쎄, 운만 좋다면야…. 솔직히 장담은 못하는데, 일단 빗물 고인 곳을 피해서 조심조심 가 봐. 행운을 비네."

그러나 불행히도 병든 스쿠터는 5분도 버텨주지 못했다. 좀 전에 아저씨가 했던 것과 같은 방법으로 시동을 걸어도 가다 멈추다를 되풀이했다. 난감함이 구름을 뚫을 지경이었다. 비는 거의 폭우 수준이었고, 이미 우리는 산 속 한가운데로 들어온 터라 다시 되돌아갈 수도 없었다. 답답한 마음에 까밀로가 담배를 꺼내 물었지만 라이터까지 비에 젖어 무용지물이었다. 비스킷밖에 들어간 게 없는 뱃속에서는 그 와중

T07
359
LY

에도 꼬르륵 소리가 났다.

그렇게 스쿠터를 끌고 빗속을 걷고 있는데 자동차 한 대가 멈춰 섰다. 운전석과 조수석에서 두 명의 남자가 내렸고, 차에는 또 다른 두 명의 남자가 앉아 있는 게 보였다. 운전석에 있던 젊은 남자가 오토바이를 뜯어보더니 차로 돌아가서 트렁크를 열었다. 트렁크 안에는 작은 새끼 돼지 한 마리가 산 채로 실려 있었다.

"이 놈을 사겠다는 사람이 있어서… 하하."

그는 새끼 돼지 엉덩이를 옆으로 치우고 작은 부품 하나를 찾아냈지만, 안타깝게도 우리 스쿠터와는 맞지 않았다. 하는 수 없이 우리가 어떻게든 알아서 가보겠다고, 고맙다고 했더니 청년이 잠시 무언가 망설이는 표정이었다. 그러고는 일단 내가 차에 타고 까밀로가 스쿠터를 끌고 천천히 따라오면, 내려가서 부품을 구해 다시 돌아와 고쳐주겠다고 했다. 까밀로도 그게 좋겠다며 나더러 차에 타라고 했다. 하지만 영 찝찝했다. 굳이 의심하려던 건 아니지만, 낯선 남자들만 있는 차에 타는 게 불안해서였다.

"아니, 난 안 탈래."

"그러다가 진짜 감기라도 걸리면 어떡하려고 그래. 난 괜찮으니까 가서 빨리 부품을 구해오는 게 서로를 위해서도 좋아. 좀 있으면 해가 지기 시작할 거야."

"그래도 싫어. 저 사람들이 어떤 사람들인지도 모르잖아."

까밀로가 답답하다는 표정을 짓더니 이내 말했다.

"그래, 정 그러면 그렇게 해."

그 청년은 나에게 타라고 몇 번 손짓을 하다가 소용이 없자, 일행들과 잠시 이야기를 나눈 뒤 휭 하고 사라져버렸다. 그들이 떠나고 난 뒤 우리는 한동안 말없이 빗속을 걸었다. 그러다 고개를 갸웃거리는 까밀로.

"근데 뭔가 이상하지 않아? 부품을 구해오겠다고 할 정도로 적극적이던 사람들이 왜 니가 차에 안 타니까 그냥 홱 가버렸을까? 자기들끼리 갔다가 다시 오면 되잖아."
"거 봐, 뭔가 이상했다니까. 그런데도 나보고 막 모르는 사람들 차에 혼자 타라고 그런 거야?"

어딘지 구린 냄새가 나긴 하지만 그렇다고 증거가 있는 것도 아니었다. 그리고 지금은 빨리 이 상황에서 벗어나는 게 우선이었다. 어쨌든 혹시라도 그들이 나쁜 마음을 먹었던 거라면, 마치 예정된 각본처럼 한 시간 뒤 그들은 그 대가를 조금이나마 치르게 된다.

중국제니까
당연하지?

역시 사람이 앉아서 죽으란 법은 없었다. 픽업트럭 한 대가 짐칸에 스쿠터와 우리를 태워준 것이다. 운전사 아저씨와 다른 남자 한 명 외에도 아저씨의 어린 아들이 함께 타고 있어서 더욱 마음이 놓였다. 우리는 "원래 이런 일도 한 번씩 겪어줘야 여행 좀 다니는구나 하는 법이야."하고 떠들 정도로 여유를 되찾았다. 그렇게 비날레스에 거의 다다를 무렵, 아저씨가 갑자기 차를 세웠다. 뒤를 돌아보니 길가 도랑에 자동차 한 대가 빠져 있고, 사람들이 나와서 차를 끌어내려고 안간힘을 쓰고 있었다.

"저, 저, 저 사람들, 아까 우리 도와준다고 해놓고 그냥 날랐던 사람들이야."

"엥, 진짜 그러네. 우리를 버리고 가서 벌받았나 봐."

그렇다고 가만히 있자니 우리가 다른 사람의 곤경을 모른 척하는 사람으로 비칠 것만 같았다. 그래서 트럭 아저씨를 따라 까밀로도 사람들 틈에 끼어 차를 들어올리기 시작했다. 과속을 했는지 차 바퀴가 진흙 속에 워낙 깊이 박혀 있어 어림도 없겠다 싶었는데 그래도 여럿

이 힘을 합치니까 차는 밖으로 끌려나왔다.

"아까 그 운전수는 뭐래? 아무 말 없었어?"
"응, 그냥 내가 씨익 웃으니까 자기도 미안한지 고개를 돌리고 모른 척하던데."

트럭은 우리를 대여점 앞에 내려줬다. 작게나마 사례를 하고 싶었지만 아저씨는 곧바로 차를 출발시키며 열린 창문 틈으로 손을 내밀어 흔들었다. 아까 주유소 아저씨도 그랬지만, 우리 같은 여행자들(게다가 산 속에서 오도 가도 못하는!)을 도와주고 몇 푼이라도 사례를 받으면 살림에 보탬이 됐을 텐데 전혀 그럴 생각이 없어 보였다. 그냥 고맙다는 인사 한마디에 웃으며 사라질 뿐이었다.

덕분에 좋은 사람들을 만나서 잊지 못할 경험을 하긴 했지만, 그렇다고 스쿠터를 빌려준 아저씨에게도 고맙다고 할 수는 없는 일. 얼굴의 웃음기를 확 지우고 대여점에 들어가자마자 도대체 이런 스쿠터를 빌려줄 수 있냐고 따지기 시작했다. 그러나 아저씨는 원래 비 오는 날은 다 그런 거 아니냐고, 오히려 우리가 유난을 떤다는 표정으로 여행은 재미있었냐며 되묻는다. 순간 약이 올라 꼭지가 돌아버릴 지경이었다.

"이봐요, 아저씨네 고물 스쿠터 때문에 오늘 얼마나 고생을 했는지 알아요?"
"그러게 비 올 때는 스쿠터 타지 말라고 했잖아요."
"아니, 언제 그런 얘기를 했어요? 그리고 세상에 비 좀 온다고 스쿠터가 서버리면, 그럼 거기서 여기까지 저걸 떠메고 올까요?”

화가 난 까밀로는 정말로 스쿠터를 어깨에 메기라도 할 기세였다.

“여기 쿠바는 원래 그래요. 굴러다니는 스쿠터들이 죄다 중국제니까요.”
“중국제라고 스쿠터가 빗물에 깡통 되는 게 말이 되냐구요.”
“당연하죠, 중국젠데.”

어찌 보면 미국의 경제봉쇄의 창끝을 무디게 하는 데 있어서 중국이 기여한 바가 크다. 같은 사회주의 국가로서 중국은 쿠바의 최대 수출품인 니켈을 거의 긁어가다시피 하고, 그 대신 오토바이나 자동차 같은 물품을 쿠바로 대량 수출하고 있다. 한 예로, 쿠바에 다녀온 사람들이 종종 화제로 삼는 장갑차나 고철 껍데기를 기워서(?) 만든 낙타버스들이 최근에는 중국산 최신형 버스로 교체되고 있다.

하지만 쿠바 주민들은 대여점 아저씨처럼 중국산 제품은 싼 게 비지떡이라는 인식을 갖고 있다. 한편으로는 그나마 중국이라도 있어서 다행이야 하면서도, 다른 한편으로는 아쉬우니까 어쩔 수 없이 쓴다고 생각하는 것이다. 사실 그 덕분에 생활이 많이 편해지고 나아진 게 사실이니까, 쿠바 사회 전체로 봐서는 그다지 손해 보는 장사는 아닌 듯싶다. 우리처럼 재수 없게 된통 당하지만 않으면 말이다.

그렇다고 중국 대사관에 따질 수는 없는 노릇. 앞으로는 미리 주의라도 주면 여행자들이 덜 당황하지 않겠냐고 말하고는 악수를 나눴다.

막 대여점을 나오는데 오전에 잠깐 마주쳤던 벨기에 커플이 트럭에서 자전거를 내리고 있었다. 우리처럼 물에 빠진 생쥐꼴이었다. 그들은 산 속에서 자전거 체인이 끊어졌단다.

알고 보니 대여점에서는 아예 저녁이 가까워오면 트럭을 보내 주변을 한바탕 훑어서 오도 가도 못하는 여행자들을 실어온다고 한다. 이거야말로 진정한 '찾아가는 서비스'인 셈인데, 역시 쿠바란 나라는 고장은 날지언정 사람은 버리지 않는 나라였던 것이다.

흠뻑 젖은 옷을 벗고 따뜻한 물에 샤워를 했더니 기분이 한결 나아졌다. 저녁 식사가 다 준비되었다는 올가 아줌마의 소리에 나와 보니 식탁에는 오늘 도착한 스웨덴 남자어 둘이 앉아 있었다. 부엌에서 나오던 아주머니가 "서프라이즈!" 하고 외치며 식탁에 동그란 파이를 올려놓았다. 칼집으로 방긋 웃는 얼굴을 새긴 구아바쨈 파이였다. 양쪽 볼에 고기를 잔뜩 넣고 우물거리던 스웨덴 남자 애들은 영문도 모르고 생일축하 노래를 따라 불렀다. 참, 뭐라 설명하기 어려운 스물여덟 번째 생일이 그렇게 지나갔다.

아바나
트리니다드

파스텔 물감을 뿌려놓은 도시
트리니다드
TRiNidad

예전의
따스함을
잃지 말아요

아침 8시에 트리니다드로 떠나는 버스를 타기 위해 새벽 일찍 일어나 짐을 쌌다. 며칠에 한 번씩 되풀이하는 일인데도 짐 싸기는 좀처럼 익숙해지지가 않는다. 짐만 잘 싸도 여행의 절반은 성공이라는 게 무슨 의미인지 알 것 같다. 집을 나서기 전에 동네 꼬마 소녀, 알리와 알랭에게 이야기는 하고 떠나야 할 것 같아 문을 두드렸더니 벌써 학교에 가고 없었다. 며칠이지만 정이 들었는지 많이 아쉬웠다.

일곱 시간 반을 달려 트리니다드에 도착했다. 어제 우리가 간다는 전화를 받고 로베르또 아저씨가 마중을 나와 있었다. 아저씨는 얼굴을 보자마자 우리를 대번 기억해냈다.

"에헤이, 까밀로! 수힌! 그라시아스, 그라시아스, 껄껄껄껄."

주먹을 불끈 쥐면서 오버하는 몸짓과 특유의 웃음소리는 여전했다. 오랜만에 고향사람을 만난 듯 그렇게 정겨울 수가 없다. 집에 가까워올수록 골목길이 새록새록 기억에서 되살아나는 느낌이 너무 좋다. 날마다 군것질거리를 샀던 가게와 24시간 패스트푸드점 엘 라삐도가 반가웠다. 치즈를 잔뜩 올려주던 피자 가게가 아직 그대로인지 오후에 찾아봐야겠다.

비냘레스의 까사 아줌마와 이름이 같은 올가는 찐한 포옹과 볼 키스로 우리를 반겼다. 안 본 사이 몸이 1.5배로 불어난 것 같다. 다른 가족들의 안부를 물으니 치과대학에 다니던 딸내미가 2주일 전에 베네수엘라로 의료봉사를 떠났다고, 보고 싶어 죽겠단다. 대신 그때는 잘 보이지 않던 아들이 쑥스러운 인사를 건넸다.

거실에 걸려 있던 커다란 말 그림이 없어진 걸 보니 예술을 한다던 예비 사위는 딸과 헤어졌나 보다. 만날 거실에 친구들을 죄다 불러놓고는 터미네이터 비디오나 보더니 그럴 줄 알았다. 강아지 멜리사는 완전히 할머니가 되어 방정맞던 걸음이 얌전해졌고, 능청스런 고양이 수는 더 능구렁이가 되어 있었다. 우리가 묵었던 베란다가 딸린 하얀 옥탑방이 빨리 보고 싶어졌다. 방 하나에 욕실이 딸린 별 볼 일 없는 방이었지만, 창문으로는 저 멀리 석양이 보이고 베란다에서 햇볕을 쬐며 모히또를 마실 때의 그 기분이란!

그런데 정작 올가 아줌마는 2층 베란다 난간을 넘어 옆집 옥상으로 건너갔다. 자기네 방은 지금 다른 손님이 묵고 있어서, 식사를 포함한 모든 서비스는 아줌마가 직접 해줄 테니 걱정 말고 옆집 방에 묵으란다. 선심 쓰듯이 방값은 똑같이 받겠다는 말과 함께. 하지만 방도 마음에 들지 않았고, 매번 도둑고양이마냥 난간을 넘어 다녀야 하는 것도 걸렸다. 진작 어젯밤에 통화할 때 그렇게 말해줄 것이지, 이제 와서…. 로베르또 아저씨가 준 망고 주스도 이미 마셔버렸는데 어쩌라고!

입이 주먹만큼 나와서는 방구석에 짐을 던지듯 내려놓았다. 방도 방이지만 믿었던 친구에게 이용당한 기분이었다. 올가와 로베르또는 쿠바에서 만난 까사 주인들 중에서 가장 가족처럼 느껴졌던 사람들이었다. 우리가 밖에서 땀을 뻘뻘 흘리고 돌아오면 로베르또 아저씨는 선하디 선한 얼굴로 "모히또! 모히또!"를 외쳐대면서 살얼음이 동동 떠다니는 상큼한 모히또를 내밀었고, 올가 아줌마는 저녁만 되면 2층으로 올라와 사는 이야기를 같이 나누었다. 그래서 헤어질 때에는 아쉬움에 눈물이 핑그르르 돌 정도였고, 적어도 이집 만큼은 까사에 묵는다는 생각보다는 친척 아주머니댁에 놀러간다는 기분으로 왔던 거였다. 그런데 그들에게, 아니 올가 아줌마에게 우리는 그냥 많고 많은 숙박객 중 하나일 뿐이었던 거다.

날이 더 어두워지기 전에 잠깐 동네를 산책했다. 스페인 식민지 시대의 모습이 그대로 남아 있는 트리니다드의 집들은 전면에 높다란 현관문과 그만 한 크기의 창문이 나란히 나 있고, 벽과 문, 창살이 각기 다른 천연색으로 칠해져 있다. 그런 집들과 자갈을 박아 만든 수백 년 된 골목길, 파란 하늘이 이루는 조화는 누구나 카메라만 들이대면 예술사진이 나온다고 할 정도로 아름답다. 이 작은 섬나라 안에서 도시마다 풍경이 각각 다르다는 것도 참 신기하다.

집에 돌아와 쉬고 있으려니 밖에서 달그락 그릇 소리가 들린다.

"아, 벌써부터 로베르또 아저씨가 만들어주는 밥이 기다려져서 못 참겠어."

"맞아, 음식 솜씨 하나만큼은 이 집이 쿠바에서 최고였는데."

주면 주는 대로 먹는 까밀로도 오늘 저녁은 기대가 되나 보다. 정식 요리학교를 나와 고급 호텔 주방에서 일을 했던 로베르또 아저씨는 프랑스, 이탈리아, 중국, 심지어 일본 요리까지 못 만드는 음식이 없었다. 5CUC의 착한 가격에 먹음직스럽게 장식까지 한 생선, 바닷가재, 닭고기 요리가 눈앞에 아른거려 저녁마다 집에 돌아가는 시간을 일부러 앞당길 정도였다.

우리는 올가 아줌마가 식탁을 다 차리기 전에 예전에도 그랬듯 그릇 나르는 일을 도와줄 요량으로 문을 열고 나갔다. 그런데, 이게 웬일. 당연히 우리만 쓰는 건 줄 알았던 옥상 마당 식탁에는 서양 남자애 둘이 등까지 켜놓고 오붓하게 식사를 하고 있었다.

"얘네 뭐야? 우리 밥은 어디 있어?"

어찌된 영문인지 알아보려고 내려갔던 까밀로가 탐탁지 않은 얼굴로 돌아왔다. 우리 식탁을 점령한 사람들은 1층 손님이었고, 그들이 식사를 마쳐야 우리가 저녁을 먹을 수 있다는 거였다. 그렇게 그들이 밥을 다 먹고 가볍게 와인까지 곁들이고 나서야 우리는 저녁을 먹을 수 있었다. 그러나 차려진 음식을 보는 순간 우리의 기대는 와르르 무너졌다. 구운 고기에 흰 쌀밥, 소금에 절인 야채가 전부인, 다른 까사에서도 흔하게 올라오는 메뉴였다.

정성 들여 만든 음식에 눈이 휘둥그레지며 찬사를 연발하는 우리를 보고 뿌듯해하던 로베르또 아저씨의 솜씨는 대체 어디로 사라진 걸까. 순간, 아까 모히또 얘기를 꺼내려다 슬쩍 아줌마의 눈치를 보고 우

물쭈물하던 로베르또의 모습과 이미 석 달치 예약이 밀려 있다는 올가
의 행복한 표정이 묘하게 겹쳤다. 예전에는 우리가 하루 더 묵겠다고
하니까 펄쩍 뛰며 두 팔 벌려 안고 기뻐하던 사람들이었는데, 이제 올
가는 정겨운 아줌마가 아니라 민박 사업가로 변해 있었던 거다. 원래
사는 게 다 그런 거야, 하고 넘기기에는 아직 쿠바 사람들에 대한 우리
의 기대가 너무 컸다.

저녁밥을 먹고 서둘러 까사 데 라 꿀뚜라(Casa de la Cultura. 지역마다 있는 문화 공간)로 향했다. 그 앞에서 밤늦게 호세와 롤란도를 만나기로 했기 때문이다. 둘은 아바나에서 우리가 트리니다드에 간다고 하자, 자기들도 우리가 도착하는 날에 맞춰서 여기로 오겠다고 했다. 롤란도는 다시 예전처럼 트리니다드에서 공연을 할 수 있을지 분위기를 보는 게 목적이었고, 호세는 덩달아 자기도 가겠다고 한 거였다.

둘을 맨 처음 만난 것도 2년 전 어느 날, 바로 여기 까사 데 라 꿀뚜라 앞이었다. 그때 우리는 마요르 광장에서 늦은 밤까지 공연을 보다가 집으로 돌아가던 길이었다. 지금 되돌아보면 그냥 그렇고 그런 밴드였지만, 까밀로는 그들의 연주에 완전히 매료돼서 다음날 당장 쿠바 드럼을 산다고 난리법석을 떨었다.

"그래, 사라 사. 그런데 칠 줄은 아냐? 아직 악기 이름도 모르면서."

"모르긴 왜 몰라. 저거잖아, 둥그렇게 생긴 저거."

까밀로의 손가락이 향한 골목에서는 한 무리의 사람들이 올라오는

게 보였다. 그리고 그들 어깨에는 아까 광장에서 본 바로 그 드럼이 짊어져 있었다.

"저 사람들한테 가르쳐 달라고 물어봐, 얼른."

우리는 쪼르륵 달려가 그들을 멈춰 세우고 물었다.

"저, 제가 이걸 좀 배워보고 싶은데요, 혹시 가르쳐주기도 하나요?"
"응? 콩가 말이에요? 음… 잠깐만 기다려봐요."

둥그렇게 생긴 드럼의 이름은 콩가였다. 나중에 알고 보니, 콩가는 먼 옛날 아프리카에서 끌려온 노예들로부터 전해 내려오는 아프로 쿠반 음악의 뿌리와도 같은 악기였다. 나무로 만든 통 위에 가죽을 덧댄 모양인데, 그보다 작은 봉고나 젬베 같은 타악기보다 소리의 울림이 깊다. 남자 둘은 잠시 서로 상의하는가 싶더니 내일 오전에 광장 옆에 있는 빨렝께 어쩌구 하는 클럽으로 오라고 했다. 그리고 다음날 찾아간 그곳에서 까밀로에게 콩가를 가르쳐준 사람이 바로 호세였고, 옆에서 영어로 거들어준 친구가 롤란도였다.

웬일로 오늘 호세는 말끔하게 차려입은 모습으로 나타났다. 무대에 설 때 빼고는 이렇게 멀쩡한 호세는 처음 봤다. 롤란도는 보자마자 투덜거리기부터 한다. 오늘 여기 오려고 새벽같이 일어나 짐을 싸고 6시 반에 떠났는데, 버스를 타고 오는 내내 호세가 하도 떠들어서 한숨도 못 잤단다. 안 봐도 어땠을지 눈에 선하다. 우리는 광장이 내려다 보이는 계단 한쪽 구석에 자리를 잡고 맥주와 칵테일 '쿠바 리브레'를 주문했다.

트리니다드 한가운데에 위치한 가요르 광장(Plaza Mayor) 옆 계단에 서는 매일 밤 까사 데 라 무시까(Casa de la Musica, 음악의 집)에서 주최하는 야외 음악공연이 펼쳐진다. 물론 다른 식당이나 술집에서도 공연을 하긴 하지만, 여행자들과 주민들이 같이 어우러지는 이곳의 밤 공연은 트리니다드에서만 만끽할 수 있는 특별한 재미다. 특히, 금요일이나 토요일에는 동네 사람들도 한껏 차려입고 나와 살사 실력을 뽐내는데, 시작 무렵에는 외국인들에게 양보하는 듯싶다가 분위기가 무르익으면 젊은이들이 우르르 나와 무대를 휘젓는다. 그 스텝과 몸짓이 얼마나 현란하고 능수능란한지 마치 이게 살사란 거니까 잘 봐둬, 하는 것 같다.

그러다가 흥분과 환호가 최고조에 달하고 루에다 데 카시노(Rueda de Casino)까지 시작되면 그나마 쿠바인들 틈에 끼어 있던 외국인들마저 슬그머니 자리로 돌아가 구경꾼이 되고 만다. 여러 명의 남녀가 둥그런 원을 그린 채 노래 중간에 쉴 새 없이 파트너를 바꿔가며 추는 루에다 데 카시노는 웬만큼 살사를 배운 사람도 그 빠른 박자와 호흡을 도저히 따라갈 수가 없다.

오늘은 평일이라 그런지 주민들은 별로 많지 않고 단체 관광객들이 무대 앞을 차지하고는 샴페인을 홀짝거리고 있다. 맨땅에 조명과 앰프가 전부인 무대에서는 미쉐린 타이어 몸매를 한 흑인 보컬이 형편없는 반주에 맞춰 온갖 과장된 몸짓과 표정으로 그들의 기분을 맞춰주려 애쓰고 있었다. 저러다가 박자를 놓치지나 않을까, 보는 우리가 다

아슬아슬했다.

"저 실력으로 어떻게 여기서 연주를 하게 됐을까? 호세나 롤란도처럼 실력 있는 사람들은 무대가 없어서 놀고 있는데 말이야."
"그러게. 관광객들한테는 오히려 저런 뻔한 노래가 더 먹힐 거라 생각하나 보지. 호세, 저 밴드 음악 별로다. 무시까, 노 부에노."
"노, 노 부에노. 하지만 다음에 나올 밴드는 아주 잘해. 내 친구들이야."

그러면서도 호세는 잔뜩 음악에 빠져들어 있었다. 신나는 음악이 나오면 손으로 박자를 맞추면서 따라 부르다가 갑자기 심각한 표정으로 가만히 듣기만 하더니 혼자 박장대소하면서 "에쏘, 에쏘(그렇지, 그래)!"하고 추임새를 넣는다. 옆에서 보기엔 꼭 실성한 사람 같지만, 그게 음악을 사랑하는 호세만의 방식이다. 호세에게 음악은 인생이자 그의 전부다.

"무시까, 마이 라이프! 무시까, 굿! 노 무시까? 노 굿!"
"알았어, 호세. 소리 좀 그만 질러. 사람들이 다 쳐다보잖아."

'Hasta la victoria siempre(승리의 그날까지 영원히)'를 마지막으로 '미쉐린 타이어' 밴드의 관광객을 위한 쿠바 명곡 메들리 공연이 드디어 끝났다. 반바지에 샌들을 신은 관광객들을 모아놓고 체 게바라에게 바치는 노래라니! 다음에 나올 호세 친구들의 룸바 공연이 더 기다려졌

다. 게다가 호세도 오랜만에 무대에서 한 곡 뽑을 거라니 더더욱. 그러
나 얄궂게도 갑자기 비가 쏟아지기 시작했다. 야외라 비가 오면 룸바
공연은 아예 할 수가 없다. 콩가가 비에 젖으면 가죽이 뒤틀려서 못 쓰
게 되기 때문이다.

　　사람들은 지붕이 있는 바 안으토 비를 피해 몰려들었다. 그 좁은
곳에 비집고 선 사람들은 이내 서로 뒤엉켜 춤을 추거나 큰 소리로 웃
고 떠들었다. 하늘에 구멍이 뚫린 것처럼 비가 쏟아졌고, 사람들 몸에
서 뿜어져 나오는 열기와 땀 냄새로 숨이 막힐 정도였다. 그렇게 예정
에 없던 낯선 이들과의 즉석 파티가 시작된 것이다.

다음날 오전, 호세는 어젯밤 바에서 만난 마에스트로 할아버지 집으로 우리를 데려갔다. 그 집 콩가를 빌려서 까밀로와 레슨을 하기 위해서였다. 마에스트로 할아버지는 무려 50년 동안 콩가만 연주한 분이다. 우리가 콩가의 신으로 떠받드는 호세가 콩가를 잡은 지 30년 정도 됐다는 걸 감안하면, 50년이라는 세월은 가늠하기조차 힘든 긴 시간이다. 할아버지가 훈장을 꺼내 보이듯이 활짝 펴 보여준 손바닥은 과연 콩가 가죽만큼이나 단단했다. 굳은살의 두께와 단단함이 나무의 나이테처럼 콩가와 함께했던 시간을 말해주고 있었다.

사실 오늘 레슨은 계획에 없던 일이었다. 어제 숙소로 돌아가는 길에 호세가 대뜸 내일 콩가 레슨 몇 시에 할 거냐고 묻고는 그렇게 정해버린 거였다. 얼떨결에 그러자고 하긴 했지만, 까밀로도 어디 가서 콩가를 배웠다고 말이라도 꺼내려면 연습을 좀 더 하긴 해야 했다.

마에스트로 할아버지네는 우리가 묵는 까사와 아주 가까이에 있었다. 하늘색 대문을 열고 들어가자 할아버지가 우리를 맞아주었다. 색이 바랜 셔츠에 낡은 바지를 입은 영락없는 쿠바 노인이었지만, 남다른 포스가 느껴졌다. 거실에는 콩가 두 개가 나란히 손님을 기다리고 있었고, 구석에 놓인 오래된 작은 텔레비전에서는 어린이 만화가 나오고 있었다. 역시 취향도 남다르다.

까밀로가 그 짧고 뭉툭한 손가락으로 퉁퉁 땅땅 콩가를 연습하는 동안 마에스트로 할아버지는 옆에서 심각한 표정으로 물끄러미 지켜보고만 있었다. 까밀로의 연주 실력이 심각하긴 했나 보다. 한참을 그러고 있다가 드디어 할아버지도 심심해졌는지 뒷마당으로 사라졌다. 그리고 다시 나타난 할아버지의 품에는 새까만 새끼 강아지가 안겨 있었다. 태어난 지 1주일이나 됐을까, 이제 겨우 눈을 뜬 귀여운 녀석이었다.

강아지를 바닥에 내려놨다 들었다 하던 할아버지는 나에게 강아지를 안기더니 이번에는 갓 돌이 지난 아기 사진을 갖고 나왔다. 할아버지의 손녀란다. 다들 사진을 돌려보고 예쁘다고 맞장구를 쳐주니까 그 무표정하던 얼굴에 싱긋 웃음이 돈다. 과묵했던 마에스트로도 손녀가 예쁘다는 칭찬 앞에선 그냥 평범한 할아버지일 뿐이었다.

"오늘 빨렝께가 문을 연대!"

레슨이 끝나갈 즈음 나타난 롤란도가 상기된 목소리로 외쳤다. '빨렝께 데 로스 콩고스 레알레스(Palenque de los Congos Reales)'란 긴 이름의 이곳은 트리니다드에 두 개밖에 없는 아프로 쿠반 음악 전문 클럽 중 하나로, 빨렝께는 원래 '도망친 흑인 노예들이 숨어 살던 마을'을 가리키던 말이다. 롤란도와 호세의 밴드도 예전에 여기서 공연을 했었다. 그런데 1년 넘게 문을 닫았던 이곳이 드디어 오늘 다시 영업을 시작한단다.

　입구가 담쟁이덩굴로 뒤덮인 빨렝께에 들어서자마자 무대 위에서 노래를 하고 있던 남자가 롤란도와 호세를 향해 눈을 찡긋해온다. 종업원들도 한 명씩 다가와 알은체를 했다. 일단 맥주부터 주문했다. 호세와 우리 둘은 부까네로, 롤란도는 크리스탈을 시켰다. 롤란도는 크리스탈의 가볍고 시원한 맛을 더 좋아한다. 그래도 쿠바 맥주 하면 진한 맥아맛의 부까네로지! 우리가 서로 맥주병을 부딪치는 동안 보컬이 이번에는 노래 중간에 호세와 롤란도 그리고 아센또 라띠노 밴드의 이름을 크게 외쳤다.

　'자 여러분, 저기 전설적인 룸바 밴드 아센또 라띠노의 멤버들을 소개합니다' 뭐 이런 말이었던 것 같은데, 우리는 신이 나서 병을 흔들고 소리를 질러댔다. 맥주 한 병이 순식간에 목구멍으로 넘어갔다.

　그들의 공연 모습을 부러운 듯 쳐다보던 롤란도가 도저히 못 참겠는지 무대 뒤로 달려 나갔다. 그리고는 귀로(Guiro.타원형 모양의 박으로 만든 타악기로, 한쪽 면에 평행선으로 얇은 홈을 내고 나무막대기로 긁어서 소리를 낸다)를 건네받아 리듬을 맞추기 시작했다. 착착 드르르륵, 착착 드르르륵! 얼마나 음악에 굶주렸으면 남의 밴드에 끼어서 저걸 연주하고 있을까. 나는 속으로 측은했지만 무대에 선 롤란도의 표정은 그렇게 행복해보일 수가 없었다. 자리로 돌아온 롤란도는 수건으로 땀을 닦으면서 너무 오랜단이라 손에 힘이 들어가지 않는다며 발개진 손바닥을 펴보였다. 아무래도 오늘 맥주로는 부족할 것 같다. 다행히 바텐더가 옛정을 생각해 럼 두 병을 7CUC에 내줬다.

"자 여러분, 여기 견설적인 룸바 밴드 아센또 라띠노를 소개합니다!"
우리는 신이 나서 병을 흔들고 소리를 질러댔다. 맥주 한 병이 순식간에 목구멍으로 넘어갔다.

"솔직히 말해서, 난 외국에 나가서 살고 싶어."

럼이 몇 잔 들어가자 롤란도가 말을 꺼냈다.

"일본에 간 친구가 한 명 있어. 아주 가끔 전화 통화를 하는데, 친구는 그곳이 천국처럼 너무 좋다고 나보고도 일본에 와서 살래. 그런 이야기를 들으면 나도 어디든 나가서 음악을 하고 싶어."
"하지만 막상 다른 나라에 가보면 외롭거나 힘들 때가 많을 거야. 말도 통하지 않고, 먹고 사는 것도 만만치 않고."
"그게 더 좋아. 쿠바 사람이 없는 곳에 가서 쿠바 음악을 하면 기회가 더 많지 않겠어?"

롤란도는 얼음도 넣지 않은 끈적한 럼을 단숨에 들이켜더니 계속 이야기를 이어갔다.

"또 다른 친구 하나는 해마다 캐나다에 가서 공연을 해. 갔다 오면 나한테 꼭 맥주 두 상자를 선물할 정도로 친한 녀석인데, 솔직히 난 그 친구가 이해가 안 돼. 나한테 그런 기회가 오면 안 돌아오고 아예 거기 눌러앉을 텐데. 그 녀석은 사랑하는 가족이랑 친구들이 있는 쿠바를 버릴 수 없대. 하긴, 나도 가족이랑 친구들과 헤어져 사는 건 두려워. 사는 게 힘들어서 그렇지 쿠바를 정말 좋아하기도 하고. 하지만 난 넓은 세상을 보고 싶어. 가끔 인터넷으로 보는 것 말고, 직접 보고 듣고 느끼고 만져보고 싶어."

"근데 막상 가보면 좋아하는 일만 하면서 산다는 게 쉽지가 않아.
한국만 봐도 그래. 너희가 보기엔 우리가 부러울지 몰라도, 아침부터
밤까지 평생 뼈 빠지게 일만 하고 행복 따위는 생각할 겨를도 없는 사
람들이 수도 없이 많아."

대화는 자연스레 자본주의와 사회주의 사회에 대한 비교로 이어
졌다. 우리는 자본주의 사회에 사는 사람들이 집이며 교육이나 의료에
얼마나 많은 돈을 지불해야 하는지, 또 그 때문에 얼마나 허덕이며 살
아야 하는지를 설명했다. 돈만 있으면 무엇이든지 할 수 있는 곳이 자
본주의 사회이지만, 반대로 돈이 없으면 아무것도 할 수 없는 곳이기
도 하다고. 그래서 쿠바 사람들이 당연하게 여기는 무상의료와 무상교
육 같은 혜택이 다른 나라 사람들에게는 얼마나 꿈같은 일인지도 덧붙
였다.

"맞아. 공짜로 배우고 무료로 병원에 갈 수 있다는 건 좋은 일이지.
하지만 너희는 이렇게 다른 나라에 여행을 다닐 수 있잖아. 우린 그럴
수가 없어. 일단, 보통사람 월급으로는 비행기 표를 살 수가 없어. 여
권을 받는 절차도 무지 복잡하고 돈도 많이 든다구. 그리고 운 좋게 여
권이 나와도 외국에서 초청장을 받지 않으면 쿠바 밖으로 나갈 수가
없어."

"참, 돈 얘기가 나왔으니까 말인데, 여기도 보면 비싼 자동차를 모
는 사람들이 있잖아. 그 사람들은 돈이 어디서 나는 거야?"

"그 사람들은 다들 불법으로 돈을 번 사람들이야. 암시장에서 물건

을 판다든지 어디서 돈을 빼돌리든지 하겠지. 자세한 건 나도 잘 몰라. 그러다 걸리면 십몇 년을 감옥에서 썩어야 한다는 거밖에는. 그런데 꼭 그런 사람들 말고 우리 같은 보통 사람들도 그런 유혹을 느끼게 돼. 너희 같은 외국인들한테 바가지 씌우는 사람들도 그 사람들이 나빠서가 아니라 그럴 수밖에 없기 때문이야. 안 그러면 어떻게 4CUC나 하는 이런 술을 사 마시겠어. 나만 해도 그래. 여기 오는 차비를 어머니에게 달라고 할 때 내 마음이 어땠겠어. 나이가 서른이나 돼 가지구.”

어느덧 탁자에 놓인 럼이 바닥을 드러내고 있었다. 유리잔 너머 롤란도의 검은 얼굴이 더 어두워보였다.

“아휴, 잘 모르겠다. 어쨌든 언젠가 음악학교를 하나 세우는 게 내 꿈이야. 그래서 호세나 빠블로 같은 친구들이 마음껏 음악만 하면서 살 수 있게 해주고 싶어.”

다음날 아침, 롤란도와 호세는 아바나로 돌아갔다. 배웅하러 나간 우리에게 롤란도는 차비를 좀 보태줄 수 있냐고 어렵게 말을 꺼냈다. 평소 우리에게 절대 손을 벌린 적이 없던 친구인데, 이런 이야기를 했다는 건 진짜 차비가 없어서다. 우리는 말없이 점심값을 보탠 돈을 손에 쥐여주고는 그를 힘껏 껴안았다. 며칠 사이에 그와 훨씬 더 가까워진 느낌이다.

설탕
공장의
계곡

검은 연기가 파란 하늘로 솟아오른다. 삐익~삑 경적 소리에 사람들이 환호하자 기관사 아저씨도 신이 났는지 연달아 경적을 울려댄다. 분홍색 페인트가 칠해진 삼각 지붕의 작은 역을 출발한 기차는 금세 동네를 빠져나와 숲과 들판을 번갈아 달린다. 유리가 없는 뻥 뚫린 창문 사이로 여린 나뭇가지가 걸리기도 하고 날벌레도 드나들었다.

그런데 기차가 속도를 늦추고 이번에는 강 위로 세워진 아찔한 다리 위를 건너간다. 기차는 수십 년 동안 이 길을 지나다녔겠지만 내 발가락은 벌써 오므라들고 창문밖으로는 고개가 돌려지질 않는다. 으윽, 이럴 땐 내가 세상에서 가장 겁많은 사람이 된 것 같다. 다리를 넘어 평지에 들어서자 긴장했던 발가락에서 힘이 빠졌다.

창문으로 까만 재가루가 날려 와서 코가 까매지지나 않을까 걱정된다. 석탄을 때는 느림보 기차는 계속해서 콧바람 소리를 내뿜었다. 왜 기차가 칙칙 폭폭 다닌다고 했는지 이제 알겠다. 이런 기차인 줄 알았으면 아침에 삶은 계란과 레몬 소다를 챙겨올 걸 그랬다.

언제 나타났는지 갈색 체크무늬 셔츠에 품이 넉넉한 바지를 입고 둥근 코의 갈색 구두를 신은 아저씨가 복도 한가운데 서서 관따나메라(순박한 관타나모 아가씨에 빗대 쿠바에 대한 사랑을 담은 노래로, 쿠바의 국민가요라 할 수 있다)를 부르기 시작했다. 뻔한 설정이지만 기차에 탄 사람들은 모두 어린애처럼 들떠 노래를 따라 불렀다.

바나나 밭을 지나던 기차는 오늘의 목적지인 마나까 이스나가 (Manaca Iznaga)에 도착했다. 이곳은 19세기까지만 해도 노예를 사고팔아 쿠바 최고의 부자가 된 뻬드로 이스나가(Pedro Iznaga) 소유의 커다란 사탕수수 농장이었다. 대저택이었던 건물 오른편에는 들판에서 일하는 노예들을 감시하기 위한 44미터 높이의 전망대가 세워져 있다. 역시 노예무역상다운 짓이다.

쿠바의 설탕 산업이 최고로 잘나가던 시절, 이 근방에는 마나까 이스나가 같은 농장이 수십 개에 달했다고 한다. 그러나 19세기 말, 독립 전쟁 와중에 대부분이 파괴되어 지금은 그 흔적이 그대로 남아 있는 곳은 마나까 이스나가가 유일하다. 그런데도 사람들은 여전히 이 동네

를 '설탕 공장의 계곡(Valle de los Ingenios)'이라고 부른다.

쿠바의 설탕 산업은 콜럼버스가 쿠바의 타이노(Taino) 선주민들에게 강제로 사탕수수를 키우게 하면서부터 시작됐다. 아마 타이노 선주민들은 왜 곡식이나 채소 대신 자신들에게 쓸모도 없는 사탕수수를 심게 했는지 납득하기 어려웠을 거다. 스페인 식민주의자들은 타이노 선주민들을 노예로 부리며 혹독하게 대했는데, 결국 100년도 되지 않아 타이노 대부분이 유럽인들이 옮긴 질병이나 강제노동으로 죽고 말았다.

식민주의자들도 자신들이 저지른 잔혹한 결과에 놀랐는지 그 후 라틴아메리카 대륙에서는 선주민들이 사라지지 않을 만큼만(?) 괴롭혔다고 한다. 그렇게 노동력이 급격하게 줄어들어 일할 사람이 없자 식민주의자들이 그 대신 끌고 온 사람들이 아프리카의 흑인 노예들이었다.

19세기 중반 무렵, 이미 세계 설탕 무역량의 $\frac{1}{3}$을 차지할 정도로 설탕이 쿠바를 대표하는 산업으로 자리 잡으면서 쿠바 전체가 커다란 변화를 겪게 된다. 먼저 인구로 보면, 18세기에 쿠바 인구의 30퍼센트를 차지하던 아프리카 출신 주민이 19세기 중반 무렵에는 절반 이상을 차지하게 됐다. 노예들이 강도 높은 노동과 급격한 생활환경 변화로 평균 수명이 아주 짧다는 걸 감안한다면 얼마나 많은 아프리카인들이 노예로 끌려왔는지 상상할 수 없을 정도다.

마나까 이스나가 건물 입구에 들어서면 복도 가운데에 흑인 노예를 주제로 한 조각상들이 전시되어 있는데, 한쪽 발에 쇠사슬로 엮인 무거운 쇠공을 차고 있는 조각상의 얼굴이 200년 전의 고통과 분노를 그대로 전하고 있다.

물론 그들이 백인들에게 마냥 고개를 숙이고만 있었던 것은 아니다. 목숨을 걸고 탈출에 성공한 사람들은 같은 처지의 사람들과 깊은 산속에서 마을을 이뤄 살거나, 사탕수수를 거의 재배하지 않았던 동부로 건너가 자유인으로 살기도 했다. 그들에게 탈출은 자유를 되찾는다는 의미인 동시에 노예제도에 대한 저항이기도 했던 거다.

쿠바의 모든 아프리카 출신 노예들이 자유의 몸이 된 것은 1880년에서 1886년을 거치면서였다. 라틴아메리카 전체로는, 1888년에 노예제가 폐지된 브라질 다음으로 가장 늦게 노예제가 폐지된 나라가 바로 쿠바였다. 설탕으로 워낙 많은 돈을 벌어온 백인들이 값싼 노예 노동에 대한 미련을 끝까지 버리지 못했기 때문이다.

설탕은 사람들만 바꾼 게 아니다. 콜럼버스가 '인간이 본 것 중 가장 아름다운 땅'이라고 극찬할 정도였던 쿠바의 아름답고 울창한 숲이 급속도로 사라진 거다. 스페인 식민주의자들이 쿠바에 정착하기 시작할 무렵의 쿠바는 섬의 끝에서 끝까지 그늘로만 다닐 수 있을 정도로 빽빽하게 숲이 드리워져 있었다고 한다. 그러나 사탕수수 재배에서 가공까지 모든 단계가 숲을 해치지 않고는 불가능한 설탕 산업은 단번에 엄청난 넓이의 숲을 밭으로 만들어버렸다.

마나까 이스나가 건물을 둘러보다 어디선가 들려오는 콩가 소리를 따라 뒷마당으로 나가봤다. 거기엔 웃통을 벗은 근육질의 흑인 남자들이 콩가를 연주하는 동안 다른 흑인 남자 두 명이 엄청나게 큰 맷돌 같은 기구를 힘겹게 돌리고 있었다. 그 옛날 사탕수수 즙을 짜내던 기계였다. 그리고 아래위로 흰 옷을 입은 여인들이 그 주위를 돌며 사탕수수 잎을 흔들고 춤을 춘다. 주변에 둥그렇게 둘러선 관광객들은 또 그걸 배경으로 웃고 떠들며 기념사진을 찍느라 바쁘다. 200년이란 시간이 지났지만, 이유야 어쨌든 누구는 여전히 사탕수수 농장을 벗어나지 못하고, 또 다른 누구는 그 달콤함을 즐기는 현실은 그대로다.

그 자리가 영 불편했던 우리는 관광객들을 피해 조용한 곳으로 걸어가 보기로 했다. 돼지 두 마리와 닭이 나무에 묶여 있는 작은 마을 입구가 나왔다. 마을을 둘러보다 지금까지 쿠바에서 본 중에 가장 허름한 판잣집 앞에서 할머니와 마주쳤다. 할머니는 우리에게 다가와 속삭이는 목소리로 비누를 달라고 했다. 손으로 몸에 비누칠을 하는 시늉까지 하면서 부탁하는데 마침 이날은 비누를 깜빡하고 안 가져왔다. 어찌나 미안하던지.

인기척을 듣고 집 안에서 젊은 여인이 어린애 둘을 데리고 밖으로 나왔다. 모두 한 가족이었다. 미안하다는 말로는 안 되겠다 싶어 가방을 뒤져보니 다행히 봉지를 안 뜯은 과자가 있었다. 과자를 건네고 돌아서는데 아기 엄마가 잠깐 기다리라더니 딱딱한 열매껍질로 만든 목걸이를 갖고 나왔다.

"레갈로, 노 쁘로블레마(선물이니까 괜찮아요)."

괜찮다고 손사래를 치는 나에게 내 또래의 아기 엄마는 한사코 목걸이를 손에 꼬옥 쥐여주었다. 선물로 받은 목걸이를 목에 걸고 돌아오는 기차 안에서 엄마와 아이들의 모습이 계속 머리에 맴돌았다. 여행을 할수록 이들에게서 참 많은 걸 받고 있다는 생각이 든다.

트리니다드의 햇살은 한여름처럼 따가웠다. 빨래를 널은 지 한 시간도 안 돼 청바지까지 바짝 말라 있다. 옥상 구석에서 한 뼘 남짓한 그늘을 찾아 벌러덩 누워 있는 고양이 쓰를 보니까 안꼰 해변(Playa Ancon)에서 책이나 읽으며 뒹굴거리고 싶은 마음이 간절해졌다. 하지만 그러면 라몬이 엄청 실망할 거다. 이제 와서 약속을 취소할 방법도 없고, 목이 빠져라 우리를 기다릴 라몬과 그 가족을 생각하면 그럴 수는 없는 노릇이다.

라몬은 지난번 여행 때 내 신발을 고쳐준 인연으로 알게 된 친구다. 빨렝께에서 까밀로가 콩가를 배우는 동안 옆에서 무용수들의 신발을 수선하고 있는 라몬을 보고 발가락 고리가 끊어지기 직전의 내 슬리퍼가 생각나 혹시나 하고 그에게 보여줬다. 그는 아무 말 없이 하얀 실을 바늘에 꿰어서 약해진 부분을 이어 붙였는데, 신어보니 아주아주 대만족이었다.

갈색 신발에 하얀 실, 일부러 스티치 장식을 넣은 것처럼 보이기도 했다. 게다가 라몬은 별거 아니라며 수선비도 받지 않았다. 그 짧은 만남이 기억에 남아 다시 오면 꼭 한번 만나보고 싶어 빨렝께 종업원들에게 사진을 보여줬더니 근처에 있던 라몬을 수소문해서 데려온 것이었다. 고맙게도 라몬은 나를 정확히 기억하고 있었고, 주소를 적어주며 자기 집에 꼭 놀러오라고 신신당부했다.

라몬이 사는 동네는 트리니다드 시내에서 남쪽으로 6킬로미터 떨어진 까실다란 작은 어촌 마을이었다. 그는 동네 사람 아무나 붙잡고 신발을 고치는 사람을 뜻하는 사빠떼로(zapatero) 집을 물어보거나, 그래도 혹시 모른다고 하면 치노네 집이 어디냐고 하면 다들 알 거라고 했다. 그의 눈이 쿠바 사람들 보기엔 중국 사람처럼 작아서였다. 택시에 내려서 지나가는 할아버지에게 정말 그렇게 물어보니 바로 집을 알려줬다.

아까부터 기다리고 있었는지 라몬은 집 앞에 서 있다가 우리를 보고 단숨에 뛰어나왔다. 안으로 들어가자 부인 타마라와 아들 얀디가 수줍게 인사를 했다. 타마라의 품에는 태어난 지 한 달 된 딸 탈리아가 안겨 있었다. 라몬은 애가 둘이나 있는 아빠였구나!

타마라는 얼굴에 '나, 착해요'라고 쓰여 있는 듯했고, 탈리아는 그런 엄마를 쏙 빼닮았다. 얀디는 장난기와 호기심이 가득 찬, 누가 봐도 여덟 살 사내아이였다. 라몬네 집은 현관문을 들어서면 거실, 세 발짝 걸어가면 부엌, 또 세 발짝 걸어가면 방이 하나 있는 작은 집이었다. 산떼리아를 믿는 라몬은 성인을 모셔놓은 거실 제대에 놓인 물건들을 하나하나 설명해준 뒤, 벽에 걸린 커다란 액자를 내려 보여줬다. 둘의 부모님들, 얀디의 아기 때 모습이 찍힌 10여 장의 사진들이 큰 액자 속에 빽빽이 들어가 있는 게, 옛날 시골 할머니 집에 걸려 있던 액자를 떠올리게 했다.

우리가 사진을 들여다보고 있는데 꼬마 얀디가 내 손을 잡아끌었

다. 얀디에게 이끌려 뒷마당으로 나갔더니 한 평 남짓한 마당의 절반
은 검은 점박이 돼지 한 마리가 차지하고 있었고, 어제 잡은 비둘기 한
마리가 발에 실이 묶인 채 콩콩거리고 있었다. 얀디에게는 돼지와 비
둘기가 우리에게 자랑하고 싶은 보물이었나 보다.

라몬이 끓여온 커피를 마시다 보니 어느새 밖에선 노을이 지고 있
었다. 멀리 바다 너머로 빨갛게 노을이 지고 기찻길 옆에서 아이들이
뛰노는 모습이 한 폭의 그림이다. 창문밖으로 카메라를 들이대는 나를
보고 친구랑 놀던 얀디가 뛰어와 야구 방망이를 들고 포즈를 잡는다.
녀석, 너 개구쟁이인 거 첫눈에 알아봤어.

라몬은 시계를 보더니 오늘 까사 데 라 뜨로바(Casa de la Trova)에서
공연이 있다고 같이 트리니다드로 가자고 했다. 알고 보니 라몬은 낮
에는 신발을 고치고 밤에는 클럽에서 노래하는 무명가수였다. 그를 따
라 기찻길 옆 공터에 서 있는 버스에 올라탔다. 원래 있던 의자 대신
여기저기서 떼어 왔을 의자가 용접된, 아마 수십 년 동안 고치고 또 고
쳤을 낡은 버스였다.

"낮엔 자전거를 타고 다니는데, 밤에는 길이 어두워 이걸 탄 거야."
"이거 꽤 탈 만한데. 버스가 납작 동그란 데다 의자도 작으니까 꼭
토토로에 나오는 고양이 버스를 탄 것 같아."

앞자리에 앉은 라몬은 우리 쪽을 뒤돌아보고 쉴 새 없이 이야기를
해댔다. 말이 없는 친구인 줄 알았더니 알고 보니 수다쟁이였다. 그러
다 대화가 끊기면 혼자서 노래를 흥얼거렸다.

“가만, 자세히 보니까 라몬 얼굴이 꼭 윤종신처럼 생겼어.”

“융총칭? 그게 누구야?”

“응, 한국에서 아주 유명한 가수야.”

“유명해? 융총칭, 융총칭. 좋아, 내일 또 우리 집에 오면 내가 노래도 불러주고 까실다에서 제일 맛있는 생선 요리도 해줄게. 내가 융총칭보다 훨씬 나을걸.”

그리고 다음날, 어렵게 스쿠터를 빌렸다. 워낙 여행자가 넘치는 트리니다드인지라 오토바이 쟁탈전이 만만치 않았는데, 다행히 영국 애들이 예약을 펑크 낸 스쿠터 한 대 남아 있었다. 약속 시각 전까지 오후 내내 왼쪽으로는 해변이, 오른쪽으로는 들판이 펼쳐진 도로를 신나게 달렸다. “올라, 꼼빠녜로(안녕, 동지)!” 빈 물병을 들고 지나가던 할아버지가 우리에게 인사했다. 동지라니, 쿠바에 와서 처음 듣는 호칭이다.

　방향을 바꿔 까실다로 가는 길에는 짐칸에 의자를 고정시키고 천막을 두른 트럭버스가 사람들을 잔뜩 태우고 있었다. 나는 몇 년 전 버마에서 이것과 똑같은 트럭을 타본 적이 있는데, 이런 걸 처음 본 까밀로는 신기했는지 사진을 찍으라고 재촉해댔다. 그러나 트럭 바퀴를 계단 삼아 서로 손을 붙잡아주며 차에 올라타는 사람들의 시선을 무시한 채 카메라 셔터를 누를 수는 없었다. 나는 카메라 대신 그들에게 손을 흔들어주었다.

　라몬의 가족들은 모두 어제보다 옷을 잘 차려입고 우리를 맞았다. 특히 탈리아는 생일이라도 맞은 듯 예쁘게 차려입고 유모차에 누워 있었다. 라몬만 캐주얼하게(?) 웃통을 벗은 채였다. 나는 사진사라도 된 듯 얀디와 탈리아에게 포즈까지 요구해가며 카메라 셔터를 눌러댔고, 그사이 까밀로와 라몬은 생선 두 마리와 럼 한 병을 사갖고 들어왔다. 라몬은 럼 한 모금을 입에 머금더니 제단에다 푸우~하고 뿜었다. 이래야 성인들이 기뻐하고 가족과 친구들을 지켜준다고 했다. 어느 나라나 성인이나 조상들은 술이 좀 들어가야 영발이 서나 보다.

　지나가던 동네 아저씨 앨렝도 합세해 같이 럼을 주거니 받거니 했다. 앨렝은 집에서 담뱃잎을 가져와 즉석에서 홈 메이드 시가를 만들어줬고 파랗게 덜 익은 아보카도도 선물로 줬다.

　마지막 잔을 비우고 라몬은 부엌으로 들어가서 생선 손질을 시작했다. 밖은 벌써 어두워져 오는데 콧노래를 부르며 꼼꼼하게 비늘을 떼고 생선을 통째로 입에 넣는 시늉까지 해가면서 여유를 부렸다. 6시가 넘어가는 시계를 보니 슬슬 조바심이 나서 에둘러 라몬을 재촉했다.

"라몬, 여기서 트리니다드까지 스쿠터로 얼마나 걸려? 7시에는 반납해야 하거든."

"일곱 시? 아직 멀었네. 여기서 트리니다드까지는 5분이면 가. 자, 지금 생선을 프라이팬에 넣을 거야. 뭐해, 빨리 사진!"

5분이라고? 아무리 내가 거리 감각이 둔해도 까실다에서 트리니다드까지 5분은 좀 심했다. 더구나 가로등도 별로 없는 깜깜한 저녁에 말이다. 그렇다고 저렇게 즐겁게 요리를 하고 있는데 생선을 안 먹고 갈 수는 없었다. 게다가 우린 아직 라몬의 노래도 듣지 못했다.

드디어 기다렸던 생선 요리가 완성되고, 작은 식탁에 흰 쌀밥과 검은콩 스프, 생선구이가 차려졌다. 접시 옆으로는 개미들이 줄을 지어 가고 있었다. 고맙다는 인사를 하고 라몬과 모두가 지켜보는 가운데 생선을 집어서 입에 넣었다. 앗, 그런데 이거 완전 맛있다! 기름을 두른 팬에 소금만 뿌려 구웠을 뿐인데 촉촉하고 부드러우면서도 쫄깃하고, 전혀 비리지도 않은 게 진짜진짜 맛있다. 마음 같아서는 한 마리 더 먹고 싶었지만 그럼 가족들이 먹을 게 없을 것 같아, 그 대신 밥과 콩 스프를 싹싹 긁어 먹었다. 역시 밥은 집에서 먹는 게 최고다.

밥에 정신이 팔려 있는 사이 시간은 벌써 7시 10분 전. 대여점 직원이 칼퇴근이라도 하는 날엔 자칫 스쿠터를 반납하지 못하게 될 수도 있다. 서둘러 가방을 챙기려는데 라몬이 기타를 잡고 의자에 앉았다. 그리고 나를 위한 노래라면서 욜란다(Yolanda)를 연주하기 시작했다. 오, 라몬! 세상에서 가장 로맨틱한 곡을 들으면서도 나는 똥줄이 탄다는 게 무슨 뜻인지 절실히 느꼈다. 돈 데 보이(Donde voy)와 끼사스

(Quizas)를 지나 찬찬(Chan chan)까지 이어져서야 우리는 간신히 자리에서 일어날 수 있었다. 그 와중에도 앨렝은 문을 나서는 순간까지 아보카도 챙겼냐면서 반드시 30일이 되는 날 먹으라고 신신당부를 한다. 네, 네, 알겠습니다, 그라시아스, 그라시아스, 아스타 루에고! 고마워요, 고마워, 다시 만나요!

아바나
산띠아고

혁명의 싹이 트고 자라난 곳
산띠아고 데 쿠바
Santiago

트리니다드에서 산띠아고 데 쿠바로 가는 길은 아주 멀고도 길었다. 로베르또 아저씨가 지어준 새벽밥을 먹고 아직 잠이 덜 깬 올가 아줌마와 작별을 한 뒤, 아침 8시에 출발하는 버스를 탔다. 다들 피곤한지 버스 안은 쥐죽은 듯 조용했고, 우리도 고속도로에 접어들자마자 금방 곯아떨어졌다.

12시가 지나서야 버스는 도로에서 벗어난 숲 속 휴게소에 잠시 섰다. 버스 안은 세게 틀어놓은 에어컨으로 초겨울인데, 밖에 나오니까 햇살이 그렇게 따뜻하게 느껴질 수가 없었다. 휴게소에는 우리가 타고 온 버스의 승객들 말고는 다른 사람은 없었다. 그만큼 사람들의 이동이 별로 많지 않나 보다. 그런데 가는 길이 멀다 보니 여기서 무려 45분이나 쉰단다. 그 긴 시간동안 뭐하지.

일단 콩그리(검은 콩밥)와 튀긴 닭고기, 그리고 감자튀김을 주문했다. 먼저 나온 커피를 마시면서 주변도 둘러봤다가 다른 사람은 뭐 먹나 흘끔 쳐다보면서 밥이 나오길 기다렸다. 그런데 시간이 꽤 지나도 밥은 나오지 않았다. 혹시나 우리 주문을 깜빡했을까 봐 종업원에게 재차 확인했더니 조금만 기다리란다. 그녀의 표정이 마치 '참을성 없는 동양 애들 같으니라고!' 하고 욕하는 것 같아 조금 기분이 상했지

만, 다른 나라 사람들에 비해 우리가 기다림에 익숙지 않은 건 사실이
지, 하면서 참고 기다렸다. 그래도 밥은 나오지 않았다.

"이러다가 버스 출발할 때 밥이 나오면 어떡하지? 가지고 탈 수도
없고."
"차라리 지금이라도 주문을 취소할까?"
"다음 휴게소까지 쫄쫄 굶어야 할 텐데 괜찮겠어?"
"어쩔 수 없지. 보까디또 하나씩 사서 버스에서 먹자. 저, 잠깐만
요."

좀 전의 종업원을 불러 버스가 출발할 것 같으니까 미안하지만 주
문을 취소하겠다고 말했다. 그러자 그녀는 기다리라더니 그제야 우리
가 주문한 음식들을 들고 나오는 거다. 버스 안에서는 운전기사가 이
제 떠날 시각임을 알리는 경적을 빵빵 울려댔다.

"저기요, 30분 전에 주문했는데 이제 가져오시면 어떡해요? 보세
요, 버스가 떠나려고 하잖아요."
"그래서 지금 가져왔잖아요. 그럼 싸드릴까요?"

그러면서 넓은 냅킨을 여러 장 들고 다시 나타난 그녀의 태도는 너
무나 태연하고 당당해서 존경스러워질 정도였다. 콩밥을 어떻게 냅킨
에 싸준다는 건지 어이가 없었다. 이런 상황에서는 당연히 됐다고 한
마디 쏘아붙이고 돌아서는 게 그나마 최대한의 항의 표시겠지만, 자존

심은 한순간이고 배고픔은 오래 가는 법이다. 우리는 콩밥은 포기하고 닭고기와 감자튀김을 냅킨에 대충 싸서 버스에 올라탔다. 잘 넘어가지도 않는 고기 살을 뜯어 억지로 씹는데 모래알을 씹는 것 같았다. 생각할수록 그 종업원과 휴게소 직원들의 태도에 울화통이 치밀어 올랐다. 밥이 늦게 나왔다는 사실보다 일말의 미안한 기색조차 없는 그들의 태도가 얄미웠다. 게다가 우리 말고는 다들 여유 있게 식사를 마쳤다는 사실에까지 생각이 미치자, 인종주의까지 의심되기 시작했다.

"절대 아니라고는 말 못하겠지만, 아마 그 때문은 아닐 거야. 여기는 우리처럼 먼저 오는 사람 순서대로 음식을 내와야 한다는 개념 자체가 없잖아. 그리고 주방에 있는 사람들은 우리가 동양인인지 서양인인지, 외국인인지 쿠바인인지도 모를 테니까 말이야."

까밀로의 말을 듣고 보니 그런 것도 같았다.

"그럼 어떻게 그 간단한 음식을 내오는 데 30분 넘게 걸릴 수가 있는 거지?"

"결국은 일에 대한 의욕이나 책임감이 없어서가 아닐까? 쿠바에 온 뒤로 종종 비슷한 모습을 봐왔잖아. 창밖에서 사람들이 우르르 몰려서 기다리는데도 가게 문을 걸어놓고 자기들끼리 노닥거리는 점원들 같은 경우처럼 말야. 주방에서는 순서야 어찌 됐건 주문 들어온 메뉴를 만들면 되는 거고, 서빙하는 직원은 나오는 음식을 그냥 손님에게 갖다 주기만 하면 내 책임은 끝이다, 뭐 이런 식인 거지."

nosotros trabajamos…(우리는 일하는데…)
¿y tú?(그럼, 당신은?)

까밀로의 말이 맞다면 참 암울한 이야기다. 누군가 그랬다. 자본주의는 욕심과 공포로 굴러가는 사회라고. 그게 비록 환상일지라도 열심히 일하면 나도 언젠가 부자가 될 거라는 욕심, 만약 그렇지 않으면 나와 내 가족의 삶은 끝도 모를 바닥으로 추락하게 될 거라는 공포 말이다. 그래서 우리는 잠깐의 여유조차 사치로 여기며 남보다 더 가지려고, 남에게 뒤처지지 않으려고 아등바등 살아간다. 그런 우리의 모습이 너무 지긋지긋해서 잠시나마 다른 방식으로 굴러가는 사회에서의 삶을 들여다보고 대리만족이랄까, 영감이랄까, 아무튼 그런 걸 좀 얻어 가려고 왔더니만 아직은 여기 사람들도 다른 해답을 찾지는 못한 것 같다.

쿠바 사회주의의 터를 다진 이들 가운데 한 사람인 체 게바라는 자신들이 꿈꾸는 사회주의는 자본주의와는 완전히 다른 차원의 동기 부여가 필요하다고 생각했다. 바로 인간애와 연대에 기초한 자발적 노동(trabajo voluntario)이었다. 쿠바의 젊은이들이 대학교까지 완전 무료로 교육을 받는 대신 2년 동안 의무적으로 사회봉사 활동을 하게 된 것도, 쿠바에서 파견한 의사, 교사, 기술자들이 아시아의 파키스탄에서부터 아프리카, 라틴 아메리카 곳곳을 누비며 헌신적인 봉사활동을 펴게 된 것도 모두 그런 인식에서 출발한 것이었다. 내가 흘린 땀방울로 병든 사람이 건강해지고 못 배운 사람이 읽고 쓸 줄 아는 세상, 그런 세상을 만들어간다는 기쁨과 자부심으로 더욱 열심히 일하는 사람들, 그게 바로 체 게바라가 꿈꾼 '새로운 인간(hombre nuevo)'의 모습이었던 것이다.

그러나 안타깝게도 체 게바라의 이상은 그가 죽은 지 40여 년이 지난 오늘날까지 아직 이상으로만 머무르고 있다는 느낌이 드는 게 사실이다. 물론 자신들도 가난하지만 똑같이 어려움에 처한 다른 이들을 돕는 쿠바의 국제주의와 자발적 노동은 존경할 만하다. 이것은 전 세계 수많은 이들이 이 작고 가난한 나라에 대한 희망을 여전히 버리지 않는 근거이자, 쿠바 국민들에게는 무한한 자긍심의 원천이기도 하다. 하지만 개개인의 삶에서는 아까 휴게소 직원들처럼 앙상하게 뼈대만 남은 채 속살은 텅 비어 있는 경우가 허다하다. 그들의 노동을 신명나게 만들 수 있는 마법의 열쇠를 찾는 것, 쿠바의 보물찾기는 아직 끝나지 않았다.

　오늘은 하루 종일 산띠아고 시내를 걷기로 한 날, 주구장창 걷다
보니 일부러 그런 것도 아닌데 책에 나온 유명한 곳을 거의 다 찍게
된다. 그러다 다다른 빠드레 삐꼬 계단(Escaleras de Padre Pico). 술 좋아
하는 사람들은 다 아는 바카디 창업자의 아들 에밀리오 바카디(Emilio
Bacardi)가 산띠아고의 시장이던 1899년에 만들었다는 이 계단은, 솔직
히 우리 눈에는 어느 동네 언덕빼기에서나 흔히 볼 수 있는 동네 계단
에 지나지 않았다.

　전해 듣기로는 계단 주변에서 도미노 게임을 즐기는 사람들을 구
경하는 재미도 쏠쏠하다던데, 마침 소나기가 쏟아져서 그런지 도미노
는커녕 지나는 사람의 발길조차 뜸했다. 우리는 빗줄기를 맞으며 쉰
두 개의 계단을 올랐다. 꼭대기에 다다르자 노란색 벽에 갈색 창틀이
도드라져 보이는 2층짜리 건물이 나타났다. 현관문에는 하늘색 상의
에 남색 치마 제복을 입은 여직원이 벽에 비스듬히 기대어 서서 내리
는 비를 덤덤히 바라보고 있었다.

　"비가 많이 와서 그러는데 잠깐 들어가도 될까요?"

Libreria La Escalera. 세스뻬데스 공원 근처에 있는 작은 헌책방으로, 쿠바 혁명과 역사, 문화와 관련된 책과 포스터, 팸플릿 등 지금은 구하기 어려운 옛날 자료들이 가득하다. 이 보물창고의 주인 할아버지는 산띠아고 토박이로 혁명 운동 과정에도 참여하셨다고 한다.

물끄러미 우리를 쳐다보던 그녀는 눈가에만 살짝 웃음을 띠며 고개를 옆으로 까딱했다. 들어오라는 뜻이었다. 하지만 옷에서 뚝뚝 떨어지는 물 때문에 안으로 들어가지는 못하고 입구에 서서 안을 휘 둘러봤다. 한쪽 벽에 건물 전체 사진과 함께 안내판이 눈에 들어왔다. 무세오 델 라 루차 끌란데스띠나(Museo de la Lucha Clandestina). 옆에 있는 까밀로에게 물었다.

“무세오니까 박물관인가 본데, 뒤에는 무슨 뜻이야?”
“루차는 투쟁, 끌란데스띠나는 비밀이라는 뜻이니까… 비밀투쟁 박물관?”
“그럼 혁명 운동이랑 뭔가 관련이 있는 곳인가 보네.”

순간 호기심에 이끌려 바닥이 더러워지는 줄도 모른 채 1층 로비로 들어갔다. 벽에는 여러 인물과 건물들의 사진과 카스트로 형제가 나온 옛날 신문기사의 스크랩이 전시되어 있었다.

“여기가 왜 비밀투쟁 박물관이 된 거죠?”

좀 전에 우리를 들여보내 준 직원에게 물었다.

“혁명 전에 이 건물은 경찰서였어요. 그러다가 그란마 호가 섬에 상륙하기로 한 날에 프랑크 빠이스가 동료들과 함께 여기를 습격했죠. 경찰들 주의를 딴 데로 돌려서 카스트로 일행이 안전하게 들어올 수 있게 하려고요."

  프랑크 빠이스(Frank Pais). 비교적 쿠바의 역사에 관심이 많은 사람들도 고개를 갸웃거릴 정도로 섬 바깥에서는 그다지 잘 알려지지 않은 인물이다. 그러나 만약 그가 혁명 이후까지 살아 있었다면 오늘날 우리가 쿠바를 이야기할 때 체 게바라나 카스트로 형제보다도 그의 이름을 먼저 떠올렸을지 모른다.

  산띠아고 데 쿠바에서 나고 자란 프랑크 빠이스는 바띠스따의 군사 쿠데타에 맞서 싸울 무기를 확보하기 위해 청년들과 함께 정부군이 주둔하던 몬까다 병영을 습격함으로써 역사의 한 페이지에 처음 등장했다. 피델 카스트로와 그 동료들이 같은 곳을 습격하기 1년 전인 1952년 3월, 그의 나이 겨우 열여덟 살 때의 일이었다. 그 뒤로도 그는 학생, 노동자, 농민, 도시 자영업자들을 그물망처럼 엮어서 쿠바 전체에서 가장 강력하고 체계적인 반독재 지하운동 조직망을 구축해갔다.

  카스트로가 결성한 7·26 운동(Movimiento 26 de Julio, M-26-7)과 통합을 이룬 빠이스의 산띠아고 운동조직은, 그란마 호가 섬에 닿기로 한 날부터 나흘간 산띠아고 전역에서 총파업을 벌였다. 비록 경찰과 군대에 의해 무자비하게 진압당하기는 했지만, 산띠아고와 그 인근 지역에서는 거의 모든 공장과 농장, 상점들이 문을 닫아 걸 정도로 프랑크 빠이스에 대한 대중들의 믿음은 절대적이었다고 한다.

  체 게바라도 살아 있을 때 프랑크 빠이스와 딱 한 번 만난 적이 있었다. 당시 게바라는 쿠바섬에 상륙한 지 사흘 만에 정부군의 매복에 걸려 그란마 호를 타고 왔던 동지들을 대부분 잃고, 카스트로 형제를 비롯한 살아남은 열두 명의 게릴라들과 함께 마에스뜨라 산맥에서 살아남기 위한 생존투쟁에 급급한 상황이었다.

반면, 프랑크 빠이스는 탄탄한 조직망을 기반으로 산띠아고의 지하운동을 쿠바 전역으로 확대시키는 성과를 거두고 있었으며, 그와 동시에 전투원들과 무기, 자금을 모아 마에스뜨라 산맥의 게릴라들을 지원하는 역할도 하고 있었다. 1957년 2월, 마에스뜨라 산맥 아래 어느 농장에서 가진 빠이스와의 짧은 만남을 체는 이렇게 기억하고 있었다.

"딱 한 번 만난 동지에 대해 뭐라 말하기는 어렵다. 그러나 그의 눈은 자신이 믿는 대의에 대한 신념으로 가득 차 있었으며, 한눈에 봐도 탁월한 성품을 지닌 인물임을 분명히 알 수 있었다. 오늘날 그를 가리켜 '잊을 수 없는 프랑크 빠이스'라고들 하는데, 나에게 있어서도 그는 절대 잊을 수 없는 사람이었다."

– 체 게바라(Episodes of the Cuban Revolutionary War)

그런 프랑크 빠이스는 그해 7월 30일, 산띠아고의 까예혼 델 무로(callejon del Muro) 거리에서 뒤쫓던 경찰이 쏜 총에 머리를 맞아 스물셋의 짧지만 불꽃 같은 삶을 마감했다. 그의 친동생이자, 혁명운동의 동지였던 호수에 빠이스(Josue Pais)가 살해된 지 정확히 한 달째 되는 날의 일이었다.

그의 죽음이 전해지자, 산띠아고의 시민들은 역사상 최대 규모의 총파업으로 혁명가의 마지막 가는 길을 배웅했다고 전해진다. 그리고 오늘날 쿠바 정부는 그가 죽은 날을 '혁명 순교자들의 날'로 정해 해마다 추모 집회를 열고 있다.

　　어느덧 비가 그치고, 언제 그랬냐는 듯 햇살이 비치기 시작했다. 박물관 건물을 나와서 항구와 대성당이 한눈에 내려다보이는 언덕길을 걸어 내려왔다. 50년 전 그날, 그 누군가는 틈을 가눌 수 없을 만큼 떨리는 심장 소리를 들으며 지금 우리가 내려가는 이 길을 따라 저 건물을 향해 내달렸을 것이다. 혁명이라는 커다란 돌탑 맨 아래 깊숙한 곳에 묻혀 있는 사람들. 그들이 있었기에 돌탑은 비바람에도 무너지지 않고 지금껏 버텨올 수 있었던 것이다.

50년 전 그날, 그 누군가는 몸을 가눌 수 없을 만큼 떨리는 심장 소리를 들으며
지금 우리가 내려가는 이 길을 따라 저 건물을 향해 내달렸을 것이다…

오늘 아침은 침대에서 일어나려는데 다른 날보다 다리가 두 배는 더 무겁게 느껴졌다. 오랜 여행으로 인한 피로와 종일토록 시내를 걸어 다닌 탓도 있겠지만, 가장 큰 이유는 까밀로 때문이었다.

어제 오후, 엘 띠볼리(el Tivoli) 항구와 가난한 노동계급이 모여 사는 바리오 깡그레호스(barrio Cangrejos)의 재래시장을 구경하고 마르떼 광장(Plaza Marte)까지 돌고나자, 우리 둘은 다리를 거의 끌다시피 할 정도로 지쳐 있었다. 그래서 밤에 마실 생수 한 병만 사서 숙소로 돌아가려고 상점에 들어갔다. 그런데 내가 생수 값을 계산하려고 하자 막아서는 까밀로.

"아까 다른 가게에서는 같은 병을 0.5CUC어 팔았는데 여기는 0.75나 받네."

"그럼 어떡해. 안 사고 그냥 가?"

"숙소 근처에도 가게가 몇 군데 더 있으니까 조금이라도 싼 데서 사자."

그래, 한 푼이라도 아끼면 좋은 거니까. 병을 제자리에 갖다 놓고 가게를 나왔다. 그러나 다음 가게에서도, 그 다음 가게에서도 값은 똑같았다.

"이제 여기 말고는 가게도 없어. 비싸도 그냥 사자."
"아, 맞다. 카페에서도 생수를 팔잖아. 쿠바에서는 카페에서 파는 게 오히려 더 싼 경우도 많으니까 조금만 더 가보자."

그래서 카페 세 군데를 들렀지만, 가격은 1CUC로 더 비쌌다.

"이제 어쩔래? 아까 그 가게로 돌아가려면 또 한참을 걸어가야 되잖아."
"좋은 생각이 났어! 돌로레스 광장 옆에 큰 상점 있던 거 기억나? 이왕 여기까지 온 거 가보자."

이미 까밀로의 얼굴은 알뜰함이 아니라 오기로 불타고 있었다. 피곤해 죽을 지경이었지만 복수는 나중으로 미루고 일단 따라갔다. 그렇게 돌로레스 광장에 도착한 시각이 오후 6시 반. 상점 앞에는 우리가 제일 무서워하던 'CERRADO(영업 끝)' 팻말이 걸려 있었다.

"수진아, 있잖아…"
"뭐, 또 어디 가자고? 고작 3백 원 아끼겠다고 지금 40분째 돌아다니고 있는 거 알아?"
"그게 아니라… 나 갑자기 똥이 너무 마려워."

까밀로는 그 말을 던지고는 후다닥 맞은편 카페로 뛰어들어 갔다. 그가 나올 때까지 나는 에스프레소를 시켜 마셨다. 어두운 바의 분위기처럼 다소 진한 감은 있었지만, 목 넘김도 부드러웠고 입 안에 여운이 오래 남아 오랜만에 정말 제대로 된 커피를 마신 느낌이었다. 이윽고 까밀로가 나오자 커피와 생수 한 병 값을 치르고 집으로 발길을 돌렸다. 까밀로는 미안한지 한 걸음쯤 뒤처져서 힘없이 따라왔다.

"괜찮아, 덕분에 제대로 된 쿠바 커피를 마셨잖아."

나는 까밀로의 엉덩이를 툭툭 쳐주고는 그의 손을 꼬옥 잡아주었다.

어제 고생한 대신 오늘 아침은 택시를 타기로 했다. 하지만 일요일이라 그런지 큰길에서도 택시가 보이지 않았다. 아바나처럼 코코택시가 있는 것도 아니고 어차피 남는 게 시간이니, 하는 수 없이 몬까다 병영(el Cuartel Moncada)까지 또 걸어서 갔다. 마르떼 광장에서 동쪽으로 5분쯤 가다가 해방자들의 거리(Avenida de los Libertadores)를 따라 북쪽으로 조금만 올라가면 혁명가 아벨 산따마리아(Abel Santamaria)의 얼굴을 조각한 조형물이 나온다. 그 맞은편에 나지막한 노란색 담벼락에 둘러싸인 채 잔디가 듬성듬성 나 있는 넓은 운동장 너머로 역시나 노란색으로 칠해진 기다란 2층 건물이 보이는데, 여기가 몬까다 병영이다.
이곳은 원래 19세기 중반에 스페인 군대가 감옥으로 쓰려고 지은 건물이었는데, 독립 이후에는 약 5백 명의 정부군이 주둔하는 쿠바에서 두 번째로 큰 군사 요새로 사용되었다. 그리고 혁명 이듬해인 1960

1953년 7월 26일 카스트로가 이끄는 혁명세력들의 기습 공격을 받았던 몬까다 병영
여기서 본격적인 혁명의 첫 신호탄이 울려 퍼졌다

년부터는 몬까다 사건이 일어난 날을 기념해 '7·26 시립학교(Ciudad Escolar 26 de Julio)'라는 이름의 초등학교로 바뀌었다. 그러다가 1970년 대 후반부터는 카스트로의 지시에 따라 건물의 절반이 '7·26 역사박 물관(Museo Historico 26 de Julio)'으로 재단장되어 역사의 배움터로 탈바 꿈하게 된다.

"저기 봐, 여기도 그때 생겼던 총알 자국들이 건물 벽에 그대로 남 아 있어."
"응, 그런데 저건 모두 진짜 같은 가짜야."
"뭐? 그럼 일부러 건물에다가 마구 총을 쏴서 만들었단 말이야?"
"헉, 설마. 공격이 있은 다음에 바띠스따 정부가 흔적을 지우려고 전부 시멘트로 발라버렸대. 그런데 혁명 이후에 카스트로가 역사학자 들한테 원래 있던 그대로 복원하라고 시켰고, 학자들은 그때 찍었던 사진을 일일이 대조해 가면서 총알 자국을 최대한 당시와 똑같이 만든 거지."

박물관 내부에는 1953년 7월 26일 그날의 공격에 참여했다가 숨지 거나 체포된 사람들의 이름과 사진, 옷, 무기, 신문기사를 비롯해 몬까 다와 직접 관련된 자료들뿐만 아니라, 백인들이 맨 처음 침략했던 16 세기부터 시작해서 1950년대와 혁명 이후의 사진과 무기, 도표 따위가 연대별로 정리되어 있었다. 상당수가 혁명 박물관에서 이미 봤던 것들 이라서 그다지 새롭거나 관심이 가는 전시물들은 별로 많지 않았다.
피델 카스트로가 동생인 라울을 비롯한 1백 60여 명의 젊은이들

을 이끌고 이곳을 공격하면서 머릿속에 그렸던 목표는 비교적 단순했
다. 먼저 1차적인 목표는 병영을 습격해 무기를 확보한 다음, 산띠아고
의 라디오 방송국을 장악해서 자신들의 승전보를 쿠바 전역에 알리는
것이었다. 그렇게 되면 자신감을 얻은 민중들이 곳곳에서 스스로 들고
일어나 바띠스따 독재정권을 무너뜨리는 전국적인 민중봉기가 일어나
기를 기대했던 것이다.

“우하하, 여기 와서 이거 한번 읽어봐.”
“왜, 뭐라고 쓰여 있는데 그래?”
“여기를 공격할 때 모두들 한 업자가 빼돌린 정부군 군복을 입고
있었거든. 그런데 정문을 통과하기도 전에 보초한테 발각이 돼서 총격
전이 벌어진 거야. 그때 정부군 보초가 어떻게 눈치 챘는지 알아?”
“글쎄. 암호를 몰랐나?”
“아니. 군복을 갖춰 입기는 했는데, 신발은 다들 운동화나 작업화
를 그냥 신고 있었대. 근데, 그게 다가 아냐. 들키자마자 차에서 뛰어
내려 공격을 하려는데, 그때 정작 무기를 실은 트럭은 길을 몰라서 엉
뚱한 곳을 헤매고 있었다는 거야.”

우리끼리 입을 막고 킥킥 대자 책상에 앉아 있던 직원이 눈을 흘긴
다. 하지만 자꾸 웃음이 나오는 건 어쩔 수 없었다. 나중에 카스트로
자신도 그때의 실수를 땅을 치며 반성했다니, 이런 우리를 너그러이
용서해주리라 믿는다.
몬까다를 습격했던 혁명가들은 현장에서 사살된 서른일곱 명을 제

외하고는 대부분 잡혀서 모진 고문을 당한 후에 총살당했다고 한다. 그나마 카스트로를 포함한 몇 명만이 구사일생으로 살아남아 법정에 세워져 재판을 받았는데, 자신이 변호사였던 카스트로는 아바나 변호사협회의 변론 제의를 거부하고 자신이 직접 스스로를 변호했다.

법정에서 그는 무려 다섯 시간에 걸쳐서 각종 통계 자료들을 일일이 차트에 그려가며 극단적인 빈곤과 고통 속에 살아가는 쿠바 민중들의 현실과 그에 따른 자신과 동료들의 행동의 정당성을 웅변했다. 그때 그가 법정에서 한 진술을 기록한 것이 그 유명한 '역사가 나를 무죄로 하리라(La historia me absolverá)'라는 제목의 법정진술서다.

그 뒤 카스트로는 이슬라 데 후벤뚜드(Isla de Juventud)라는 섬에서 독방에 갇혀 있다가 양심수를 석방하라는 민중들의 거센 요구 덕분에 3년 만에 운 좋게 풀려났다. 그러나 그는 혁명의 꿈을 접지 않고 곧바로 멕시코로 망명해 동지들을 끌어모아 그란마 호를 타고 다시 쿠바로 잠입해 게릴라 투쟁을 펼쳤다. 이런 까닭에 훗날 역사가들은 몬까다 병영 습격 사건을 쿠바 혁명의 시작을 알리는 신호탄으로 기록하고 있다. 지금도 해마다 7월 26일이 되면 그날의 정신을 기리고 혁명의 전진을 다짐하는 집회와 행사가 쿠바뿐만 아니라 세계 곳곳에서 열린다.

몬까다 병영 습격 사건으로 재판대 앞에 세워진 카스트로
'역사가 나를 무죄로 하리라' 는 그의 최후 변론은
6년 만에 바띠스따 독재 정권을 무너뜨림으로써 현실이 되었다

일요일 오후의 산띠아고는 아주 한산했다. 간혹 데이트를 즐기는 10대 연인들과 엄마, 아빠의 손을 잡고 나들이를 나온 아이들만 눈에 띌 뿐, 커다란 거리에는 사람들의 발길이 뜸했다. 날씨는 후텁지근했고 습한 공기 때문에 온몸이 끈적거렸다. 이럴 때는 시원한 팥빙수 한 그릇이면 딱이겠다고 생각할 찰나, 아이스크림 집 간판이 눈에 들어왔다. Coppelia La Arboleda.

거리에 왜 사람들이 안 보이나 했더니 다들 이 집에 와 있어서 그랬나 보다. 국그릇만 한 대접에 가득 나온 아이스크림을 우리는 둘이 먹기도 벅찼는데, 사람들은 각자 한 그릇씩 먹는 것도 모자랐는지, 밀크셰이크에 아이스크림콘까지 더 시켜 먹는다. 쿠바 사람들, 진짜 아이스크림 좋아한다. 여기서 쭈쭈바 장사를 하면 대박날 것 같다.

아이스크림을 먹고 밖으로 나오니까 으슬으슬 춥기까지 했다. 저 사람들 따라 했다간 배탈 날 뻔했다. 아이스크림 기운이 다 가실 무렵, 길가에 있는 작은 사무실의 열린 문틈 사이로 그란마 호 상륙 50주년 포스터와 신문기사가 스크랩되어 있는 게시판이 눈에 띄었다. 까밀로도 그걸 봤는지 눈을 가늘게 뜨며 말했다.

“저 사무실은 뭘까? 쿠바 국기랑 벽에 걸린 포스터들이 예사롭지 않은걸.”

“관공서 같지는 않고, 간판도 없어서 뭐하는 곳인지 전혀 모르겠네.”

까밀로는 말을 끝맺기도 전에 성큼성큼 안으로 들어갔다. 작은 복덕방만 한 사무실은 책상 하나 없이 덩그러니 비어 있었고 사람도 없었다. 그 대신 안채와 연결된 문 너머로 할아버지 두 분이 마주앉아 도미노를 하고 있는 게 보였다. 그 중 한 분이 우리를 향해 천천히 걸어 나왔다.

“죄송합니다. 저 사진을 보고 궁금해서 들어와 봤어요.”

“괜찮아, 괜찮아. 저 사람은 아벨 산따마리아라는 혁명가야. 이 사람은 프랑크 빠이스고.”

“네, 저희도 이야기는 많이 들었어요.”

“오호, 너희가 프랑크 빠이스를 안단 말이야?”

할아버지는 신기했던지 게시판을 하나하나 설명하기 시작했고, 곧이어 다른 할아버지까지 합세해서 누구 말을 들어야 할지 정신이 없을 정도였다.

“바띠스따 시절에 산띠아고는 반독재 투쟁이 가장 활발했던 곳이야. 몇 안 되는 부자들하고 경찰, 공무원 정도를 빼면 거의 모든 시민들이 혁명운동을 지지하고 거들었다고 보면 돼. 나랑 이 친구 라빠엘도 이 동네에서 혁명운동에 참여했고, 이 사무실을 드나드는 사람들도 모두 그런 사람들이지. 우리는 여기 모여서 너희 같은 젊은이들에게 어떻게 하면 그때 우리가 품었던 꿈과 정신을 가르쳐줄까를 고민하는 거야."

"그럼 할아버지들도 빠이스 형제와 같이 혁명운동 하신 거예요?"

"우린 그때 너무 어려서 두 사람을 직접 만난 적은 없지만, 경찰들 몰래 유인물도 돌리고 벽에 페인트로 구호도 적어놓고 그랬지. 바띠스따 돼지들은 물러가라, 하고 말이야."

그러나 할아버지의 말씀과는 달리 젊은이들이 그다지 찾아올 것 같지도 않았고, 그럴 만한 시설이나 준비도 거의 안 돼 있는 듯했다. 옆에 있던 라빠엘이라는 할아버지가 씁쓸한 얼굴로 한마디 거들었다.

"그런데 요즘 젊은이들은 혁명이니 연대니 이런 데는 관심이 없어. 우리 젊었을 때는 가난한 사람들이 학교에 간다거나 아프면 병원에 가는 걸 꿈도 못 꿨는데, 요즘 애들은 그런 걸 너무 당연하게 생각해. 몰려 다니면서 레게똥 같은 이상한 음악이나 듣고 말이야."

루이스 할아버지는 예순두 살, 라빠엘 할아버지는 예순 살. 혁명운동이 한창이던 당시에는 기껏해야 초등학교 고학년 정도밖에 안 됐을 나이였다. 그렇다고 해서 할아버지들이 거짓말을 하는 거라 여겨지지는 않았다. 한국도 4·19 혁명 시절에는 중고생들이 동맹휴학도 하고 시위대의 상당수를 차지하곤 했으니 말이다.

"저기 마침 아스떼리오가 오네. 저 양반은 올해 일흔 살인데 그때 시에라 마에스뜨라에서 직접 총을 들고 싸웠던 양반이야. 아스떼리오, 애들이 한국에서 왔대."

아스떼리오 할아버지는 조용히 웃으면서 우리에게 악수를 청했다. 한눈에 봐도 거동이 좀 불편해 보였고, 그래서인지 사진을 찍자마자 조용히 다시 안채로 사라지셨다.

"아스떼리오는 라울 카스트로가 이끌던 부대에서 싸웠어. 그리고 1961년도에 미국이 보낸 테러리스트들이 피그만으로 쳐들어왔을 때도 참전했고. 그런데 젊었을 때 하도 그생을 해서 그런지 지금은 몸이 많이 안 좋아."

루이스 할아버지는 자기 손을 목에 갖다 대고 옆으로 긋는 시늉을 했다. 어찌 보면 무례한 손짓일 수 있는데, 쿠바 사람들은 대화할 때 이렇게 손짓을 섞어 표현하는 경우가 많다. 아무튼 아스떼리오 할아버지라면 더 많은 이야기를 해줄 수 있었을 텐데, 아프다니 어쩔 수 없었다.

'혁명 노인정'을 나와서 비스따 알레그레(Vista Alegre) 동네에 들어섰다. 혁명 이전에는 부자들이 모여 살던 부촌이었다가 지금은 모두 마이애미로 떠난 자리에 학교나 박물관, 관공서가 그 빈자리를 채우고 있는 조용하고 한적한 곳이었다. 황량함마저 느껴지는 대저택 사이를 걸으면서 요즘 애들은 혁명 따위엔 도통 관심이 없다고 한탄하던 할아버지들의 이야기가 내내 머릿속을 떠나지 않았다.

'요즘 애들'을 향한 그런 걱정스러운 시선은 나에게도 익숙하다. 대학에 들어온 뒤부터 지금까지 '요즘 애들은 왜 정치에 무관심하냐, 불만만 털어놓을 뿐 왜 바꾸려는 노력은 하지 않냐'는 이야기를 귀가 따갑도록 들어왔다. 하지만 '요즘 애들'은 그날의 할아버지들과 다르지 않다. 차이가 있다면, 자신들이 올라야 할 산이 어딘지를 또렷이 알고 있었던 할아버지들과는 달리, '요즘 애들'은 할아버지들 덕분에 오른 산 중턱에서 길을 잃고 헤매거나 이 산이 맞는지를 잠시 고민하고 있을 뿐. 그래도 언젠가는 우리가 오를 산꼭대기를 향해 다시 신발 끈을 고쳐 매게 될 거다.

'요즘 애들' 은 '그날의 할아버지들' 과 다르지 않다
다만, 잠시 길을 잃고 헤매거나 이 산이 맞는지를 고민하고 있을 뿐

그래도 언젠가는 우리가 오를 산꼭대기를 향해
다시 신발 끈을 고쳐 매게 될 거다

아바나
관타나모
바라꼬아

섬 동쪽 끝 연대의 바다
관타나모와
바라꼬아
Baracoa

"하룻밤 묵을 거죠?"

"아니오, 이틀 있으려고 하는데요."

"도스 노체스(이틀 밤이나)?"

까사 아주머니가 보인 반응이 뜻밖이었다. 당연하다는 듯이 하룻밤이냐고 묻는 것도 그랬고, 우리가 두 밤을 잔다니까 놀라는 표정도 그랬다. 하지만 시내를 딱 반나절 돌아보니 그 이유를 알 것 같다. 관타나모는 여행자들이 딱히 볼 게 없는, 그냥 작은 지방 도시였던 거다.

골목에는 칠한 지 오래돼 희미하게 색이 바랜 집과 건물들뿐 돌아다니는 사람도 별로 없었다. 어딜 가나 귓가에 맴돌던 음악소리 하나 들리지 않는다. 여기 쿠바 맞아?

우연히 들어간 시립 박물관도 심심하기는 마찬가지였다. 오래된 프랑스풍의 가구와 그릇들로 장식된 방과 클래식한 할리 데이비슨 오토바이가 전시물의 거의 전부였다. 아마도 그 방은 18세기에 아이티의 프랑스 식민주의자들이 노예해방군에 쫓겨 관타나모에 정착했던 역사를 보여주기 위해서일 거고, 오토바이는 혁명운동 때 비밀리에 연락을 주고받는 수단으로 사용된 것이었다. 그게 다였다.

근처 소방서에서는 재난 구호장비를 전시해놓고 있었다. '전국사
고예방주간맞이 전시회'라는 거창한 이름을 붙여놓긴 했지만, 소방복
과 잠수복, 물 뿌리는 호스에다 별로 특별할 것 없는 물안경과 고무장
화를 파란색 천막천 위에다 쫙 깔아놓았을 뿐이었다. 이 정도 볼거리
나마 있는 게 고마울 정도였다.

우리는 마르띠 공원 벤치에 앉았다. 이럴 땐 사람 구경하는 게 제
일이다. 지도에서처럼 정사각형에 가까운 사각형의 공원에는 사방으
로 벤치가 놓여 있었다. 분수도 있긴 했는데 작동되지는 않았다. 평일
낮인데도 우리처럼 할 일 없이 앉아 서로를 구경하는 사람들로 벤치뿐
아니라 분수대까지도 꽉 들어찼다.

그런데 가만 보니 동네 사람들과는 차림새가 다르다. 대부분 긴팔
옷을 입고, 어떤 아저씨는 날씨와 어울리지 않게 도톰한 잠바까지 입
었다. 그리고 모두들 커다란 가방 보따리를 하나둘씩 발 옆이나 의자
옆자리에 두고 있었다. 다른 지방으로 가는 버스를 기다리는 사람들일
까? 동네도 작은데 딴 도시로 가는 사람들이 왜 이렇게 많은 거지?

30분이 지나고 한 시간이 지나도 사람들은 자리를 떠나지 않았다.
낡은 체크무늬 남방에 청바지를 입은 턱수염 아저씨가 두어 번 하품을
하더니 가방에서 과자 봉지를 꺼내 뜯었다. 와그작 와그작 먹는 걸 보
니 나도 배가 출출해진다. 아까 공원 사진을 찍으면서 보까디또 파는
가게를 봐뒀는데 거길 가봐야겠다.

가게 입구에 서 있는 입간판을 보니 보까디또 메뉴가 열 가지도 넘
었다. 그동안 우리가 먹었던 보까디또는 아무것도 아니었던 거다. 빵
안에 들어가는 햄이나 고기 부위에 따라 메뉴가 다 달랐다. 가격은 길

162
...POR EL TRIUNFO DE LA VIRTUD...

에서 파는 것보다 2,3페소 더 비쌌지만 그거야 뭐 당연한 거고. 손바닥을 옆으로 갖다 대고 유리창 안을 들여다봤더니 열개 남짓한 테이블마다 사람들이 바글바글하다. 여기가 숨은 맛집이구나!

빨리 먹고 싶은 마음에 가게 안으로 들어가 문앞에 서서 자리가 나기를 기다렸다. 그리고 창가 옆 테이블이 비자마자 가방을 올려놓고 갈비살과 뒷다리살 보까디또를 주문했다. 음식이 나오기를 기다리는데 밖에서 사람들이 계속 창문으로 안을 들여다보고 사라졌다. 머리가 뽀글한 저 아줌마는 좀 전에도 창문에 붙어 있다가 갔는데 또 왔네. 보까디또를 한입 가득 씹고 있는데 아줌마가 눈을 한번 흘기더니 또 사라졌다. 뭐야, 빨리 먹고 나오라는 건가? 하나 더 주문해야겠다고 생각하고 있었는데 아줌마의 눈빛이 영 찜찜해서 포기하고 계산을 했다. 문을 열고 나오니 가게 주변에 서있던 사람들이 모두 싸늘한 눈으로 우리를 쳐다보는 게 느껴졌다.

알고 보니 쿠바에서는 줄을 설 때 규칙이 있다. 상점이든 은행이든 입구 근처에 서있는 사람들에게 "울디모(ultimo. 마지막)?"라고 물어봐야 한다. 가장 마지막에 기다리는 사람이 누구인지를 확인하기 위해서다. 마찬가지로 다른 사람이 같은 질문을 하면 내가 울띠모라고 알려줘야 한다. 울띠모는 길 맞은편에 서 있을 수도, 잠깐 다른 가게에 가 있을 수도 있다. 물자 부족 때문에 줄서는 게 일상이 된 쿠바에서 자연스레 생겨난 줄서기 규칙이다. 그걸 모르고 냅름 빈자리를 차지해버렸으니 우리가 얄미울 수밖에. 졸지에 뻔뻔한 여행자가 돼 버렸다.

까밀로가 화장실에 간 사이 나는 다시 벤치로 돌아왔다. 가방 보따리를 든 사람들은 여전히 자리를 지키고 있었다. 좀 전보다 그 수가 더 늘었다. 볼일을 마친 까밀로가 분수대에 걸터앉아 있던 아저씨들과 이야기를 나누더니 눈웃음을 치며 다가왔다.

"알아냈어, 저 사람들의 정체. 미션 미라클이었어."
"그게 뭔데?"
"어제 텔레비전에 중남미 사람들한테 무료로 수술해준다는 이야기가 나왔잖아. 그 환자들 가족이야."

아, 그랬구나. 어제 저녁 뉴스에는 눈 수술을 마치고 호텔에서 편하게 쉬면서 회복치료 중인 중남미 사람들에 관한 소식이 나왔다. '기적의 미션(Mision Milagros)' 이라는 이 프로그램에 따라, 쿠바 정부는 수술만 하면 시력을 되찾을 수 있지만 가난해서 앞을 못 보는 사람들을 쿠바에 데려오거나 쿠바 의사를 현지로 보내 무료로 개안수술을 해준다. 베네수엘라 정부가 석유를 팔아 번 돈으로 자금을 대고, 세계 최고 수준의 안과 의사들을 보유한 쿠바가 의료기술을 보탰기에 가능한 일이었다.
2004년부터 시작된 이래 지금까지 베네수엘라, 에콰도르, 볼리비아, 가이아나 같은 중남미 국가들에서 수십 만 명이 그 덕분에 시력을 되찾았다. 그래서 산타클라라 같은 도시의 일부 호텔들은 환자와 그 가족들의 숙박시설로 지정돼 아예 다른 손님을 받지 않는 경우도 있었다. 관타나모에 하나뿐인 호텔에도 수술과 회복을 위해 환자들이 장기간 머물고 있었고, 공원에서 본 사람들은 면회를 온 가족들이었던 거다. 수술만 해주는 게 아니라 가족들까지 챙기다니, 기적의 미션이라 이름 붙일 만하다.

공원에 앉은 우리는 여행책을 꺼내 관타나모 미군 기지 부분을 찾아 읽기 시작했다. 사실 우리가 여기 온 가장 큰 목적이 미군 기지에 있는 관타나모 수용소를 멀리서나마 눈으로 확인해보는 거였다. 그런데 한 줄씩 읽어내려 가던 까밀로의 얼굴이 점점 어두워졌다. 탁, 하고 책을 덮으며 까밀로가 말했다.

"휴, 미군 기지에는 미리 예약을 안 하면 못 간대."
"안에 들어가는 것도 아니고 근처까지만 가는 건데도 예약해야 돼?"

관타나모 미군 기지는 관타나모 시에서 20킬로미터밖에 안 떨어져 있지만, 기지로 연결되는 도로는 모두 차단되어 있다. 그나마 기지를 볼 수 있는 곳은 기지 근처에 있는 전망대뿐인데, 산띠아고나 바라꼬아에 있는 관광사무소에서 예약을 해야 한단다. 게다가 그래 봤자 망원경으로 보이는 거라곤 미군 기지어 걸린 성조기뿐이란다. 고작 그거라면 광화문에서도 실컷 볼 수 있는데, 여기까지 와서 돈을 내고 볼 이유는 없다. 미리 꼼꼼하게 읽어보지 못한 게 잘못이었다.

50년 넘게 미국과 으르렁대온 쿠바 땅 한 편에 버젓이 미군 기지가 자리잡고 있다는 건 정말 아이러니다. 그 시작은 100년 전인 1903년으로 거슬러 올라간다. 미국의 내정간섭을 받고 있던 쿠바 정부는 1년에 500달러라는 말도 안 되는 금액에 임대계약을 맺고 관타나모 해안선 일부를 내주게 된다. 그때 미국 정부의 군침을 돌게 한 건 인접한 파나마 운하를 관리해서 얻는 이득이었다. 그리고 혁명 이후 쿠바 정부가 임대료는 필요 없으니 땅을 돌려 달라고 해도 미국은 지금까지 들은 체도 하지 않고 있다. 해마다 500달러를 꼬박꼬박 입금하면서 말이다.

무엇보다도 쿠바 사람들을 열 받게 하는 건, 2002년부터 미국 정부가 아프가니스탄과 파키스탄, 예멘 같은 나라에서 마구 끌고 온 사람들을 가두는 수용시설을 이곳 기지에 설치했다는 거다. 가끔 신문이나 뉴스에 등장하는, 주황색 죄수복을 입고 머리에는 자루가 씌워진 채 커다란 물안경을 쓰고 양손이 묶인 사람들이 바로 관타나모 미군 기지에 수용된 사람들이다.

'관타나모로 가는 길' 이란 영화에도 나왔듯이, 수감자들은 정확한 증거나 제대로 된 재판도 없이 그저 의심만으로 끌려와 가혹한 고문을 당한다. 눈을 가리고 무릎을 꿇린 수감자 앞에 사람보다 큰 개를 데려가 짓게 한다거나, 어두운 독방에 가둔 채 헤비메탈 음악을 밤낮으로 커다랗게 틀어 놓는다든지, 심지어 성적인 고문을 가하기도 한다. 그래서 쿠바의 인권 문제 운운하는 이야기가 나올 때면 쿠바 사람들은 항상 이렇게 말하곤 한다. "쿠바에서 인권침해가 벌어진다는 건 맞는 얘기다. 바로 관타나모에서다!"라고 말이다.

해가 지고 집으로 돌아오는 길에 우리는 관따나메라(Guantanamera)의 후렴구를 끝없이 이어 불렀다. 관따나메라, 과히라 관따나메라(관타나모의 여인, 관타나모의 시골 여인)…

관타나모는 기대를 저버린 여행지 가운데 단연 최고로 기억에 남을 거다. 하지만 그 편이 나을지도 모른다. 이곳은 미군 기지가 있는 관타나모보다는 관따나메라가 흘러나오는 조용한 시골 도시가 더 어울린다. 아름다운 여인 대신, 창문밖 골목으로 한 손엔 부엌칼을, 다른 손엔 갓 잡은 닭을 든 아주머니가 지나가고 있긴 하지만…

관따나메라 과히라 관따나메라 관따나메라
관타나모의 여인이여 관타나모의 시골 여인이여
나는 야자수가 자라나는 마을에서 온
성실한 남자랍니다

내가 죽기 전
영혼의 시를 바치고 싶어요

내 시는 초록빛이자
이글거리는 진홍색
상처 입은 채
숨을 곳을 찾아 헤매는 사슴입니다

이 땅의 가난한 이들과 운명을 함께하고 싶어요
나는 바다보다 산속 개울물이 더 좋으니까요
관따나메라 과히라 관따나메라 관따나메라
관타나고의 여인이여 관타나모의 시골 여인이여

〈관따나메라〉는 쿠바 혁명의 아버지이자 언론인, 그리고 시인이었던 호세 마르띠의 시에 곡을 붙인 것으로,
순박한 관타나모의 시골 여인에게 고백하는 형식을 빌어 쿠바의 가난한 민중들에 대한 애정을 노래하고 있다.

아름다운
반란의 도시,
바라꼬아

산 중턱에서 기사 아저씨가 갑자기 버스를 세웠다. 설마 고장? 바로 옆 길가 낭떠러지가 눈을 뜰 수 없을 만큼 아찔하다. 버스 천장에 머리가 닿을 정도로 몸집이 커다란 기사 아저씨가 천천히 버스에서 내려 길가 난간에 앉아 있는 사람들에게 다가갔다. 그리고 다시 돌아온 아저씨의 양팔에는 바나나가 한가득 안겨 있었다. 바라꼬아로 이어지는 길이 유일하게 하나뿐이라 그런지, 이렇게 길목마다 과일과 채소를 파는 사람들이 군데군데 나와 있었다. 아저씨는 그 뒤로도 두 번이나 더 버스를 세워 장을 봤고, 버스는 예정 시각보다 30분 늦게 터미널에 도착했다.

에다는 괜찮다고 해도 기어이 내 배낭을 대신 뺏어 들었다. 그녀의 얼굴에는 웃음이 가득했다. 서른 중반 정도의 나이에 얼굴과 몸이 동글동글해 무척 귀여운 인상이었다. 에다의 까사가 있는 골목은 똑같이 생긴 2층집들이 양옆으로 줄지어 있었다. 직사각형 건물에 현관문으로 연결되는 테라스가 있는, 쿠바 어디서나 볼 수 있는 구조였다. 에다는 좁은 콘크리트 계단을 올라가 2층 문을 열었다. 소파가 있는 작은 거실이 있고 방문이 있는 복도를 지나면 주방도 있었다. 주방은 아무도 사용하지 않는 것처럼 아주 깨끗했다. 노란 꽃무늬가 그려진 타일이 마음에 들었다. 하지만 한 시간도 채 안 돼 우리는 된통 바가지를 뒤집어썼다. 근처 허름한 식당에서 늦은 점심을 먹는데, 종업원이 오늘 자기 생일이라면서 케이크를 권했다. 괜찮다고 사양하는데도 그녀는 빙긋 웃으며 식탁에 케이크 접시를 올려놓고 돌아섰다. 그런데 문제는 계산서를 받아들고 난 뒤였다.

"저, 이거 계산이 잘못된 것 같은데요."
"돼지고기 구이랑 닭고기, 맥주 두 병, 케이크 두 조각. 계산 맞아요."

우리는 당연히 공짜인 줄 알았더니 설탕 덩어리 크림을 잔뜩 올린 주먹만 한 케이크 한 조각의 가격은 맥주보다도 비쌌다. 게다가 페소(MN)를 받는 식당인데도 우리한테만 값을 더 쳐서 CUC로 가격을 매겨 받았다. 이렇게 뒤통수를 치냐고 따지려고 했지만 이미 케이크는 뱃속에 들어가 버렸고, 어쨌든 생일이라니 그냥 넘어가기로 했다. 뻔뻔한 사람!
배도 꺼뜨릴 겸 바라꼬아를 천천히 걸었다. 도시를 오른손으로 감싸고 있는 바다 저편으로 보이는 수평선이 마음을 설레게 한다. 지금은 쓸쓸한 어촌이지만 콜럼버스가 먼 처음 도착한 곳이 바로 이 해변이었고, 한동안 바라꼬아를 수도로 삼기도 했다. 그래서인지 지금도 방파제 주변으로 오래된 요새가 세 곳이나 남아 있다.

"저기 봐, 흑백 사진들이 걸려 있어."

평소 관찰력이 마이너스인 까밀로가 웬일로 뭔가를 발견했나 보다. 간판에는 '센뜨로 데 베떼라노스(Centro de Veteranos)', 우리말로 하면 '재향군인회관'이었다. 우리가 호기심 어린 눈으로 안을 들여다보자 할아버지 한 분이 들어오라고 손짓을 했다.

할아버지 이름은 까를로스. 열 평 남짓한 공간에는 바라꼬아에서 벌어진 혁명투쟁과 쿠바의 앙골라 파병에 관한 자료들이 모아져 있었다. 당시에 찍은 사진과 전투복, 유품, 문서, 전장에서 보낸 편지까지 마치 할아버지의 장롱이 열린 것처럼 투박하지만 꼼꼼하게 정리되어 있었다. 작은 박물관이라 불러도 손색이 없다.

"이 사람은 내 친구였어."

귀퉁이가 구겨진 흑백 사진 속의 한 남자를 손으로 짚으며 할아버지가 말했다. 앙골라에 파병되었던 바라꼬아 젊은이들이었다.

"할아버지도 앙골라에 가신 적 있어요?"
"그럼, 갔더랬지. 저쪽에 앉은 영감도 같이 갔어."

할아버지는 전시장 입구 테라스에 놓인 커다란 흔들의자에 앉아 있는 또 다른 할아버지를 가리켰다.

"우리는 살았는데, 사진에 있는 저 친구는 고향에 돌아오지 못했지."

1960년대에 아프리카 전역에서는 서구 열강의 지배로부터 벗어나기 위한 독립 투쟁이 한창이었다. 아프리카 남서부에 위치한 앙골라에서도 포르투갈의 식민지배에 맞서 앙골라 해방운동(Movement for the Liberation of Angola)을 비롯한 여러 조직들이 무장투쟁을 벌이고 있었다. 쿠바 정부는 1965년부터 그들의 요청에 따라 게릴라 전투 훈련을 시작으로 10년에 걸쳐 앙골라 해방 투쟁을 지원했다. 1975년 독립 선언을 바로 앞두고 미국의 지원을 받은 남아프리카 공화국의 아파르트헤이트(인종분리) 정권이 앙골라를 쳐들어왔을 때에도 맨 먼저 달려간 이들이 쿠바의 젊은이들이었다.

빛바랜 사진 속에는 의사와 기술자들도 있었다. 쿠바 정부는 군인들 말고도 많은 교사와 의료진, 기술자들을 앙골라로 파견해 오랜 식민 통치와 전쟁으로 나락에 떨어진 민중들의 삶을 일으켜 세우려 애썼다. 앙골라에서 철수한 이후에도 쿠바는 콩고와 나미비아, 에티오피아, 모잠비크 같은 아프리카 국가들에게 도움의 손길을 거두지 않았다.

쿠바의 젊은이들이 그 먼 아프리카에까지 가서 피와 땀을 흘린 이유는 연대와 국제주의의 소중함을 보여주기 위해서였다. 우리가 이렇게 아무 대가없이 당신들을 도운 만큼, 당신들도 다른 나라를 도우라는 거다. 겉으로는 도와주는 척하면서 뒤로는 내정간섭이나 자원 수탈을 일삼는 나라들과는 분명히 다른 모습이었다. 외세라고 하면 '외' 자도 듣기 싫었을 아프리카 민중들이 쿠바에서 온 교사와 의료진들만큼은 따뜻하게 맞이했던 것도 이러한 진심이 통했기 때문일 거다.

"혁명 직후라 자기들도 여유가 없었을 텐데, 아무튼 정말 대단해."

"맞아. 더 놀라운 건 사람들이 너도나도 자발적으로 나섰다는 거야. 자칫하면 목숨을 잃을 수도 있는데 말이지."

전시관 구경을 끝내고 입구로 돌아오자 할아버지가 힘있게 손짓을 하며 말했다.

"바라꼬아는 반란의 도시야. 아뚜에이도 그렇고, 혁명 게릴라들 중에도 이 지역 출신들이 수두룩해. 우리도 그래서 앙골라에 갔던 거야. 리베르따드! 자유를 위해서. 레볼루시옹! 혁명을 위해서."

역사를 통해 배우고 진보한다는 것은 바로 이런 것일 거다. 카누 하나에 몸을 싣고 바다를 건너와 백인들의 총칼에 맞서 싸웠던 아뚜에이, 아르헨티나에서의 안락한 삶을 팽개치고 혁명의 꿈을 위해 목숨을 바친 체게바라, 그리고 아프리카의 독립을 위해 대서양을 넘었던 바라꼬아의 젊은이들. 다른 시대, 다른 곳에서 태어났지만 어쩌면 그들은 같은 꿈을 꾸었을지도 모르겠다. 나와 너의 자유를 위해 싸울 용기와 연대의 정신으로 가득 찬 세상.
이제 그들은 역사가 되었지만 그들의 뜨거운 왼쪽 심장은 또 다른 누군가의 가슴에서 지금도 뛰고 있을 거다.

아뚜에이와 체 게바라, 그리고 바라꼬아의 젊은이들
다른 시대, 다른 곳에서 태어났지만 어쩌면 그들은 같은 꿈을 꾸었을지도 모른다
나와 너의 자유를 위해 싸울 용기와 연대의 정신으로 가득 찬 세상을…

보까 데 유무리의
훈훈한 남자들

"까밀로, 이거 봐봐. 보까 데 유무리(Boca de Yumuri)! 강이랑 바다랑 만나는 곳인데, 여기서 하루면 갔다 올 수 있대. '천상의 경치와 함께 검은 자갈 해변에서 마음껏 쉬어 가라', 정말 멋지다!"

"그럼 우리 이번엔 자전거 한번 타볼까? 주인집이나 동네에 남는 자전거가 있을 거야."

아침 식사가 끝나자마자 까밀로는 옆집 아저씨한테서 자전거 두 대를 빌렸다.

"이거 브레이크가 좀 불안한데… 다른 자전거 없어요?"

그 말에 아저씨는 자전거를 이리저리 살폈다. 뭔가를 조이고 브레이크를 잡아보고 하더니 다시 자전거를 건넸다.

"이제 괜찮을 거요. 나도 날마다 이 자전거를 타고 다니거든."

썩 만족스럽지는 않았지만, 이웃집이라 일단 믿어보기로 했다. 까밀로가 가격 흥정을 하는 동안 에다는 혹시 비가 올지도 모른다며 노란색 비옷을 꺼내 왔다. 가방에 물과 간식으로 먹을 빵도 잘 챙겼고, 비옷까지 있으니 든든하다.

바라꼬아 시내를 벗어나 작은 다리를 건너자 나무와 꽃이 잔뜩 피어 있는 시골 마을이 나왔다. 사람들의 표정이나 집 모양, 동네의 색깔이 제각각이라 생동감이 느껴진다. 거리에는 사람과 자동차, 말, 오토

바이, 자전거가 뒤섞여 저마다 갈 길을 재촉한다. 그러나 복잡함보다
는 활기로 가득 차 있었다. 출발할 때까지 우중충하던 하늘도 어느새
눈부신 햇살로 옷을 갈아입었다.

　집 앞 화단에 물을 주러 나온 할머니와 인사를 했다. 곱게 차려입
은 하얀 원피스에 알이 굵은 에메랄드빛 목걸이가 사하얀 머리와 멋
들어지게 어울렸다. 나도 파파 할머니가 되면 저렇게 늙어야지. 인사
를 몇 번 더 하고 나니까 금방 마을이 끝나고 앞쪽에 좀 사진 언덕이 나
타났다. 첫 번째 고비였다. 기어가 없는 쌀집 아저씨 자전거라 작은 언
덕인데도 페달을 밟기가 힘들다. 그래도 이 정도 언덕에 질 수는 없지!
한 발 한 발 겨우 구르고 있는데, 뒤따라오던 까밀로가 안 보인다.

　"체인이 빠졌어! 엇? 아예 끊어졌네."

　달린 지 30분 만에 벌써 고장이라니. 우리는 자전거를 길가에 세우
고 떨어져나간 고리를 찾아 바닥을 훑었다. 하지만 어디서 떨어졌는지
도 모를 조그만 쇳조각이 쉽게 눈에 띌 리가 없다. 이대르 돌아가야 하
나. 시간도 시간이지만 이 들떴던 기분은 어떡하라구.
　그런데 그때! 파란색 수리공 작업복을 입은 청년이 언덕 아래서부
터 우리 쪽으로 걸어오는 것이 보였다. 우리가 무슨 영화 '트루먼쇼'
의 주인공도 아니고, 이게 다 짜여 진 각본이 아닐까 의심 될 정도였다.
전신 작업복의 앞 단추를 풀어 상의를 반쯤 걸친 채로 나타난 그는 다
가와서 무슨 일이냐고 물었다. 그러더니 이내 쪼그리고 앉아 체인을

만지작거렸고, 길을 가던 사람들도 하나둘 모여들어 길바닥을 더듬은 끝에 떨어져나간 고리를 찾아냈다.

그 사이 앞집 아저씨가 공구통을 들고 나왔고, 자전거를 살리기 위한 길바닥 응급수술이 본격적으로 시작되었다. 공구통에서 꺼낸 쇳조각을 쪼개고 망치로 두들겨 고리를 연결시키기를 여러 차례, 드디어 체인이 끼워졌다. 작업복 청년과 사람들의 손은 온통 기름으로 더럽혀져 있었다.

고마운 마음을 전하고 싶은데 어찌 해야 할까 망설이다가 시원한 맥주라도 같이 마시라고 약간의 돈을 건넸다. 그러나 마지못해 받을 만도 한데, 모두들 손을 내저으며 극구 사양하더니 조심하라는 말을 남기고는 흩어져버렸다. 이런 훈훈한 바라꼬아 남자들 같으니라고!

덕분에 우리는 가뿐히 언덕을 넘었다. 만만한 작은 언덕 두 개를 넘자 언제 마을이 있었냐는 듯 깊은 산길로 이어졌다. 자동차 두 대가 겨우 지나갈 만한 너비의 비포장길을 사이에 두고 높지 않은 산봉우리들이 올록볼록 사방에 솟아나 있다. 처음 보는 야자나무들이 빼곡하게 심어진 봉우리들은 햇빛과 야자나무 잎이 만들어낸 명암으로 거대한 매직아이를 펼쳐놓은 것 같았다. 차도 사람도 없이 멀리서 들려오는 새 소리와 촉촉한 나무 냄새, 파란 하늘, 길 위엔 우리 둘과 자전거 둘, 내가 발 딛고 있는 길만 느껴도 충분한 시간. 이런 길이 영원히 이어졌으면.

경치에 취해 굽은 길을 달리다 언덕을 만나 거기서부턴 자전거에서 내려 천천히 걸었다. 햇빛과 땀으로 색이 바랜 야구 모자를 쓴 아저씨가 자루를 한보따리 등에 지고 아들과 함께 저 앞에서 걸어가고 있었다. 아이는 궁금한 듯 몇 번이나 고개를 돌렸다. 내가 손을 흔들자 부끄러운 듯 손을 반쯤 올리다가 내려버린다.

"올라, 여기가 보까 데 유무리로 가는 길 맞아요?"
"씨(네, 맞아요)."

아저씨는 짧게 대답을 하고 다시 고개를 돌려 묵묵히 걸었다. 힘들게 언덕을 오르는데 괜히 방해만 됐나 보다. 나는 한가한 여행자지만 아저씨는 오늘 할 일을 빨리 끝내야 하는 사람이니까. 아저씨와 아이를 앞질러 가는 것이 마음에 걸려 자전거를 끌고 아저씨보다 한 발짝 뒤에 따라 걸었다. 얼마 가지 않아 아저씨는 옆으로 난 샛길로 방향을 바꾸면서 우리에게 곧바로 가라는 손짓을 했다.

낙타 등짝처럼 오르막과 내리막이 계속 되풀이됐다. 그런데도 까밀로는 암스트롱인가 하는 사람은 암에 걸리고도 자전거 대회에 우승했다느니 어쩌니 하면서 한사코 자전거에서 내려오지 않았다. 그래 봤자 자전거를 끌고 걸어가는 나랑 속도는 똑같으면서. 웃겼다. 그러다 갑자기 까밀로가 제자리에서 다리를 버둥댔다.

오, 마이 갓! 아까 고쳤던 체인이 다시 떨어져 나갔다. 이제 진짜로 걸어서는 되돌아갈 수도 없다. 다행히 까밀로가 떨어진 고리를 곧바로 찾아내긴 했는데, 이걸 연장도 없이 무슨 수로 다시 끼워 맞추나. 길가에서 짱돌을 주워 망치 대신 내려쳐 보지만 제대로 될 리 없다. 한참을 낑낑거리고 있는데, 또 다시 길 가던 아저씨가 우리에게 다가왔다.

"무슨 일이요?"

울상을 지으며 자전거를 가리키자 아저씨는 시계를 한번 보더니 까밀로 옆에 쪼그리고 앉았다. 더 작은 돌을 구해 와서 까밀로는 체인을 붙잡고 아저씨는 돌로 망치질을 해서 한참 만에 다시 체인이 연결되었다. 아무래도 오늘은 하늘이, 아니 쿠바 사람들이 작정하고 우릴 도우려나 보다.

이제 경사진 산길은 끝나고 바다가 가까워졌다. 즈 도에는 이정도 즈음에 멋진 해변이 하나 나올 거라고 했는데 아직 뭍었는지 표지판도 하나 보이지 않는다. 이미 물은 다 떨어졌고, 슬슬 지치기 시작한다. 마을이 나올 때까지 일단 앞으로, 앞으로. 드디어 왼쪽 길가에 나타난 허름한 시골집 앞에 어린 애기들이랑 앉아 있는 젊은 여자를 만났다.

"바리구아 해변으로 가려면 어디로 가야 되나요?"
"여긴데요? 우리 집 바로 뒤."

집 바로 뒤가 바리구아 해변이라고? 바람에 뽑힌 썩은 나무와 쓰레기가 나뒹구는 저기가? 비키니 수영복에 비치타월까지 챙겨왔는데 도저히 해수욕을 할 수 있는 분위기가 아니었다. 더구나 남의 집 뒷마당에서 비키니는 좀 그렇잖아.

"이 여행책 쓴 사람, 여기 와본 거 맞아?"
"모르지, 그 사람 때문에 유명해져서 여기가 이렇게 된 건지도."

설마 보까 데 유무리도 이런 건 아니겠지? 우리가 낚인 게 아닐까 불안감이 밀려왔지만 지금부터 책은 그냥 덮어버리기로 했다. 여행은 결과보다 과정이니까. 고맙다는 말을 남기고 나오려는데 그녀가 코코넛 주스를 사먹지 않겠냐고 물었다. 시원한 게 마시고 싶기는 한데 아쉽지만 우리는 둘 다 코코넛 주스를 싫어한다. 풀 비린내가 나는 듯한 코코넛 물은 무인도에 표류하지 않는 다음에야 별로 마시고 싶지 않다. 우리 반응이 신통치 않은 걸 본 그녀는 가능한 음료를 차례대로 읊었다.

"커피? 맥주? 차?"
"어… 그럼, 맥주 주세요."

거기서 차마 'No' 라고 할 수는 없었다. 마당에 애 둘과 강아지 한 마리, 우리를 남겨두고 마당을 뛰쳐나간 그녀는 옆집에서 처음 보는 상표의 맥주 캔 하나를 들고 돌아왔다.

"1CUC예요."

아무리 지역 맥주가 상대적으로 싸다지만 상점에서 파는 가격을 그대로 받다니, 나 같으면 주변에 가게도 없겠다 적어도 두 배는 받았을 텐데. 돈을 건네자 여자는 고맙다고 두 번이나 인사를 했다. 맥주 한 캔을 더 살 수 있냐고 물었더니 하나뿐이라며 아쉬워한다. 우리 때문에 옆집 아저씨는 꽁꽁 아껴 두었던 맥주를 마실 수 없게 됐다.

맥주 기운에 다시 힘을 얻어 한참을 내달렸다. 드디어 평평한 길이 나오고 우리를 위로라도 하듯이 달력에서나 봤을 법한 놀라운 바다가 눈앞에 펼쳐졌다. 옥색 바다에 검은 자갈과 모래가 섞인 해변, 그리고 야자나무 잎으로 지붕을 올린 집들. 이렇게 소리를 지르면서 자전거를 타보는 건 처음이었다.

길 가던 남자애들이 보까 데 유무리가 얼마 남지 않았다고 알려줬다. 빨리 가서 시원한 물도 마시고 밥도 먹어야지. 왼쪽엔 바다, 오른쪽으로는 바로 절벽이 나 있는 해안도로를 따라 계속 달렸다. 몇천 년, 아니 몇만 년 전에 생겨났을 자연 터널도 지나쳤다. 내가 여기 있다는 사실만으로도 통장을 탈탈 털어 여행을 온 게 전혀 아깝지 않았다.

검은 자갈 해변이 끝나는 지점에 자전거를 멈췄다. 바닷물이 육지 쪽으로 깊숙이 들어와 있는 걸 보니 아무래도 여긴가 보다. '보까 데 유무리'의 보까는 강과 바다가 만나는 지점을 뜻하기 때문이다. 길 아래에는 시멘트와 나무로 만든 작은 집들이 모여 있고 노를 저어 움직이는 고깃배 두세 척이 나무에 묶여 있었다. 선착장에 앉은 대여섯 명의 사람들이 우리를 쳐다봤다.

"여기가 보까 데 유무리인가요?"
"씨(네, 맞아요)."

그런데 사람들의 얼굴이 여긴 왜 왔냐는 표정이다. 지금 눈앞에 보이는 게 보까 데 유무리의 전부였다. 물론 강을 계속 거슬러 올라가면 인간의 손을 전혀 타지 않은 자연 그대로의 정글이 나온다고는 하지만, 여기서는 그쪽으로 가는 배가 없다고 했다.

　하나뿐인 가게는 바라꼬아에 사는 종업원이 며칠째 출근을 안 한다 하고, 식당도 장사를 접은 지 오래였다. 가방에는 미지근한 생수 반병과 아침에 챙겨온 빵 두 덩어리뿐이다. 자전거를 세워 두고 길가에 앉아 입에 빵을 뜯어 넣는데 괜스레 웃음이 났다. 여기까지 오면서 충분히 즐거웠고, 고마웠고, 행복했으면서, 나는 뭘 더 바랐던 걸까. 사람을 만날 때에도 완벽한 사람을 찾기보다 상대를 알아가는 과정이 더 중요한 것처럼 여행도 그런 것인데 말이다.

　잔잔하게 파도가 밀려오는 검은 자갈밭을 거닐다가 다시 자전거에 올라탔다. 돌아가는 길에선 또 누굴 만나고 어떤 일이 벌어질까 궁금해지던 찰나, 이번에는 까밀로의 자전거 체인이 두 동강 나 아예 탈 수 없게 되었다. 할 수 없이 지나가는 트럭을 겨우 붙잡아 타고 바라꼬아로 돌아왔다. 그리고 우리는 하루 동안 택시를 빌릴 수 있을 만큼의 돈을 지불해야 했다.

여기까지 오면서 충분히 즐거웠고, 고마웠고, 행복했으면서
나는 뭘 더 바랐던 걸까
사람을 만날 때에도 완벽한 사람을 찾기보다
상대를 알아가는 과정이 더 중요한 것처럼
여행도 그런 것인데 말이다

아바나
산타클라라

체 게바라와 게릴라들이 잠든 곳
산타클라라
SantaclaRa

왁자지껄한 소리에 눈을 떠보니 이미 창밖은 환히 밝아 있었다. 시계를 보니 새벽 6시, 무려 열여섯 시간을 버스 안에 갇혀 있었던 셈이다.

이른 아침인데도 터미널 주변에는 꽤 많은 사람들이 오가고 있었다. 마차에 야채와 과일을 싣고 가는 농부, 일요일인데도 교복을 입은 아이를 자전거에 태우고 가는 아버지, 부지런히 여행자들의 손을 잡아끄는 택시 기사들. 아직 잠이 덜 깬 탓인지 눈앞의 풍경과 뜻 모를 말소리들이 모두 꿈처럼 느껴졌다. 바로 앞에서 들려오는 백인 청년의 목소리에 몽롱했던 정신이 확 돌아왔다.

"혹시, 바라꼬아에서 온 꼬레아노들?"

"맞아요, 에다 아줌마 집에서 묵었던 사람들이에요."

"아, 제대로 찾았네요. 난 까를로스라고 해요. 어머니가 에다 아줌마 전화를 받고 마중 나가라고 해서 왔어요. 따라오세요."

까를로스는 말이 끝나기가 무섭게, 타고 온 자전거 페달을 밟고 내달릴 기세였다.

“잠깐만요, 여기서 걸어갈 수 있는 거리인가요? 짐이 좀 많아서요.”

“아뇨, 저기 서 있는 택시를 타고 절 따라와요.”

진작 그렇게 말할 것이지, 혼자 그냥 가버리면 우리더러 어쩌라는 거야. 내가 혼잣말로 구시렁댔더니 까밀로가 길 건너편을 가리키며 말했다.

“저기 마차 한 대가 서 있는데, 우리 저거 한번 타보자. 어차피 거리도 가까울 텐데 비싸게 택시 탈 필요는 없잖아.”

그래서 우리는 마차에 배낭을 싣고는 마부 뒷자리에 자리를 잡고 앉았다. 택시를 잡으려고 두리번거리던 중년의 백인 여행자 커플도 우리를 따라 마차에 올라탔다. 바닥이 고르지 않아서 좀 덜컹대기는 했지만, 딸깍딸깍 하는 말발굽 소리가 제법 낭만적이었다.

“그런데 요금이 얼마인지 물어보지도 않고 그냥 타도 될까?”

“괜찮아. 시골에서는 다들 마차를 택시보다 더 많이 타니까, 한 사람당 1페소면 충분할 거야. 우리는 외국인이니까 좀 더 받는다고 해도 둘이 합쳐 1CUC쯤 주면 될걸.”

택시는 기본 요금이 있어서 아무리 짧은 거리라도 2CUC가 넘는다. 그러니 마차를 타면 길거리 피자 네 조각 사먹을 돈 정도는 아끼는

여행자들에게 바가지를 씌우는 사람들…
우리에게는 맥주 한 병 값이지만, 그 마부에겐
아이의 낡은 운동화를 새 걸로 바꿔줄 수 있는 귀한 돈일 것이다

셈이었다. 좁은 골목을 몇 개 지나쳐서 5분쯤 갔을까, 이윽고 마차는
까사 앞에 멈춰 섰다.

"그라시아스. 꽌또 꿰스타(고마워요, 얼마죠)?"

까밀로가 동전 지갑을 꺼내며 묻자, 마부는 우리를 한 사람씩 가리
키더니 검지를 세워 들었다가 손바닥을 쫙 폈다.

"한 사람에 1페소 50 센타보스, 둘이 합쳐 3페소네."

까밀로가 동전을 세어 마부에게 건넸다. 그러자 그는 두 눈을 동그
랗게 뜨더니 양손을 옆으로 휘휘 저으며 말했다.

"노, 노, 노. 쎄우쎄."

순간 우리는 황당한 표정으로 서로의 눈을 마주쳤다.

"노소뜨로스 엑스뜨란헤로, 뻬로 노 이디오따, 쎄뇰(우린 외국인, 하
지만 바보는 아니에요, 아저씨). 에스딴 수삐씨엔떼(그거면 충분하잖아요)."
"노, 노오. 에스딴 빠라 꾸바노스(그건 쿠바 사람들 돈이잖우)."

마부가 워낙 정색을 하는 바람에 우리는 옆에 서 있던 까를로스에
게 도움을 청하는 눈빛을 보냈다. 그러나 까를로스는 팔짱을 낀 채 먼

산만 바라볼 뿐 한마디도 거들지 않았다. 어쩔 수 없었다. 미리 요금을
흥정하지 않고 탄 우리가 잘못이었다.

"아무리 우리가 외국인이라지만 이건 너무하는 거 아냐? 어떻게
서른 배 넘게 바가지를 씌울 수 있지?"

방에 들어오자마자 나는 물을 벌컥 들이켜고는 화부터 냈다.

"아마 그 아저씨는 오늘 5분 만에 하루치 수입을 다 벌었을걸. 그
래도 어쩌겠어. 그 돈 없다고 우리가 밥 굶는 건 아니니까 그냥 좋은
일했다 쳐야지, 뭐."
"마부 아저씨도 아저씨지만, 나는 까를로스가 더 얄미워. 뻔히 바
가지 씌우는 거 알면서도 어떻게 그렇게 먼 산만 쳐다보고 있냐구."
"그러게. 더구나 우리는 자기 집에 묵을 손님인데 말이야. 왠지 첫
인상부터 맘에 안 든다."

나중에 비슷한 일을 여러 번 겪고 나서야 우리는 유독 까를로스만
그런 게 아니란 걸 알았다. 쿠바 사람들은 다른 사람이 외국인을 상대
로 터무니없이 비싼 가격을 불러도 그 자리에서는 절대 가타부타 끼
어드는 법이 없었다. 그건 그 사람의 비즈니스이기 때문이다. 트리니
다드에서 호세도 그랬다. 집에서 만든 과자를 파는 아저씨가 손톱만
한 과자 하나에 무려 3페소를 달라고 했을 때 호세도 아저씨 앞에서는
아무 말도 하지 않았다. 그러다 우리가 과자를 안 사고 돌아서자 그제

야 "저 남자 미쳤어. 저걸 3페소나 받아?" 하고 조용히 속삭였던 적이 있다.

아마도 그런 행동에는 서로가 서로의 어려운 처지를 손바닥 보듯 빤하게 알고 있다는 말없는 공감대가 깔려 있었을 거다. 우리에게는 맥주 한 병 값이지만, 그 마부에겐 아이의 낡은 운동화를 새 걸로 바꿔 줄 수 있는 귀한 돈이란 걸 알기 때문이다. 그런 마음을 이해 못하는 건 아니지만 쿠바 사람들에게 여행자들이 걸어다니는 지갑 정도로만 비치는 게 아닐까 씁쓸했다. 그리고 그건 그들의 잘못이라기보다는 우리 같은 여행자들이 그들을 그렇게 바꿔놓은 탓이 크다는 죄책감을 떨칠 수가 없었다.

해가 서쪽으로 한참이나 기울 때까지 자다가 배에서 꼬르륵 하는 소리 덕분에 겨우 일어났다. 대충 씻는 둥 마는 둥 하고 나왔더니 거리는 한산했고, 날씨는 찌는 듯 무더웠다. 까사가 있는 인데펜덴시아 (Independencia) 길에는 각종 상점과 카페, 식당들이 줄지어 있었는데, 서유럽의 어느 도시에 온 듯한 착각이 들 만큼 거리도, 가게들도 굉장히 깔끔해서 되레 어색할 지경이었다.

조금만 더 가다가 꼴론(Colon) 거리에서 왼쪽으로 꺾으면, 산타클라라의 중심가인 비달 공원(Parque Vidal)이 나온다. 공원은 찻길 하나를 사이에 두고 안쪽과 바깥쪽에 각각 사람이 걸을 수 있는 인도가 띠처럼 둘러져 있는데, 옛날에는 이런 식으로 백인과 유색인, 남성과 여성이 걷는 길이 서로 구분되어 있었다고 한다. 공원 안과 주변에는 가족이나 연인과 함께 나온 사람들이 일요일 오후의 여유를 즐기고 있었다.

한쪽에 있는 마르띠 도서관(Biblioteca Marti) 앞에서는 할아버지 밴드의 흥겨운 연주에 맞춰 사람들이 너도나도 춤을 추고 있었다. 대부분 중장년층이었는데, 그중에서도 하얀 남방에 번쩍번쩍 빛나는 구두를 신은 한 할아버지의 춤 실력이 보통이 아니었다. 여러 명의 아주머니, 할머니와 돌아가며 스텝을 밟는 할아버지는 분명 젊었을 때 동네에서 한가락 하는 한량이었을 듯싶었다.

낭만적인 풍경과는 달리 유달리 오줌 냄새가 진동하는 모퉁이를 돌아 엘 까스띠요(el Castillo. 성) 식당을 찾아갔다. 주민들이 주로 가는 값싼 페소 식당이라고 들었는데, 이름이 너무 거창해서 근사한 레스토랑은 아닐까 살짝 걱정이 되기도 했다.

그러나 식당 앞에 다다르자 금방 그 이유를 알 수 있었다. 안에는 커다란 대리석 기둥이 우뚝 솟아 있었고, 벽에는 대성당에서나 볼 법한 스테인드 글라스와 타일이 장식돼 있어 마치 오래된 성 안에 들어온 느낌을 주었다. 하지만 정작 식당은 테이블 놓을 공간도 없이 기둥 옆에 있는 바에서 음식을 주문하고 바로 그 자리에 서서 밥을 먹어야 했다. 우리는 두툼한 돼지고기 스테이크에 쌀밥이 곁들여진 음식을 주문했다. 레슬링 선수처럼 단단하고 큰 몸집의 아저씨가 금방 음식을 내왔다.

"세상에, 진짜 고소하고 맛있어. 불맛이 느껴지는걸. 고기도 아주 커."

쿠바에 온 뒤로, 다 좋은데 음식 하나는 정말 먹을 게 없다는 말을 입에 달고 살던 나는 감격했다.

"정말, 만날 먹던 돼지고기인데도 완전히 다른 음식 같네. 이게 진짜 35페소 맞아? 혹시 35CUC인 거 아냐?"

까밀로는 아침에 마차 요금 때문에 받은 충격이 컸는지 대뜸 가격부터 의심했다. 그러나 분명히 가격은 35페소, 그러니까 2CUC가 채 안 되는 돈이었다.

"쿠바란 나라는 정말 알다가도 모르겠어. 똑같이 나라에서 운영하는데도, 어떤 데는 얇고 질겨 터진 고기를 10CUC씩 받고, 또 어떤 데는 10CUC를 달라고 해도 '감사히 먹겠습니다' 할 만한 이런 음식을 고작 2CUC에 먹게 해주고 말이야."

고기를 질겅질겅 씹으며 우리가 이런 대화를 나누느라 정신없는 사이, 옆에서는 흰 가운을 입은 젊은 남녀가 그런 우리를 곁눈질로 힐끗 쳐다보며 조용히 밥을 먹고 있었다.

"이 근처에 의대가 있나 봐. 오는 길에도 저런 가운 입은 애들이 계속 지나갔잖아."

나는 배고픈 걸 못 참고, 까밀로는 궁금한 걸 못 참는다. 두 사람 쪽으로 고개를 돌리는가 싶더니 어느새 인사를 건네는 까밀로.

"안녕하세요? 의사들이세요? 아니면 약사?"

그러자 서로 쳐다보며 빙긋 웃던 두 사람 가운데 젊은 남자애가 대답했다.

"아직은 아니에요. 우리는 라틴아메리카 의과대학에 다니는 학생들이에요."
"그 학교는 아바나에 있는 학교 아닌가요?"

까밀로가 아는 체를 했다. 이번엔 내가 까밀로에게 되물었다.

"까밀로도 그 학교 알아?"
"응, 올봄에 소피가 쿠바 다녀와서 쓴 글에서 읽은 적이 있거든."

소피는 캐나다 밴쿠버에서 까밀로와 같은 단체에서 활동하던 대학생 친구였다.

"맞아요. 아바나에 있는 게 본교고, 산띠아고랑 여기 산타클라라에도 캠퍼스가 있어요."
"그럼 쿠바 학생들이 아니겠네요?"
"네, 저는 니카라과에서 왔고, 이 친구는 과테말라가 고향이죠."

두 사람과 까밀로에 따르면, 라틴아메리카 의과대학은 주로 라틴아메리카나 카리브 해의 가난한 나라 출신의 학생들을 쿠바에 데려와 완전 무료로 의술을 가르친 뒤, 각자 자기네 나라에 돌아가서 가난한 사람들의 병을 고쳐주라고 쿠바 정부가 세운 학교다.

우리가 한국에서 왔다고 하니까 둘은 자기네 학교에는 2005년 파키스탄 대지진 이후로 파키스탄 학생들도 몇백 명이 다니고 있단다. 학생 수만 해도 1만 명이 넘는 세계에서 가장 큰 의료 교육기관인 그 학교에는 중남미뿐만 아니라 아프리카나 아시아, 심지어 놀랍게도 미국에서 온 학생들도 상당수 재학 중이라고 한다. 미국 학생들도 모두 무료인 건 물론이다.

수업 시간이 다 됐는지 두 사람은 서둘러 식사를 마치고 사라졌다. 그러고 보니 우리는 둘의 이름도 물어보지 못했다. 물끄러미 우리의 대화를 듣고만 있던 식당 아저씨가 "저 학생들은 쿠바 정부가 주는 장학금으로 여기 와서 공부하는 외국 애들이야."하고 이미 아는 이야기를 한번 더 강조한다. 어깨에 잔뜩 힘을 주고 팔짱을 낀 채 말하는 아저씨의 표정에서 뿌듯함이 느껴졌다.

쿠바가 세운 이상하고 아름다운 학교, 라틴아메리카 의과대학
세계 각지에서 가난한 학생들을 데려와
8년 동안 생활비까지 대주며 무료로 의술을 가르치는 학교
그 대신, 졸업 후 자신이 살던 지역으로 돌아가
가난한 사람들을 위허 2년간 의료봉사를 하는 것이 유일한 조건인 학교

학교는 학생들에게 무료로 의술을 가르치고
학생들은 졸업 후 가난한 사람들의 병을 고쳐주는 의사가 된다

산타클라라가 있는 비야 클라라(Villa Clara) 지방에는 레메디오스 (Remedios)라는 작은 마을이 있다. 원래 산타클라라보다도 먼저 생겨난 마을이었다는데, 바다가 가깝다 보니 하도 해적들의 약탈이 심해서 그곳에 살던 주민들이 집단 이주해서 생긴 도시가 지금의 산타클라라였다. 그래서 우리는 레메디오스에 가면 식민지 시절의 흔적들을 좀 볼 수 있지 않을까 하는 기대를 안고 차편을 알아보러 버스 터미널에 들렀다.

비달 공원에서 서쪽으로 1킬로미터 정도 걸어서 도착한 터미널은 비교적 규모가 큰 편이었고 꽤 많은 사람들로 붐볐다. 산타클라라가 이 지방의 수도라, 인근 도시와 시골을 오가는 버스들이 모두 이곳을 거쳐 가기 때문인 듯했다. 그러나 내부는 쿠바에서 본 터미널 중에서도 가장 지저분하고 낡아 있었다. 부서진 지 몇 년은 된 듯 뼈대만 남아 있는 대합실 의자하며, 쇠창살만 덩그러니 쳐져 있는 창구, 그리고 화장실이 넘쳤는지 오줌 냄새가 코끝을 찔렀다. 이런 곳에 따로 외국인을 위한 안내 창구가 있을 리는 만무했다.

어쩔 수 없이 이리저리 수소문한 끝에 레메디오스로 가는 버스는 하루에 딱 한 번, 그것도 새벽 6시에 떠나서 오후 3시에 돌아오는 것

264

밖에는 없다는 걸 알아냈다. 혹시나 해서 터미널 앞에 있는 택시 기사에게 요금을 물었더니 왕복 20CUC면 태워 주겠다고 했다. 그러나 돈이야 먹는 걸 좀 아끼면 된다고 쳐도, 택시를 대절해서 다니는 여행은 영 우리 체질에 맞지 않아서 결국 포기하고 말았다.

"우리 오토바이를 빌려서 가볼까? 게다가 여기는 체 게바라의 도시잖아. 모터사이클 다이어리!"

그래서 다시 비달 공원으로 되돌아가 거기서 또 사람들에게 물어 물어, 기차역 방향으로 500미터쯤 되는 거리에 있는 렉스(Rex)라는 대여점을 겨우 찾아냈다. 그러나 사무실 문은 굳게 잠겨 있었고, 잠시 자리를 비운다는 메모 한 장 붙어 있지 않았다. 입구에 있는 컨테이너 박스에 있던 아저씨가 다가와서 무슨 일이냐고 말을 걸었다.

"오토바이를 빌리러 왔는데, 아두도 없어서요."
"응. 아까 오전에 나갔는데 아직 안 돌아오네."
"그럼 언제 올지도 모르구요? 혹시 연락처 같은 건 없으세요?"
"난 몰라. 좀 더 기다려보든지 아니면 내일 오전에 다시 오든가."

시계를 봤더니 이미 오후 2시 반. 용케 직원을 만난다고 해도 지금 레메디오스에 가기에는 다소 늦은 시각이었다. 아저씨에게 내일 아침에 다시 올 테니 그 직원을 만나면 꼭 좀 말을 전해달라고 부탁하고 돌아섰다.

다음날, 우리는 하루 여행에 필요한 보까디또와 물, 비스킷을 챙겨 들고 대여점을 찾았다. 그러나 오늘도 문은 잠겨 있고 직원은 없었다. 어제의 그 아저씨에게 가서 또 물었다.

"내가 말을 전하긴 했는데… 왜, 그 사람 지금도 없어?"
"네. 혹시 이 직원 집이나 갈 만한 데는 모르세요?"
"집은 모르고, 오후에 비달 공원 근처 식당에서 일한다나 뭐라나, 그런 이야기는 얼핏 들었어."

황당했다. 쿠바에서 이런 상황이 처음은 아니지만, 아무리 겪어도 도무지 초연해지지가 않는다. 더그나 한창 일할 시간에 다른 가게에서 일을 하고 있다니. 속에서 부아가 치밀어 올랐다. 나보다 더 열 받은 건 까밀로였다. 어젯밤에 오토바이를 타는 꿈까지 꿨다는 그였다.

"도저히 못 참겠어. 오토바이는 이제 됐고, 내 이 양반 꼭 찾아내서 따지고야 말겠어."

그의 눈은 산띠아고 생수 사건 때보다 몇 배 더한 오기로 불타고 있었다. 우리는 비달 공원을 중심으로 추적에 들어갔다. 어차피 한 다리 건너면 서로 다 아는 고만고만한 동네라 찾는 게 불가능할 것 같지는 않았다.

그런데 막상 사람들에게 물어보니까 다들 고개만 흔들 뿐이었다. 중간에 자기가 그 직원이라고 선선히 자수하는 사람을 만나 잠시 환호

성을 터뜨리기도 했는데, 알고 보니 자기 오토바이를 빌려주고 돈을
받으려는 사람이었다. 그렇게 점심시간을 훌쩍 넘기도록 렉스 직원을
찾아다니던 우리는 결국 두 손을 들고 말았다.

"나 이제 화는 안 나고, 배만 고파."
"그래, 포기하자. 이왕 이렇게 된 거, 사실 그 사람 찾는다고 뭘 어
쩌겠어."

산타클라라 리브레 호텔 뒷골목의 어느 작은 식당으로 들어갔다.
그런데 웬일로 까밀로가 앉아서 주문을 하지 않고 직접 바로 다가간다
싶더니 종업원과 뭔가 옥신각신하기 시작했다.

"왜 그래, 무슨 일이야?"
"드디어 찾았어. 이 사람이 그 렉스 직원이야."

까밀로는 음식을 주문하면서 혹시나 하는 마음에 물어본 거였는데
공교롭게도 딱 마주친 거였다. 그 남자는 도대체 왜 그러냐는 표정으
로 우리를 쳐다보고 있었다. 키는 별로 크지 않았지만 그가 한 대 때리
면 까밀로 정도는 죽겠다 싶을 정도로 몸집이 좋은 백인이었다. 그러
나 까밀로는 전혀 아랑곳하지 않고 근무시간에 여기서 이러고 있는 게
말이 되냐고 몰아세우더니, 나중에는 급기야 체 게바라와 혁명까지 들
먹이기 시작했다. 속으로 난 저건 좀 오버다 싶었는데, 가만히 듣고 있
던 남자가 퉁명스럽게 대꾸했다.

"이봐, 친구. 렉스에서 나오는 월급으로는 먹고 살기 힘들어서 이러는 거 아니우. 당신이 이해해야지."

"물론 나도 그런 건 이해해요. 하지만 어찌 됐건 당신 때문에 우리 같은 사람들이 피해를 입는다는 걸 안다면, 적어도 미안하다는 말 한 마디는 해야죠."

"그래요, 그럼. 내가 미안하게 됐스다. 이제 됐수?"

순간 우리는 말문이 탁 막혔다. 하긴 그 자리에서 무슨 말을 더 할 수 있었을까. 악수를 청하는 걸로 마구리짓고, 주문한 밥까지 다 먹고 그곳을 나왔다.

이제 어차피 레메디오스는 물 건너갔고, 아바나로 돌아가는 버스표나 미리 예약해두려고 여행사 사무실에 들렀다. 작은 사무실에는 여직원 혼자서 근무하고 있었다. 표를 알아보기 위해 버스 터미널에 전화를 건 그녀는 예약을 담당하는 직원이 자리에 없다며 난처해했다. 그러고는 여기저기 전화를 돌리기 시작했다. 그러기를 10여 차례, 드디어 다른 직원과 통화할 수 있었다. 이미 좀 전에 대여점 소동을 겪은 우리는 그냥 그러려니 싶었다. 오히려 우리 때문에 땀을 뻘뻘 흘리면서도 끝까지 친절함을 잃지 않은 여행사 직원에 대한 고마움이 덕분에 배가 되는 느낌이었다.

아무것도 한 건 없는데 이리저리 정신은 정신대로 없었던 하루는 그렇게 저물어가고 있었다. 까사로 돌아가기 전에 복잡한 머리를 정리하고 싶어서 인데펜덴시아 거리에 있는 카페에 들어갔다. 바에는 쿠바 청년 두 사람이 서양 여자 둘을 사이에 두고 술을 마시고 있었다. 한눈에 보기에도 히네떼로들이었다. 그들은 천장에 매달린 텔레비전에서 마이클 잭슨의 '빌리 진(Billie Jean)' 뮤직비디오가 흘러나오자, 목청껏 따라 부르기 시작했다. 그중 하나가 우리 쪽을 쳐다보며 같이 따라 부르자는 신호를 보내왔다. 속으로 '됐어, 우린 지금 그럴 기분 아니거든' 하고 그냥 씹었더니, 그 다음부터는 우리는 안중에도 없이 자기네끼리 계속 크게 웃고 떠들었다.

"체 게바라도 이런 거 알까?"

내가 먼저 말문을 열었다.

"알면 관에서 벌떡 일어났겠지. 적어도 카스트로는 알고 있을 거야."

"아까 그 오토바이 아저씨 말이야, 사실 난 좀 미안하기도 했어."

"왜?"

"그 아저씨가 잘한 건 없지만, 그래도 월급만으로는 가족들 먹여 살리기가 쉽지 않은 건 사실이니까 말이야."

"맞아. 아마 그 사람도 마음이 편치 않았을 거야. 쿠바에 사는 것도 아니고 그런 입장에 처해보지도 않은 우리 같은 애들한테 욕을 얻어먹었으니. 하지만 처지가 어렵다고 무작정 이해해줄 수만도 없는 노릇이잖아. 그렇다면 똑같이 힘들어도 아까 그 여행사 직원처럼 성실하게 일하는 사람은 뭐가 되겠어."

미국의 계속되는 경제봉쇄로 조금씩 지쳐 가는 사람들
그들에게 말해주고 싶다
쿠바를 응원하는 사람들이 있다고, 그러니 조금만 더 힘을 내라고
우리에게 다른 내일이 되어 달라고

“하긴 그래. 까놓고 말해서, 오토바이 아저씨는 다른 사람들에 비하면 그래도 상황이 훨씬 나을 거야. 영어도 잘하고, 외국인들 상대해서 CUC도 꽤 벌 테니까.”

솔직히 시골에서 힘들게 농사 짓는 농민들이나 하루 종일 공장에서 일하는 노동자들이 불평하는 건 충분히 이해한다. 그런데 힘들어 못 살겠다고 불평이 더 심한 사람들은 외국인들을 상대로 한 달 월급의 몇십 배를 버는 사람들이나 까사 주인들이다. 도시로 보면, 관광객들이 많이 찾아서 상대적으로 경제적인 여유가 있는 사람들이 많은 산타클라라가 다른 어떤 도시보다도 불친절하고 돈에 집착했다.

“그래서 나는 산타클라라가 더 정이 안 가. 우리가 가본 어느 도시보다 살 만한 곳인데, 사람들은 다들 돈, 돈, 그러기만 하는 것 같아.”

사회주의 혁명을 하겠다고 목숨까지 바친 체 게바라를 보기 위해 해마다 몇백만 명이 찾아오는 게바라의 도시, 그러나 쿠바에서 가장 자본주의에 가까운 얼굴로 변해버린 도시. 참 기가 막힌 모순이었다.

블린다도
기차 탈취
기념비

산타클라라에서 하루를 남겨두고 아침부터 언짢은 일이 생겼다. 버스 시간이 일러서 주인 아주머니에게 내일 아침밥을 좀 일찍 먹을 수 없냐고 부탁했더니 노골적으로 귀찮은 표정을 지으면서 돈을 더 내라는 거다. 도로 사정이 좋지 않은 쿠바에서는 도시와 도시를 운행하는 버스가 이른 아침에 떠나는 경우가 많아서 그동안 다른 주인들은 당연하다는 듯이 부탁을 들어줬다. 가난한 집도 아니고 우리가 다녀본 까사 중에 집도 가장 컸고, 대형 텔레비전 두 대에 최신형 냉장고까지 갖춘 집에 살면서 야박하게 구니까 더 서운하고 그나마 남아 있던 정까지 확 떨어졌다. 대신 차 한 잔은 줄 수 있다고 하길래, 그냥 괜찮다고 말하고는 까사를 나왔다.

근처에는 극적인 혁명 드라마의 여운이 그대로 담겨 있는 유적이 하나 있었다. 블린다도 기차탈취 기념비(Monumento a la Toma del Tren Blindado)였다. 1958년 12월 29일, 까밀로 씨엔푸에고스(Camilo Cienfuegos)가 이끌던 부대와 체 게바라의 부대는 마에스뜨라 산에서 내려와 산타클라라를 협공하게 된다. 다급해진 바띠스따 정부는 지원 병력과 중화기를 가득 실은 열차를 보내 산타클라라 방어에 총력을 기울인다. 그러나 게바라는 부러진 팔을 붕대로 대충 감은 채 게릴라들을 직접 진

두지휘해 한 시간 반 만에 열차를 완전 접수하게 된다.

그때 기차에 타고 있었던 정부군은 350여 명, 그들을 포로로 잡은 게릴라들은 겨우 열여덟 명이었다. 그리고 그 소식이 전해진 지 하루 만에 바띠스따는 이웃 도미니카 공화국으로 줄행랑을 쳤다. 겨우 2년 만에, 아무것도 없는 첩첩산중에서 초라한 밑그림을 그리기 시작한 혁명이라는 대작에 비로소 마지막 점을 찍는 사건이었다.

각종 선전물로 화려하게 장식되어 있을 거라는 예상과는 달리, 기념비는 동네 기찻길 옆 빈터에 덩그러니 세워져 있었다. 가늘게 위로 솟아 있는 기념비 옆에는 붉은 벽돌색 기차 한 량이 있었고, 또 그 옆에는 기차를 탈선시킨 철로를 상징하는 콘크리트 조형물이 눈에 들어왔다. 미리 알고 오지 않았다면, 그냥 시골 동네의 쇠락한 기찻길 풍경쯤으로 여기고 무심히 지나치기 딱 좋아 보였다.

활짝 열린 기차 칸 안으로 들어가자 직원 한 명이 무료한 얼굴로 앉아 있다. 입장료도 없었고, 안쪽에 전시되어 있는 당시의 무기들을 사진에 담아도 전혀 제지하지 않았다.

"따지고 보면 20대 1로 싸운 건데, 어떻게 훈련된 군인들을 상대로 그렇게 이길 수 있었을까?"

"게릴라들은 썩어 빠진 세상을 갈아엎는 데 목숨까지 바칠 각오를 한 사람들이었지만 군인들은 그렇지 않았잖아. 자기네끼리 호의호식하는 권력자들을 위해 목숨을 바칠 이유가 전혀 없었던 거지. 그러니까 대충 싸우는 시늉만 하다가 항복한 거 아닐까."

그 밖에도 또 다른 이유가 있었다. 대부분 역사책에서 단 한 줄로 뭉뚱그려 표현되는 사람들, 바로 민중들이었다. 그날, 산타클라라의 주민들은 농장에서 쓰던 트랙터와 불도저를 몰고 나와 철로를 파헤쳐 열차를 멈춰 세웠다고 한다. 그리고 너도나도 화염병을 만들어 열차 주위를 불바다로 만들었고, 그래서 연기와 화염에 벌벌 떨던 군인들이 총을 버리고 밖으로 나오게 된 것이었다. 이것이 20개 1의 전설에 숨겨진 진실이다.

마침 기념비 앞 공터에서는 젊은이들 수십 명이 사회봉사 해단식을 하기 위해 줄지어 모여 있었다. 쿠바에서는 학교를 졸업하게 되면 전공 분야에 따라 1년에서 3년까지 의무적으로 봉사활동을 해야 한다. 무상으로 교육을 시켜준 대가를 값진 땀방울로 공동체에 되돌려주라는 의미와 더불어, 앞으로 사회에 나갈 젊은이들에게 노동과 베푸는 기쁨을 가르치기 위해서라고 한다. 주로 농사일을 거들거나 가난한 사람들이 거주할 집을 짓는 공사현장에서 일하게 되는데, 그래서인지 보라색 티셔츠가 하얗게 색이 바래 있었다.

열차 난간에 걸터앉아 학생들을 바라보던 나는 문득 이런 생각이 들었다. 어쩌면 체 게바라가 남긴 유물은 이 낡아 빠진 열차가 아니라 바로 저들일 거라고, 지난 2년 동안 저들이 흘린 굵은 땀방울일 거라고 말이다.

이제 산타클라라에서 빼놓을 수 없는 체 게바라 기념관(Monumento a Ernesto Che Guevara)을 찾아 나섰다. 그런데 지나가는 사람에게 길을 물으니 본체만체해서 기분이 한 번 상했고, 그걸 보고 다가온 자전거 택시 기사는 우리에게 터무니없는 값을 불러 어이를 상실케 했다. 쿠바에 온 뒤로 온갖 사람들을 만나고 이런저런 일을 겪었지만, 단 한 번도 사람들이 싫다거나 빨리 여기를 떠나고 싶다는 생각이 든 적은 없었다. 그러나 산타클라라는 달랐다. 체 게바라만 보고 빨리 이곳을 벗어나고 싶었다.

이렇게 한 번 뒤틀어진 심사는 체 게바라 기념관에서 드디어 폭발하고 말았다. 널따란 광장에 우뚝 솟아 있는 게바라의 대형 동상을 구경한 다음, 그 아래 있는 전시관과 묘를 향해 계단을 돌아 들어갈 때였다. 경비원이 휘익 하고 휘파람을 불고는 우리에게 손가락을 까딱 하며 따라오라는 것이었다. 왜 그러냐고 물어도 대답조차 하지 않는 그의 태도가 너무 고압적이고 마치 우리를 깔보는 것 같아 나도 모르게 그에게 버럭 소리를 지르고 말았다.

"왜 오라는지 설명을 해줘야 될 거 아냐. 그리고 우리가 강아지도 아니고 그 손가락은 또 뭐예요!"

그렇게 내지르는 순간, 그동안 쌓인 감정들이 눈물이 되어 흘러 나왔다. 경비원은 당황해서 어쩔 줄 몰라 하고, 옆에서는 까밀로가 나를 달래려고 애를 썼다. 내가 겨우 눈물을 그치자, 그 경비원은 실내에서는 사진을 찍을 수 없으니 가방을 맡기라는 뜻이었다고 해명했다. 진작 그렇게 말할 것이지. 그래도 마음은 쉽게 풀리지 않았다.

기념관 안으로 들어서자, 곧바로 체 게바라의 유해가 담겨 있다는 납골묘가 나타났다. 어둡고 경건한 분위기의 그곳엔 체 게바라 주변으로 그와 함께 볼리비아에서 사망한 서른여덟 명의 쿠바 출신 게릴라들의 이름이 돌에 새겨져 있었다.

"난 왜 갑자기 예수와 열두 제자가 떠오르지?"

까밀로가 나직이 속삭였다.

"게바라가 죽고 난 뒤에 시신을 본 사람들도 하나같이 예수의 얼굴과 너무 닮아서 깜짝 놀랐대."
"하지만 우리가 아는 예수 얼굴이 실제 예수 얼굴은 아닌 거잖아."
"물론 그렇긴 한데 단순히 외모만 닮은 게 아니라 두 사람의 일생도 비슷한 점이 많잖아. 평생 가난하고 핍박받는 사람들 편에 선 것도 그렇고, 뻔히 죽을 줄 알면서도 예수는 예루살렘, 게바라는 볼리비아로 들어간 것도 그렇고."

게바라가 죽었던 볼리비아 마을에서는 지금도 아침저녁으로 게바라 사진 앞에서 기도를 드린다고 한다. 그들은 게바라를 성인으로 여기고, 그가 자신들의 기도를 들어준다고 굳게 믿는다. 그 정도까지는 아니지만, 게바라를 혁명가로서가 아니라 행운을 가져다주는 아이콘으로 여기는 건 다른 나라에서도 종종 볼 수 있다. 몇 년 전 이탈리아의 루카렐리란 축구선수가 게바라 얼굴이 그려진 티셔츠를 꺼내 보이는 골 세리모니를 펼친 적이 있다. 그 뒤로 어느 나라 축구장에서건 서포터들이 게바라 얼굴이 들어간 대형 깃발을 흔들면서 응원하는 게 흔

우리 모두 리얼티스타가 되자
그러나 가슴 속엔 불가능한 꿈을 가지자
−체 게바라

HASTA
LA VICTORIA
SIEMPRE

한 광경이 되었다. '게바라 성인이시여, 한 골만 더 넣게 해주소서'라
고 빌면서.

　게바라의 삶에 관한 기록이 보관되어 있는 전시관을 둘러본 뒤 다
시 광장으로 나왔다. 부러진 팔에 붕대를 감고 다른 한 손에는 총을
든 채 남아메리카 대륙을 향해 걸어가는 게바라의 동상이 아까보다
더 높고 당당해 보였다. 그리고 그 아래에는 까를로스 뿌에블라(Carlos
Puebla. 쿠바의 대표적 민중시인·작곡가)가 그에게 바친 시의 마지막 구절이
새겨져 있었다.

　"승리의 그날까지 영원히(Hasta la Victoria Siempre)!"

　먼 길을 돌고 돌아 만난 게바라가 우리를 향해 던진 마지막 외침이
었다.

★체 게바라(Ernesto Che Guevara. 1928~1967)
아르헨티나의 젊은 의학도였던 체 게바라는 모터사이클을 타고 남미 대륙을 여행하다가 핍
박받는 민중들의 삶을 만나게 된다. 그는 모순된 세상을 고치기 위해 가운을 집어던지고 멕
시코로 떠났고, 그곳에서 피델 카스트로를 만나 쿠바 혁명을 꾀하게 된다. 1959년 마침내 쿠
바 혁명을 성공시키지만, 몇 년 뒤 모든 정부 요직을 버리고 다시 볼리비아로 떠난다. 그곳
에서 볼리비아 혁명을 위해 싸우던 그는 정부군에 체포되어 총살당하고, 1967년 10월 9일 서
른아홉의 생을 마친 그의 주검은 유기된 채로 있다가 30년이 지나서야 고국 아르헨티나가
아닌 혁명의 고향, 쿠바 산타클라라에 안치되었다.

아바나
바야모

쿠바의 또 다른 맨얼굴
바야모
BayaMo

"찌릉찌릉, 휘이이익."
"딸깍딸깍, 미라, 미라(조심해요, 조심)."

빠라다(Parada) 길에 발을 내딛자마자, 자전거 택시와 마차가 서로 경쟁이라도 하듯 우리 앞을 지나쳐 간다. 500대가 넘는 마차가 하루 대중교통 이용객의 80퍼센트를 실어 나르는, 유엔도 인정한 친환경 교통 도시라더니 괜한 말은 아닌 듯싶다. 간혹 택시와 트럭이 지나가기는 하지만, 똥주머니까지 뒤에 받치고 당당히 거리를 점령한 마차들에게 막혀 전혀 맥을 못 춘다.

동네 사람들이 그냥 '센뜨로'라고 부르는 빠라다 길을 따라가면 세스뻬데스 공원이 나온다. 지금으로부터 150여 년 전, 세스뻬데스(Carlos Manuel de Cespedes)는 바로 이 공원에 자리 잡은 시청 앞에서 식민지 쿠바의 독립을 선언했다. 그는 자신의 사탕수수 농장에서 일하던 흑인과 뮬라토들에게 노예의 굴레를 벗겨주는 대신 압제자들에 맞서 함께 싸울 것을 요구했고, 그들은 기꺼이 하나뿐인 목숨을 바쳤다. 굴종과 가혹한 노예의 삶을 짊어지고 평생을 사느니 단 하루라도 자유인으로 살다 죽기를 택한 것이다.

세스뻬데스 공원은 더할 나위 없이 조용하고 평온했다. 꽝꽝 울려 퍼지는 음악소리도, 떼로 몰려다니며 사진을 찍어대는 관광객도 없었다. 우리는 모퉁이에 있는 카페에서 1페소짜리 진한 에스프레소 한 잔으로 오랜만에 찾아온 평화를 맘껏 즐기기로 했다. 카페라고는 하지만, ㄴ자 모양으로 길게 만들어진 바만 덩그러니 있을 뿐 테이블 따위는 없었다. 우리가 커피를 주문하자 옆에서 차례를 기다리던 한 할아버지가 우리를 흘끔 쳐다봤다. 말을 걸까 말까 망설이는 눈치다.

"안녕하세요. 날씨가 좋죠?"

그러자 할아버지도 머뭇거리며 말을 꺼낸다.

"어, 그래. 아주 좋군. 너희는 어디에서 왔니?"
"꼬레아요."
"남한? 아니면 북한?"

어딜 가나 꼬레아에서 왔다고 하면 항상 이런 질문이 꼬리에 따라붙는다. 이럴 땐 우리가 분단국가에 산다는 게 참 싫다.

"남한이요."
"응, 그렇구나. 남한은 자본주의 국가지, 그렇지?"
"네… 맞아요. 그런데 왜요?"
"응, 다행이군. 자본주의 국가면 좋은 나라니까 말이야."

"하하, 물론 좋은 점도 있겠지만, 나쁜 점도 많아요. 그런데 할아버지는 왜 자본주의면 다 좋은 나라라고 생각하세요?"

그러자 할아버지가 주위 사람들을 곁눈질하더니 공원으로 자리를 옮기는 게 어떠냐고 했다. 이미 바에 있던 사람들이 우리의 대화를 다 들었을 텐데도 그 질문에 대한 대답은 조심스러운 듯했다. 우리는 커피 잔을 든 채로 공원 벤치에 앉았다. 혹시나 해서 카페에 있던 사람들 쪽을 뒤돌아봤지만 아무도 우리에게 관심을 두지 않는 눈치였다.

"당연히 자본주의가 좋지. 여기 쿠바는 정말 지옥 같은 나라야. 가난하지, 자유도 없지. 너희를 봐. 가고 싶은 데는 어디든 여행할 수 있잖아? 우리한테는 꿈같은 이야기야."

"물론 그렇게 생각할 수도 있겠지만, 꼭 그런 건 아니에요. 여행은 커녕 당장 끼니를 걱정해야 하는 사람들이 우리나라에 얼마나 많은데요. 우리도 돌아가면 먹고살 궁리부터 해야 돼요. 가진 돈을 탈탈 털어서 여행 온 거거든요."

"무슨 소리야. 자본주의 국가 사람들은 전부 다 부자야, 부자라구!"

"아이 참, 아니라니까요. 쿠바는 나라에서 공짜로 교육도 시켜주고 치료도 해주지만, 우리는 돈 없으면 학교도 못 다니고 병원도 못 간단 말이에요."

"그래서 쿠바가 한국보다 낫다는 거야?"

"아니, 누가 더 낫다는 게 아니라 쿠바에도 좋은 점이 있고, 한국에도 나쁜 점이 있고 그렇다는 말이죠."

　도무지 할아버지와는 대화가 통하지 않았다. 그는 우리를 통해 자신이 믿는 바가 옳다는 걸 다시 확인하고 싶었을 뿐, 대화를 하려는 게 아니었기 때문이다. 그때 그의 입에서 전혀 예상치 못했던 말들이 흘러 나왔다.

　"이봐 젊은이들, 내가 이야기 하나 들려주지. 내 이름은 에스떼반이야. 난 1952년부터 59년도까지 정부군 장교였어. 그 때문에 무려 15년 동안이나 감옥에 갇혀 있어야 했다구. 상상이 돼? 무려 15년이야, 15년."

　"네? 그럼 혁명군들과 맞서 직접 총을 들고 싸우기도 하신 거예요?"

　"아니, 난 의무장교라서 전투는 안 했어. 하지만 바띠스따가 쫓겨나는 순간까지 충성을 다했지. 그래서 그들이 날 잡아 쳐넣은 거야."

　"그럼 풀려난 뒤로는요? 정부가 계속 못살게 구나요?"

　"그런 건 없어. 먹고사는 건 남들하고 똑같아. 그냥 요 모양 요 꼴로 사는 거지. 아들 셋 낳고 손자도 다섯이 있는데, 그래도 난 지금까지 단 한 번도 쿠바를 탈출하겠다는 생각을 포기한 적이 없어. 그래서 말인데, 혹시… 자네들이 날 좀 도와줄 수 있겠나?"

　"우리가 뭘 어떻게요?"

　"돌아가면 초청장을 좀 보내줘. 초청장만 있으면 난 언제든지 여기를 벗어날 수 있거든."

"그 다음은요?"

"나는 의사면허증이 있으니까 어딜 가든지 돈도 많이 벌고, 그 돈으로 마음대로 자유롭게 사는 거지."

"할아버지, 죄송하지만 그럴 수는 없어요. 만약 우리가 초청장을 보내서 할아버지가 한국에 온다고 하더라도 여기보다 몇 배는 더 힘들게 사셔야 해요. 그 연세에 말도 전혀 안 통하는데, 의사면허증이 있다고 뭘 하실 수 있겠어요? 게다가 할아버지는 아들과 손자들도 있다고 하셨잖아요."

"걔들은 상관없어. 난 여기만 뜨면 그만이야. 그러니 제발 날 좀 도와줘."

그러더니 할아버지는 까밀로가 들고 있던 여행책과 볼펜을 홱 낚아채고는 주소와 이름을 써서 우리에게 건넸다. 완전 막무가내였다. 몇 번이고 신신당부하던 할아버지는 아예 못을 박아야겠다 싶었는지 자기네 집에 놀러가자며 손까지 잡아끌었다. 그러나 그럴 수는 없는 노릇이었다. 할아버지 가족들이 어떻게 사나 궁금하긴 했지만, 괜히 헛된 기대를 품게 하는 것은 못할 짓이다. 대신 연락처라도 적어달라고 조르는 할아버지에게 주소는 적어 드리지만 초청장 부탁은 절대 들어줄 수 없다고 딱 잘라 말하고는 겨우 그 자리를 벗어났다.

그리고 몇 달이 지난 어느 날, 우리는 쿠바에서 온 편지 한 통을 받았다. 그 속에는 도무지 의미를 알 수 없는 그림들과 함께 초청장을 부탁하는 편지와 시력 검사증이 들어 있었다. 그날 바야모에서 만난 바로 그 할아버지가 보낸 거였다.

　　어쩌면 초청장은 할아버지의 남은 삶에 유일한 희망일 것이다. 그 이후에 닥칠 일들은 그에 비하면 하찮은 걱정에 불과할지도 모른다. 그러나 때로는 '희망'이라는 아름다운 단어의 또 다른 이름이 '환상'이 될 수도 있다. 이 구질구질한 삶의 저 너머 어딘가에는 온통 장밋빛 낙원이 펼쳐져 있을 거라는 환상, 그래서 그곳에 가기만 하면 나는 완전한 자유를 누릴 수 있을 거라는 환상 말이다. 그러나 할아버지가 평생을 찾아 헤매던 희망의 파랑새는 어쩌면 할아버지의 집 어딘가에서 그를 기다려왔을지도 모른다. 에스떼반 할아버지, 행복은 화장실 선반 위에 있을지도 몰라요!

"무슨 소리야, 자본주의 국가 사람들은 전부 다 부자야, 부자라고!"
그렇지 않다고 아무리 얘기해도 에스떼반 할아버지는 믿으려 들지 않았다

할아버지, 어쩌면 할아버지가 평생 찾아 헤매던 희망의 파랑새는
할아버지네 집 어딘가에서 할아버지를 기다려왔는지도 몰라요…

돈 때문에 포기한
시에라 마에스뜨라

우리가 빡빡한 여행 일정을 쪼개서 바야모를 찾은 이유는 딱 하나였다. 바로 혁명 게릴라들의 사령부가 있던 시에라 마에스뜨라에 꼭 한 번 가보고 싶어서였다. 시에라 마에스뜨라 산맥은 쿠바에서 가장 높은 뚜르뀌노 산(Pico Turquino)을 비롯해 험준하고 깊은 산들과 강들이 많아, 소수의 게릴라들이 다수의 중무장한 정규군들을 상대로 무장투쟁을 벌이기에는 안성맞춤의 자연환경을 제공해주었다.

우리는 먼저 세스뻬데스 공원에 있는 아바나뚜르(Habanatur) 여행사 사무실을 찾았다. 사무실 벽에 가득 붙어 있는 미국행 비행기 가격표가 특히 눈에 띄었는데, 마이애미와 뉴욕 두 개의 도시를 연결하는 왕복 비행편이 379CUC에서 819CUC의 가격에 팔리고 있었다. 오바마 대통령이 취임한 뒤로 쿠바계 미국인들의 고향 방문을 막는 제한조치들이 완전히 사라지면서 그만큼 비행편도 많이 늘어났나 보다. 아무튼 이런 작은 시골에서까지 표가 팔리는 걸 보면, 비록 쿠바의 정치 체제가 싫어서 미국을 택하긴 했지만, 마음만큼은 여전히 고향에 두고 온 사람들이 얼마나 많은지를 짐작케 한다.

여행사 직원은 자기네는 마에스뜨라에 가는 차편을 알선하지 않는다고 했다. 그 대신 근처 에스꾸엘라 뗄레그라포(Escuela Telegrafo) 호텔에 가서 물어보란다. 그러나 그곳에도 마에스뜨라 투어 프로그램은 없었다. 쿠바 정부 입장에서 시에라 마에스뜨라는 혁명의 성지 중의 성지일 텐데, 이렇게 찾아가기 어렵게 만들어놓다니 선뜻 이해가 가지 않았다. 그나마 호텔 직원이 주위 사람들에게 물어 물은 끝에 시에라 마에스뜨라 호텔에 가보면 방법을 찾을 수 있을 거라고 가르쳐줬다.

우리는 곧바로 자전거 택시를 잡아타고 10분을 넘게 달려 시에라 마에스뜨라 호텔에 도착했다. 다행히 호텔 로비 한구석에 있는 여행사에서 마에스뜨라 차량 투어를 알선하고 있었다. 그러나 시에라 마에스뜨라의 신은 우리의 발길을 쉽사리 허락하지 않았다. 게릴라들의 발자취를 따라가는 트레킹은 최소한 2박 3일은 족히 걸리는 데다 워낙 산이 가파르고 중간에 숙소도 없어서 침낭과 등산화, 모기장 같은 등산 장비를 전부 갖춰야 했다. 게다가 가이드 고용은 필수. 시간도 시간이려니와 그 비용을 다 합치면 도저히 우리가 감당할 수 있는 수준이 아니었다. 그래서 하루 코스로 사령부(Comandancia de la Plata)를 다녀오는 데 드는 비용을 물어봤더니, 대중교통은 아예 없고 무조건 택시를 대절해서 산또 도밍고(Santo Domingo)까지 간 뒤 거기서 다시 택시를 갈아타거나 5킬로미터의 산길을 걸어서 가야 한단다. 이 경우에도 반드시 가이드를 고용해야 했다.

"그럼, 차량과 입장료에 가이드 비용까지 모두 합쳐서 얼마나 들까요?"

"가만 있자… 왕복으로 하면 400CUC 정도는 내야겠는데요."

그 돈이면 한국 돈으로 약 45만 원. 점심을 보통 5백 원짜리 보카디또나 길거리 피자 한 조각으로 때우며 여행하던 우리에게는 억 소리가 절로 날 만큼 큰돈이었다. 그때부터 우리는 로비에 앉아 머리를 싸맸다. 이왕 여기까지 온 거 남은 여행 동안 쫄쫄 굶더라도 일단 지르고 볼까, 아니면 아쉬움을 곱씹으며 포기할까. 우리가 하도 고민을 하자 그 직원이 다가와서 택시비를 좀 깎아주겠다고 했지만 그래 봤자 30~40CUC 차이였다.

"어차피 '우리도 카스트로랑 체바라가 살던 사령부에 한번 가봤다' 뭐 이런 건데 굳이 꼭 가봐야 맛인가. 유명한 곳 잠깐 찍고 돌아오는 여행은 우리 취향도 아니잖아."

이러지도 저러지도 못하던 그 순간에 먼저 마침표를 찍은 건 까밀로였다.

"맞아. 그 돈이면 책 한 권이라도 더 사보는 게 낫고, 그 시간이면 쿠바 사람들하고 이야기 한마디 더 하는 게 나아."

나도 맞장구를 쳤다. 하지만 돌아서는 등 뒤가 왠지 허전한 건 어쩔 수 없었다. 포도를 따먹으려다 안 되니까 '이렇게 시어 빠진 포도를 누가 먹는담, 퉤!' 했다는 여우 이야기도 떠올랐다. 우리는 그렇게 시에라 마에스뜨라를 눈앞에 두고 포기해야 했다. 이게 다 그 놈의 돈 때문이다.

1958년 8월 말, 체 게바라와 까밀로 씨엔푸에고스는 각자의 부대를 이끌고 산에서 내려와 수도 아바나를 향해 진격하기 시작했다. 2년간에 걸친 혁명전쟁을 마무리짓기 위한 최후의 승부수였다. 매복을 피하기 위해 밤에만 걸어서 행군하던 체 게바라 부대는 라스 비야스 지방에서 잇달아 빛나는 승리를 거둠으로써 정부군의 허리를 완전히 두 동강 내버렸다. 사진은 당시의 행군을 형상화한 부조 작품으로, 산타클라라의 체 게바라 기념관에 가면 볼 수 있다.

샤워할 때마다 조금씩 손빨래를 하다가 며칠 게으름을 피웠더니 배낭 가득 구겨진 빨래가 구린 냄새를 풍긴다. 이걸 일일이 손으로 빨다간 하루 종일 빨래만 해야 할 판이라, 까사 주인 귀도 아저씨한테 세탁기를 좀 써도 되겠냐고 물었다. 그러나 아저씨는 세탁기가 없으니까 대신 침대 위에 빨래를 쌓아 놓으면 아주머니가 해줄 거란다. 그러면 아저씨 성격에 분명 세탁비를 따로 받으려 할 테고, 그냥 호의로 해준다 해도 아주머니는 또 무슨 죄를 지었다고 이 많은 빨래를 다 해야 하나 싶어 그냥 손빨래를 하기로 했다.

그런데 아저씨가 잠시 밖으로 나간 사이 청소를 하러 나타난 아주머니에게 물었더니 흔쾌히 옥상에 있는 세탁기를 쓰라고 한다. 아저씨도 참, 세탁기 잠깐 쓰는 게 무슨 대수라고 그걸 못 쓰게 하려고 거짓말까지 하나.

아주머니를 따라 올라간 옥상에는 아무도 살지 않는 작은 옥탑방이 있었고, 그 옆에 딸린 욕실에는 세탁기와 탈수기 한 대만 덩그러니 놓여 있었다. 귀도 아저씨는 이 방도 까사로 꾸밀 계획인지 벽이나 창문에 수리 중인 흔적이 있었다. 어느 틈엔가 따라 올라온 아저씨는 내

키지 않는 얼굴로 "세탁기까지 썼으니까 다섯 밤은 더 자야겠네." 하고 농담을 날렸다. 굵다란 뼈가 박힌 농담이었다.

세탁기는 수도와 연결이 되어 있지 않아서 사용법이 다소 복잡했다. 먼저 세탁기에 호스로 물을 채운 뒤, 세탁하는 동안 탈수기에 물을 받아놓고 세탁된 빨래를 탈수기로 옮겨 헹군다. 이 과정을 여러 번 반복해야 하고, 세탁기가 작아서 빨래를 나누어 하다 보니 손빨래 하는 것만큼이나 시간이 걸렸다. 그리고 계속 번갈아가며 물을 채우려면 세탁기 앞을 떠날 수가 없었다. 다행히 까밀로는 한 번 해보더니 그런 대로 재미있다면서 아예 웃통을 벗고 반바지 차림으로 빨래에 열심이었다. 그러다 나중에는 요령이 생겼는지 물을 채우는 틈틈이 옆에서 양치질과 면도도 하고 팔굽혀펴기도 했다.

이래저래 두 시간 넘게 빨래를 끝내자, 처음에 널었던 빨래는 이미 바짝 말라 있었다. 온몸이 땀과 물로 흠뻑 젖은 까밀로에게 수고한 대가로 특별한 점심을 사주겠다며 손을 잡아 끌었다. 요전 날, 헤네랄 가르시아(General Garcia) 길에서 봐둔 햄버거 가게가 생각나서였다.

쿠바에는 맥도널드나 버거킹 같은 외국계 패스트푸드 가게가 없다. 아, 아예 없는 건 아니다. 관타나모 미군 기지 안에 맥도널드가 하나 있긴 하다. 그러나 미군 외에는 들어갈 수 없으니 없는 거나 마찬가지다. 그 대신 우리끼리 '쿠데리아'라고 불렀던 '엘 라삐도(el Rapido)'라는 쿠바 패스트푸드점이 있다. 전자렌지에 데워주는 즉석 스파게티와 샌드위치, 맥주, 콜라를 파는 엘 라삐도는 대부분 에어컨을 빵빵하게 트는 데다 24시간 문을 여는 곳도 많아서 여행자들에게는 사막에서 만난 김밥천국 같은 곳이다.

이날 까밀로를 데리고 간 곳은 라 바야메사(La Bayamesa)라는, 오로지 햄버거만 파는 나름 전문 식당이었다. 원래 까밀로도 나도 햄버거를 별로 즐겨 먹지는 않지만, 아침은 과일에 빵, 점심은 보까디또나 길거리 피자, 저녁은 고기에 밥, 이런 식으로 날마다 거의 같은 음식만 먹다 보니까 너무 질려서 갑자기 햄버거 생각이 간절해진 거였다. 밥때를 훌쩍 넘긴 시간인데도 식당 안은 빈자리가 거의 없을 정도로 붐볐다. 분위기는 영락없는 80년대 경양식집인데 사람이 많은 걸 보니 맛집이 틀림없어 보였다. 살면서 햄버거가 이렇게 기대되기는 처음이었다.

그러나 한참이나 걸려 식탁에 놓인 햄버거는 재앙이었다. 퍽퍽한 빵 두 쪽 사이에 얇고 말라빠진 고기 패티 한 장, 드문드문 씹히는 시든 양배추가 전부였다. 한 입 베어 물고는 도저히 다 먹을 엄두가 안 나 접시에 다시 내려놨더니 어느새 자기 몫을 해치운 까밀로가 내 접시에까지 손을 뻗었다.

"이 햄버거가 그렇게 맛있어?"

"아니, 남기려니까 아까워서. 내가 웬만하면 맛없다는 이야기는 안 하는데, 이건 정말 상상을 뛰어넘는다. 이거에 비하면 학교 매점 햄버거는 버거킹이야."

새롭고 다양한 음식을 맛보는 즐거움이 여행의 반을 차지한다고 여겨온 나에게 쿠바의 음식은 입맛의 하향평준화를 강요했다. 음식의 가짓수도 적을뿐더러, 일단 식재로 자체가 너무 단조롭다. 원래 쿠바 사람들이 채소를 잘 먹지 않는다지만, 매번 식탁에 올라오는 채소라고는 식초에 버무리거나 삶은 양배추, 아니면 고기에 곁들여 나오는 오이와 토마토가 전부다. 거기에다가 개인들이 운영하는 몇몇 식당을 빼고는 메뉴가 죄다 표준화되어 있다. 어느 식당이든 얇게 썰어 구운 돼지고기나 소고기, 생선, 튀긴 닭고기가 가격만 다를 뿐 똑같이 되풀이된다.

게다가 양념과 같은 부재료가 부족하다 보니 소금간은 맞는데 뭔가 5퍼센트 부족한 음식이 나올 수밖에 없다. 제과점에서 파는 빵과 케이크도 계란과 버터를 충분히 쓸 수 없어 맛이 거칠다. 간혹 솜씨 좋은 주방장을 만나거나 쿠바 사람들이 주로 가는 식당에서 색다른 음식을 맛볼 수도 있지만, 그건 무수한 실패 뒤에 가끔 한 번씩 찾아오는 행운이다.

하긴 쿠바 땅에서 밥투정을 한다는 게 염치없는 노릇이긴 하다. 아직 쿠바가 '고난의 시기'를 헤매던 무렵에 쿠바가 기댈 수 있었던 유일한 돈줄은 외국인 관광객들뿐이었다. 그래서 쿠바 정부는 관광객들을 먹이기 위해 다시 비싼 외화를 들여 멕시코나 자메이카에서 채소를 사와야 했다. 배고픈 개들마저 거리에 몰려다녔다던 그 시절에 말이다. 때문에 비행기 가득 채소를 싣고 돌아오던 조종사들은 당시 자신들의 임무를 '부끄러운 비행'이라고 불렀다고 한다.

그나마 지금은 쿠바 사람들이 밥 굶을 걱정은 안 해도 돼서 참 다행이다. 도시와 농촌의 대규모 농장부터 동네 공터에까지 정성들여 가꾼 텃밭, 그리고 귀도 아저씨네 옥상에서 본 것처럼 조금만 공간만 생겨도 작물을 심고 가축을 기른 노력 덕분이다. 무엇보다 먹을거리를 돈의 가치로 재지 않고 누구나 누려야 할 권리로 인식하게 되면서 쿠

무엇보다 먹을거리를 돈의 가치로 재지 않고
누구나 누려야 할 권리로 인식하게 되면서
쿠바는 비로소 굶주림의 공포로부터 자유로워졌다

바는 비로소 굶주림의 공포로부터 자유로워졌다.

처음에 쿠바가 화학비료나 살충제를 쓰지 않고 지역에서 생산되는 농산물을 바로 그 지역에서 소비하는 친환경 지역농업을 선택했던 것은 순전히 비료나 연료를 사올 외화가 부족해서였다. 그러나 궁하면 통한다고, 오늘날 우리를 떨게 하는 식량 가격 폭등이니 유전자조작이니 구제역이니 하는 것들이 쿠바에서는 남의 나라 이야기가 됐다. 나처럼 날마다 맛있는 것만 찾아대는 사람에겐 아쉬움이 남는 땅이지만, 이곳 사람들은 그 어느 나라보다 깨끗하고 믿을 수 있는 먹을거리를 날마다 식탁에 올리는 즐거움을 누린다.

바야모에서의 짧고 아쉬웠던 며칠을 뒤로 하고 올귄으로 떠나는 날. 아침부터 귀도 아저씨와 한바탕 말다툼을 했다. 방값과 밥값을 합쳐서 84CUC가 나왔다길래 90CUC를 건넸더니 아저씨는 잔돈이 5CUC밖에 없다고 했다. 아까 볼펜을 찾는다고 주머니에서 지폐 한 뭉치를 종류별로 꺼냈다 넣는 걸 우리 눈으로 봤는데도 말이다. 분명히 그런 식으로 슬쩍 1CUC를 더 챙기려는 심보가 뻔했다. 누가 이기나 한번 해보자는 생각에 "그럼, 옆집에서 잔돈 바꿔주시면 되겠네요." 했더니 오히려 우리더러 시내에 가서 바꿔 오란다. 옆에 있던 까밀로가 그때부터 따지기 시작했다.

"말끝마다 이건 비즈니스라고 하시면서, 아니, 비즈니스 하는 분이 미리 잔돈도 준비 안 하고 그걸 손님한테 바꿔 오라니요? 암튼 저는 모르겠으니까, 잔돈 바꿔 오시든지 아니면 돈 안 받든지 알아서 하세요."

까밀로가 정색을 하고 말하니가 아저씨는 그제야 벌레 씹은 표정으로 주머니에 손을 찔러 넣었다. 그의 손에 쥐어져 나온 지폐 뭉치는 얼핏 봐도 수십 CUC는 돼 보였다. 그런데도 굳이 지폐는 놔두고 손바닥에 동전을 올려놓고 세고 있길래 그게 또 얄미워 1센타보스까지 다 챙겨 받았다. 그래도 헤어지는 순간까지 얼굴을 붉힌 게 마음에 걸려 건강하시라고 인사를 했더니 아저씨도 정말 미안하다며 잊어버리란다.

집 앞에는 아까부터 자전거 택시 아저씨가 우리가 계산을 끝내기만을 기다리고 있었다. 어젯밤 집에 오는 길에 마침 일을 끝내고 들어가는 아저씨를 발견하고 아침에 태워줄 수 있냐니까 연신 고맙다고 싱글벙글해하던 아저씨였다. 아침부터 땀으로 흠뻑 젖은 아저씨의 손에 차비와 함께 아까 귀도 아저씨가 떼먹으려던 1CUC를 고마움의 표시로 더 얹어 드렸다.

터미널에는 외국인들에게 표를 끊어주는 창구가 따로 있었다. 그런데 여기 있는 남자 직원도 잔돈이 없으니까 우리더러 바꿔 오란다. 더 이상 이런 일로 따지고 들기 싫어서 까밀로가 길 건너 상점으로 잔돈을 바꾸러 나갔다. 내 뒤에 줄을 섰던 백인 남자도 직원하고 실갱이를 하더니 나에게 잔돈이 있냐고 물어왔다. 쿠바에서는 물건을 살 때 알아서 잔돈을 준비해두는 게 좋다는 걸 이제야 깨달았다.

나는 혼자 대합실에 앉아서 까밀로가 돌아오기를 기다렸다. 우리가 탈 비아술 버스(도시를 잇는 버스에는 비아술과 아스뜨로 두 가지가 있는데, 비아술이 가격은 좀 더 비싼 대신 경유지가 적어 더 빠르다. 그래서 외국인들은 비아술을, 현지인들은 아스뜨로를 주로 이용한다. 아스뜨로 버스에서도 두 자리는 외국인들에게 할당돼 있다는 말을 듣고 여러 번 타보려 했지만, 막상 창구에서는 외국인들에게 아스뜨로 버스표를 팔지 않았다)는 유리로 된 커다란 대합실이 따로 마련되어 있었는데, 가격이 비싸서인지 나와 중년의 부부 말고는 그 큰 방이 텅 비어 있었다. 반면, 아스뜨로 버스를 기다리는 사람들은 터미널 가운데에 있는 의자에 빼곡히 앉아서 기다려야 했고, 자리가 없어서 서 있거나 짐을 깔고 앉은 사람들도 많았다. 적어도 쿠바 정도라면 버스비 몇 푼 가지고 이렇게 사람을 차별해서는 안 되는 거 아냐. 이런 쓸데없는 생각을 하는 사이, 바로 앞 의자에 앉아 있던 아주머니가 뒤쪽으로 몸을 돌려 내게 말을 걸었다.

"@#$^%(^&%?"
"네? 뭐라고요?"
"@#$^%(^&%?"

이럴 줄 알았으면 까밀로처럼 스페인어 공부 좀 틈틈이 해둘걸. 내가 대답을 못하고 그냥 배시시 웃고만 있었더니 아주머니는 포기를 하고 다시 앞으로 몸을 돌렸다. 잠시 뒤 까밀로가 표를 끊어 돌아왔다. 다행히 전자제품 따위를 파는 상점이 있어서 흔쾌히 잔돈을 바꿔줬다고 한다.

"앞에 아주머니가 나한테 뭘 물어봤는데 무슨 말인지 모르겠어."
"뭐라고 했는데?"
"그냥, 계속 빠라빠라 그러기만 하던데."
"빠라빠라? 그런 말이 어딨어."
"아 글쎄, 분명히 빠라빠라 그랬다니까. 빠라빠빠였나. 암튼 처음 듣는 말이었어."
"알겠다, 크큭. 여기서 타는 버스가 아바나까지 가는 거냐고 물은 거야. 부스 빠라 아바나, 빨리 말하면 빠라빠라 맞네."

버스 출발시각이 많이 남아서 터미널 옆에 있는 노천카페로 옮겨 커피와 맥주를 마시며 기다렸다. 말이 노천카페지, 나무의자와 테이블을 대충 늘어놓은 야외 매점에 더 가까웠다. 이 집은 돈을 페소로만 받았는데, 마침 페소가 다 떨어져서 우리는 CUC로 계산했다.

그런데 계산대에 앉은 직원이 매니저로 보이는 남자를 부르더니 우리 쪽을 쳐다보며 뭔가 상의하는 거다. 너무 심각해 보여서 우리가 잘못한 게 있나 은근히 신경이 쓰였다. 그리고 이내 우리에게 다가온 그 직원, 아무래도 계산이 틀린 것 같단다. 우리가 낸 돈은 3CUC, 페소로 치면 72페소인데 음료값이 20페소니까 52페소를 거슬러 줘야 할 걸 우리가 48페소만 받아갔다는 게 그의 설명이었다. 아, 뭘 그런 걸 가지고. CUC로 계산한 게 미안해서 일부러 잔돈을 덜 받은 거라고 했더니 그제야 그는 안심이 된 표정으로 고맙다며 돌아선다.

그래, 쿠바 사람들이 다들 귀도 아저씨 같지는 않아. 이렇게 정직한 사람들도 아직 많은걸, 뭐. 언짢았던 기억, 얄미운 사람들에 대한 기억은 훌훌 털어버리고 훈훈하고 순박한 사람들이 안겨준 좋은 기억만 챙겨서 떠나기로 마음먹었다.

©Adam Jones, Ph.D.

아바나
울퀸

올권 그리고
다시 아바나
Holguín &
La Habana
©simone.brunozzi

까밀로,
자전거 택시를
몰다

바야모에서 올긘까지는 버스로 두 시간밖에 안 걸릴 정도로 아주 가깝다. 그래서인지 버스 안에서 잠을 자는 사람은 거의 없고, 대부분 운전기사가 틀어준 영화를 열심히 감상하는 중이었다.

멕시코 어디쯤에 있는 시골 마을을 배경으로 한 영화는 주인공 혼자서 놀라운 쿵푸 실력으로 수백 명의 악당들을 물리치는 싸구려 액션 활극이었다. 그런데 특이하게도 배우들이 모조리 중국말로 대화를 하는 거다. 아마 중국 수출용으로 더빙한 비디오를 다시 들여와 자막을 입힌 모양인데, 산초 모자에 망토를 두른 콧수염의 라틴 남자들이 중국말을 하는 게 너무 우스꽝스러웠다.

말로는 진짜 유치해서 못 봐주겠다 하면서도 우리 역시 영화에서 눈을 떼지 못했다. 그렇게 한참을 보다가 놀라운 사실 하나를 발견했다. 우리 귀에도 배우들의 중국말 대사가 '충창칭창, 칭칭창풍' 이렇게 들리는 거다.

잘 알려져 있지 않지만, 쿠바에는 꽤 많은 중국계 주민들이 산다. 19세기 중반 미국의 대륙횡단 철도 건설현장에서 일하기 위해 계약노동자로 바다를 건넜다가 공사가 끝나자 쿠바로 건너온 노동자들의 후손들이 그들이다. 당시 중국 노동자들은 사실상 노예나 다름없는 처지라, 병들어 죽거나 맞아 죽는 사람, 자살하는 사람이 속출했고, 살아남은 사람들은 자연스레 농장주들과 부패한 권력에 대한 반발과 저항심을 키워 갔다. 그래서 쿠바 독립운동 때는 중국인 노동자들로만 구성된 반란군 부대가 생겨날 정도였고, 이후 반독재 혁명에도 적극적으로 참여했다고 한다.

그런데도 대다수 쿠바 주민들에게 중국인들은 여전히 신기하고 낯선 존재인지 사람들이 우리를 보고 "충창칭창, 칭칭창풍." 하면서 지나간 적이 한두 번이 아니었다. 그럴 때면 대체로 어이없는 웃음으로 넘기곤 했는데, 때로는 깎아내리는 듯한 뉘앙스가 전해져서 살짝 기분이 나빠지려고 한 적도 여러 번이었다. 그런데 이제는 우리 귀에도 중국말이 '충창칭창'으로 들리다니, 우리도 어느새 쿠바 사람이 다 된건가?

버스가 올귄에 멈춰 섰다. 우리가 묵을 숙소는 터미널에서 꽤 먼 곳에 있었다. 숨이 턱턱 막힐 정도로 날씨가 더운 탓에 일단 가게에서 맥주를 한 병씩 마시고 어떻게 갈지를 생각해보기로 했다. 창문이 없이 뚫려 있는 가게에 앉아 지도를 펴놓고 맥주를 들이켜는데, 바로 눈앞에 자전거 택시를 모는 할아버지가 우리를 빤히 쳐다보고 있었다. 그 연세에 뙤약볕에 그냥 서서 손님을 기다리는 게 안쓰러웠던지 까밀로가 콜라 한 캔을 사서 할아버지에게 건네면서 혹시 자전거로 20분 정도 걸리는 거리도 태워줄 수 있냐고 여쭤봤다. 그랬더니 할아버지는 대번 반색을 하면서 얼마든지 갈 테니까 얼른 타라고 했다.

출발하고 나서 한동안은 페달을 젓는 할아버지의 다리에 신명이 느껴졌는데, 어느 순간부터는 할아버지의 숨소리가 거칠어지기 시작했다. 그냥 자동차 택시를 탈 걸 그랬나, 하는 생각이 들었다. 그때, 까밀로가 눈을 반짝이더니 할아버지에게 물었다.

"할아버지, 제가 이거 한 번만 몰아보면 안 될까요?"
"엉, 니가? 몰 수 있겠어? 정 그러면 여기서는 안 되고, 좀 더 가다가 잠깐 한 번 몰아봐."

할아버지는 허가받지 않은 사람이 자전거 택시를 모는 건 불법이라고 했다. 그래서 큰길을 완전히 지나 인적이 드문 한적한 곳에서 까밀로에게 핸들을 넘겨주겠다는 거였다. 드디어 작은 골목길에 들어서자 할아버지가 자전거를 멈춰 세웠다. 까밀로가 냉큼 앞자리에 올라타고, 할아버지는 뒷자리로 옮겨왔다.

"오호, 이거 생각보다 탈 만한걸. 체인을 개조해놔서 별로 힘을 안 들여도 쑥쑥 그냥 나가, 이히~"

뭐가 그렇게도 신이 나는지 까밀로는 바지 끝단이 자전거 기름에 까맣게 더럽혀지는 줄도 모르고 페달을 밟아댔다. 한 10여 분쯤 달렸을까, 까밀로의 입에서 말 대신 헉헉 하는 숨소리만 들려왔다. 그런데도 할아버지는 바꿔줄 생각을 안 한다. 거의 호텔 건물이 바라다보이는 큰길까지 와서야 할아버지는 까밀로를 내리게 하고 다시 핸들을 잡았다. 까밀로가 겨우 숨을 고르고 말했다.

"아이고, 죽을 뻔했네. 기어가 없어서 조금만 길이 경사져도 엄청 힘들어."

"큭큭, 그러게 괜히 왜 나서 가지구는."

다시 경사진 길이 나오자, 까밀로는 자전거에서 훌쩍 뛰어내리더니 호텔 앞까지 달려갔다. 두 사람에다 무거운 배낭까지 싣고 경사를 오르는 게 얼마나 힘든지 알기 때문이었다. 내가 약속된 차비 4CUC를 건네자, 할아버지 얼굴이 활짝 펴졌다. 할아버지는 돈을 벌어서 좋고, 까밀로는 자전거 택시를 몰아봐서 좋고, 나는 두 사람의 환한 얼굴을 봐서 기분 좋은 날이었다.

우리가 올킨에 들르게 된 데는 특별한 목적이 있었다. 마침 여행 기간 중에 열리는 '다섯 명의 쿠바 양심수 석방을 위한 국제회의'에 참가하기 위해서였다.

쿠바에서는 아바나 공항부터 작은 시골 마을의 담벼락에까지 다섯 명의 남자 얼굴이 그려진 벽화나 포스터를 흔히 볼 수 있다. 바로 '다섯 명의 쿠바 영웅들(Cinco Heroes de Cuba. Cuban Five)'이다.

이들의 사연은 이렇다. 쿠바에 사회주의 정권이 들어선 이후 오늘날까지 미국정부는 쿠바 정부를 뒤엎으려는 노력을 한순간도 포기한 적이 없다. 그를 위해 동원한 방법이, 첫 번째로는 경제봉쇄를 통해 쿠바 정부와 국민들의 숨통을 조이는 것, 두 번째가 쿠바에서 망명해온 쿠바계 미국인들을 꼬드겨 직접적인 공격을 가하는 것이었다.

카스트로가 사회주의 혁명 선언을 한 바로 다음날인 1961년 4월 17일, 미국 중앙정보국(CIA)은 쿠바 망명객 1천5백 명을 끌어모아 만든 '2506 공격여단'을 쿠바 피그만(Bay of pigs)으로 침투시켰다. 결과는 100여 명 사망에 1천 명 체포, 미국 정부의 참담한 패배였다. 그때부터 미국 정부는 테러 공격을 통한 사회혼란과 경제난 가중, 혁명 지도부 암살로 전술을 바꾸게 된다.

그 때문에 쿠바 국민들이 입은 피해는 이만저만이 아니었다. 항구와 호텔, 식당을 상대로 한 반쿠바 테러리스트들의 폭탄 테러와 납치 암살, 바닷가 마을 습격 따위로 3천4백 명이 넘게 살해되었다. 그와 동시에 쿠바 정부 지도자, 그중에서도 피델 카스트로를 제거하려던 시도는 그 방법이 너무 치졸하고 끈질겨서 오히려 눈물겨울 정도다. 카스트로가 즐겨 피우던 시가나 만년필에 독을 묻혀 살해하려하거나, 심지어 카리스마 있는 지도자의 이미지를 없애려고 구두에 몰래 탈모약을 발라놓아 손에 묻게 해서 수염을 빠지게 한다든지 하는 게 대표적이었다.

아무튼, 그래서 쿠바 정부는 허라르도 에르난데스, 안또니오 게레로, 라몬 라바니뇨, 페르난도 곤살레스, 르네 곤살레스, 이 다섯 명을 미국 마이애미로 보냈다. 그 지역을 근거로 테러를 꾸미는 반쿠바 테러 조직들에 잠입해 정보를 미리 입수함으로써 쿠바 국민들의 생명과 재산을 보호하는 것이 그들의 임무였다. 그 덕분에 쿠바 정부는 여러 건의 테러를 막을 수 있었고, 그들이 얻은 정보를 미국 FBI에 보내 미국에서 활보하는 테러 조직들을 단속해줄 것을 요구했다.

그러나 미국은 1998년 9월 어느 날, 이들이 머물던 집과 사무실을 급습해 체포한 뒤 재판대에 세워 버렸다. 그들에게 씌워진 혐의는 모두 스물여섯 가지, 그중 스물네 가지는 가명을 사용했다거나 정식으로 등록을 하지 않고 정보 활동을 한 혐의와 같은 사소한 위반들에 지나지 않았고, 나머지 두 개의 혐의 도한 살인 예비 '음모', 테러 예비 '음모' 였다. 살인이나 테러를 저지른 게 아니라 그럴 마음을 품었다는 게 죄였던 거다.

그런데도 다섯 명은 모두 유죄를 선고받고 중형에 처해졌다. 헤라

지금도 미국 연방교도소 독방에 갇혀 있는
다섯 명의 쿠바 영웅들, 쿠반 파이브(Cuban Five)
국제사회의 많은 사람들이 이들의 석방 운동을 펼치고 있다르도 에르난데스와 안토니오 게레로. 라몬 라바니뇨는 종신형, 페르난도와 르네 곤살레스 형제는 각각 징역 15년과 19년 형을 받은 것이다.

이들 다섯 명의 쿠바 영웅들, 쿠반 파이브는 현재 10년이 넘도록 미국의 연방 교도소 독방에 수감되어 있다. 엄연히 법에 보장되어 있는 가족들과의 면회도 허락되지 않으며, 변호인과의 접견 또한 극히 제한적으로만 허용되고 있다. 수감 중에 그들은 24시간 내내 귀청을 찢는 소음과 강한 불빛이 뿜어져 나오는 독방에 갇히기도 했으며, 추운 겨울에도 두꺼운 옷과 담요를 주지 않아서 추위에 떨어야 했다. 그래서 유엔 인권위원회와 유럽연합 같은 국제기구들은 이들 다섯 명의 석방을 줄기차게 요구해왔고, 전 세계 90여 개 국가에서 'Free the Cuban Five'라는 연대조직이 결성돼 석방 운동을 활발히 펼치고 있다. 우리가 참가한 행사도 쿠바 정부 차원에서 석방 운동을 세계적인 연대 운동으로 만들기 위한 노력 가운데 하나였다.

행사가 열리는 3박 4일 동안 우리는 캐나다 퀘벡에서 온 반전운동가, 독일 철강노조 활동가, 1970년대 김대중 구명운동을 벌였던 일본 변호사를 비롯해 마흔다섯 개 나라에서 온 120명이 넘는 외국인들을 만났다. 카산드라도 그중 한 명이었다.

체크무늬 치마를 입은 발랄한 미국인 대학생인 그녀는 아바나에 있는 라틴아메리카 의과대학에 다닌다고 했다. 그 학교에 가난한 나라 출신뿐만 아니라 미국 학생들도 다닌다는 걸 알고 있었지만 이렇게 직접 만나본 건 처음이었다. 그녀는 우리보다 훨씬 더 쿠바에 푹 빠져 있었고, 그건 단지 쿠바 정부로부터 전액 장학금을 받기 때문만은 아닌 듯했다.

“쿠바 사람들은 정말 따뜻하고 인간적이에요. 다들 하나라도 더 챙겨주려고 해요. 내가 자기네 나라를 그렇게 못살게 구는 미국 사람인데도 말이에요.”

카산드라는 자기 학교에 와 있는 미국 학생들이 수십 명이나 된다고 했다. 대부분 미국에서는 비싼 등록금을 감당 못해 의사의 꿈을 접을 뻔했던 학생들인데, 이제는 학교를 마치고 각자 고향으로 돌아가서 가난한 사람들을 위해 봉사할 꿈에 부풀어 있다고 했다.

“미국 정부가 쿠바 여행을 금지하고 있는 걸로 아는데, 학생들은 특별히 허가를 내줬나 봐요?”

“맞아요, 보통 사람들은 정부의 허락 없이 쿠바에 갔다 오면 처벌받아요. 그래서 사람들은 멕시코나 캐나다를 통해서 쿠바에 드나들죠. 쿠바에 들어올 때는 여권에 따로 도장을 안 찍으니까 웬만해서는 미국 정부가 모르거든요. 그런데 우리 학교에 입학하는 학생들만큼은 미국 국무부에서 예외로 해줬어요. 오히려 문화 교류로 인정해서 학생들의 출입국을 허가해줄 테니까 학생들을 계속 받아달라고 쿠바 정부에 부탁까지 했대요. 우리나라 참 염치없죠, 후후.”

이야기를 나누는 동안 주변에 있던 다른 참가자들도 대화에 끼어들었다. 모두 국적은 달랐지만 쿠바에 온 이유는 비슷했다. 그들은 ‘유일하게 살아있는 사회주의’로서의 쿠바를 지키는 것이 자기네 운동만큼이나 대단히 중요하다고 했다. 결코 완벽하지 않고 많은 모순과 문제점을 안고 있지만, 자본주의 체제에 편입되지 않은 채 그래도 한 발, 한 발 천천히 전진해나가는 사회는 세계에서 오직 쿠바뿐이라는 것이다. 지금의 자본주의와는 다른 대안을 절실히 필요로 하는 자신들과 같은 사람들은 쿠바를 통해 많은 영감을 얻는다고 했다.

개막식이 끝나고 강당으로 자리를 옮겨 본격적인 회의가 시작됐다. 우리도 처음에는 귀를 쫑긋하고 한 사람 한 사람이 하는 얘기를 집중해서 들었다. 그런데 시간이 지날수록 점점 지루해지기 시작하더니 나중에는 슬슬 부아가 치밀어 올랐다. 그 많은 사람들이 하는 이야기가 몇 시간째 계속 같은 자리만 뱅뱅 맴돌아서였다.

회의는 오후에도 그리고 다음날도 내내 그런 식이었다. 쿠반 파이브의 억울한 사연과 미국 정부의 가혹한 처사에 대한 성토가 끝도 없이 이어졌고, 프랑스에서 온 한 아줌마는 직접 지은 시를 낭독하며 눈물을 흘리기까지 했다. 이렇게 성토대회만 하다 끝낼 거면 뭐하러 그 먼 데서 비행기를 타고 여기까지 날아왔는지 이해가 안 됐다. 옆에서 씩씩대던 까밀로가 발언을 신청하려 했지만, 대기자가 많아서 그것조차 하지 못했다. 이대로 그냥 돌아가면 분통이 터져 못 참을 것 같았다. 거기에 불을 지른 건 대륙별 분임토의 시간에 한 아프리카 출신 의과대학 학생이 좋은 아이디어가 있다며 내놓은 발언이었다.

"각자 자기 나라에서 유명한 운동선수나 연예인들을 접촉해보는 건 어떨까요? 유명한 사람들이 이 사안에 대해 한마디 하면 그만큼 사람들이 관심을 가지게 될 테니까요."

"잠깐만요."

수첩 가득 애꿎은 동그라미만 빙빙 그리던 까밀로가 말을 끊었다.

"저희도 쿠반 파이브 사건을 처음 접했을 때는 정말 미국의 처사가 말도 안 된다고 생각했어요. 그런데 이런 말도 안 되는 일은 그 다섯 명에게만 일어나는 일이 아니에요. 팔레스타인, 이라크, 필리핀, 한국, 지금 이 순간 전 세계 수많은 나라에서 정의를 외치던 사람들이 부당하게 감옥에 갇혀 있다는 거죠. 전 쿠바의 양심수 석방 운동은 그들과 연대하고 함께 싸울 때만이 성공할 수 있고 또 의미가 있다고 봐요. 유명한 사람들을 동원하고 국회의원들한테 로비하는 식의 운동은 부분적으로는 가능할 수도 있겠지만 핵심이 아니란 겁니다."

까밀로의 말이 끝나자, 사회를 보던 ICAP의 지역 사무국장이 반박을 했다.

"뭔가 이 사안을 잘못 알고 계시나 본데, 이건 미국 정부와 쿠바 정부 간의 문제예요. 팔레스타인이나 한국처럼 국내 문제가 아니란 말이죠."

도저히 납득할 수 없는 말이었다. 그녀의 말이 맞는다면 미국 정부와 쿠바 정부 간에 외교적으로 해결할 것이지, 우리 같은 외국인들의 연대가 왜 필요하다는 말인지. 그녀의 개인 의견이기는 했지만, 국가

¡ VOLVERAN !

나 인종을 넘어서 정의와 인권을 위해서 같이 싸우려는 사람들의 의욕을 한순간에 꺾는 발언이었고, 쿠바가 그토록 강조하던 국제주의와도 한참 동떨어진 발상이었다.

회의가 끝나고, 우리는 마당에 있는 테이블에 앉아서 착잡함을 가라앉히려 애썼다. 그걸 본 아저씨 한 분이 다가와 앞자리에 앉았다. 오스트레일리아에서 좌파 잡지를 발행하는 분이라고 했다.

"아까 당신이 한 이야기에 저도 동감합니다. 제 생각엔 이렇게 봐야 할 것 같아요. 쿠바는 사회주의 정부가 들어선 나라입니다. 다른 나라에서는 우리 같은 시민들이 할 투쟁을 쿠바에서는 정부가 나서서 하고 있다는 거죠. 그렇다 보니 외교적인 측면에도 신경 쓸 수밖에 없어요. 예를 들어서 베트남이나 필리핀에도 양심수들이 있지만, 두 나라 정부는 모두 쿠반 파이브의 석방을 요구하는 입장이란 말이에요. 그러니 쿠바 정부에서도 그 나라 양심수 문제는 건드릴 수 없는 거죠. 그러니까 다른 나라의 인권운동과 연대하는 부분은 쿠바 정부에게 요구하기보다는 결국 우리 스스로가 해결해야 할 몫이 아닐까요."

차분하게 가라앉은 그의 말에 어느 정도 고개가 끄덕여졌다. 그리고 나중에 다른 참가자들과 이야기를 나눠보니 다들 한 번씩은 우리와 같은 답답함을 경험한 적이 있었다. 그들은 그런 경험을 통해서 취할 내용과 한 수 접고 들을 내용을 구분할 수 있게 된 반면, 쿠바에서의 회의가 처음이었던 우리는 그런 내공이 부족했던 거다.

올권을 떠나오는 날, 우리는 새벽 4시에 일어나 졸리는 눈으로 좀비처럼 호텔 방을 돌아다니며 짐을 싸고 떠날 채비를 했다. 아바나로 떠나는 버스가 정확히 5시 반에 호텔 앞에서 떠난다고 했기 때문이다.

버스 안에서 내내 자다가 상띠 스삐리뚜스라는 도시에 있는 까사 델 라 아미스따드(Casa de la Amistad)에서 점심을 먹었다. ICAP에서 우리 같은 외국인 손님들을 위해 운영하는 사무실 겸 식당이었다. 우리가 앉은 식탁에는 처음 보는 아주머니 한 분이 합석했는데, 서로 말없이 접시만 쳐다보고 밥만 먹었다 그래도 식사를 마치고 커피를 마실 때까지 한마디도 안 하는 게 미안해서 슬쩍 말을 붙여봤다. 아주머니는 아바나에서도 베다도 동네에 산다고 했다.

"어머, 그러세요? 저희도 이번에 베다도에서 묵을 생각이에요. 매번 아바나 비에하와 센뜨로 아바나에서만 묵었거든요."

"그럼, 베다도에 묵을 곳은 정했어요? 혹시 아직 안 정했으면 제 친구 집을 소개해드릴 테니까 거기서 지내는 건 어때요?"

그러면서 메모지를 꺼내 친구 집 주소와 이름을 적어서 자기 명함과 함께 건네주었다. 꼰수엘로 엘바 알바레스, TV 및 영화 프로듀서. 어쩐지 풍기는 분위기가 여느 아줌마들과는 좀 다르다 했더니 나름 전문직 여성이었던 거다. 그리고 잠시 뒤, 버스에 올라 타려는데 꼰수엘로 아주머니가 다시 다가와서 반가운 얼굴로 말했다.

"친구한테 전화했더니 대환영이래요. 돈을 좀 주더라도 아마 까사에서 묵는 것보다는 훨씬 더 쌀 거예요."

저녁 여덟 시가 넘어서야 버스는 아바나의 베다도 어디쯤에 사람들을 내려줬다. 다행히 아주머니가 적어준 주소와 그리 멀지 않은 곳이었다. 배낭을 앞뒤로 메고 그 집 근처까지 걸어갔다. 집마다 대문에 붙어 있는 번지수를 보니 분명히 제대로 찾아오긴 했는데, 이상하게도 그 집만은 보이지 않았다. 그때 마침 바로 맞은편 집에서 60대 중반쯤 돼 보이는 아주머니 한 분과 젊은 여성이 현관문을 열고 나왔다. 콘수엘로 아주머니가 소개해준 친구 아마리따와 그녀의 딸 케니아였다.

단 둘이 살고 있는 그 집의 1층 방 두 개는 엄마와 딸이 각각 사용하고 있었고, 우리가 묵을 방은 부엌 옆 계단을 올라가면 나오는 옥탑방이었다. 작지만 거실과 부엌, 침실이 복층으로 나뉘어져 있어서 보통의 까사보다 더 넓고 편했다. 다만 한 사람이 서면 꽉 찰 정도로 너무 좁고 샤워기 물이 졸졸졸 나오는 욕실이 흠이었는데 그런 대로 며칠은 지낼 만했다. 베다도가 잘사는 동네라서 아무리 싸게 해준다고 해도 방값이 비싸지 않을까 그게 걱정이었지만 말이다.

"글쎄, 얼마를 받으면 좋을까… 하루에 방 값으로 20에, 아침 식사 2해서 22CUC면 괜찮겠어요?"

아주머니의 말이 끝나자마자 우리는 서로를 쳐다봤다. 까밀로도 '아싸!' 하는 표정이었다. 아바나 비에하에서 가장 싼 까사도 이 가격에는 어림도 없다.

"정말… 그렇게 싸게 해주시는 거예요?"
"그럼요. 솔리다리다드(Solidaridad. 연대)! 여러분들의 연대에 대한 감사 표시라고 생각해주세요."

우리는 케니아가 끓여온 차와 커피를 마시면서 두 사람과 이런저런 이야기를 나눴다. 이렇게 모녀가 단 둘이 사는 집은 처음이라 그 사연이 궁금했지만, 혹시나 실례가 될까봐 물어보지도 못하고 괜스레 벽에 걸린 가족사진만 뚫어져라 쳐다봤다. 그걸 본 아주머니는 남편과 아들 그리고 큰딸은 모두 외국에서 산다고 먼저 가족 이야기를 꺼냈다. 그냥 외국에서 사는 정도가 아니라, 남편은 베네수엘라에서 텔레수르(teleSUR. CNN이나 BBC 같은 서구의 위성방송에 맞서 라틴아메리카의 독자적인 목소리와 시각을 전달하기 위해 베네수엘라 우고 차베스 대통령의 제안으로 창설된 24시간 위성방송) 방송 PD로 일하고 있고, 아들은 과테말라에서 엔지니어로, 큰딸은 아바나 주재 벨기에 대사와 결혼해 유럽에서 살고 있다고 했다. 말 그대로 빵빵한 집안이었다. 그래서인지 현관 앞 거실에는 대형 평면 텔레비전과 비디오, DVD 플레이어가 있었고, 케니아 방에는 인터넷이 연결된 컴퓨터까지 있었다.

"난 비날레스에서 나고 자랐어요. 그러다 중학교에 들어간 뒤로 혁명 운동이 섬 전체에서 들불처럼 일어났고, 당연히 나도 학생조직에 들어가서 같이 투쟁했죠. 그리고 혁명이 성공한 뒤에는 군에서 40년 넘게 장교로 있다가 몇 년 전에 은퇴했어요. 저기 냉장고에 달린 자석 이랑 장식용 접시가 보이죠? 저것들은 내가 군에 있을 때 다른 나라를 돌아다니면서 하나씩 사 모은 거랍니다."

아주머니와 이야기를 나눌수록 이 집에 머물게 된 게 행운으로 느껴졌다. 처음에는 방값을 싸게 해준다니까 그저 좋아라 했는데, 이제 그동안 쿠바에 대해 궁금했던 걸 풀 수 있는 좋은 기회가 생긴 것이다. 특히나 쿠바 혁명과 정권을 적극적으로 지지하고 참여했던 아마리따 아주머니 같은 분과 꼭 한번 진지하게 이야기를 나눠보고 싶던 참이었다. 오랜만에 내일이 더 기대되는 밤이다.

다음날, 대낮의 집 앞 골목은 시골 동네처럼 조용했다. 나무에 매달린 매미만이 동네에서 제일 큰 목청을 자랑할 뿐이었다. 낡고 비좁은 아파트와 집들이 다닥다닥 붙어 있어 밤낮으로 쿵쾅대는 음악소리 와 사람들이 서로를 부르는 소리로 시끌벅적한 비에하나 센뜨로 아바 나와는 완전히 다른 도시에 온 것 같았다. 지은 지 오래되기는 했지만 대부분 마당까지 갖춘 큼지막한 집들이 많았고, 골목은 바둑판처럼 반듯하게 정돈되어 있었다.

일단 환전부터 하려고 C23 거리에 나갔다. 그러나 케니아가 알려준 은행은 때마침 공사 중이라 문이 닫혀 있었다. 주위에 다른 은행은 없나 둘러보는데, 지나던 할머니가 다가와 다른 은행을 알려줬다. 잠깐 물을 사러 들어간 상점에서는 종업원이 까밀로에게 스페인어를 잘한다며 칭찬하더니 돌아설 땐 윙크까지 날렸다. 왕복 6차선으로 시원하게 뚫린 C23 거리를 따라가다가 혁명광장 쪽으로 이어지는 교차로에 작은 체 게바라 동상이 있어서 사진을 찍자니, 또 다른 백인 할머니가 다가와 동상 밑에 적힌 문구를 설명해줬다. 할머니께 피델리스따(피델 지지자)이시냐고 묻자, 당연하다는 듯이 "Si(그럼요)." 하고 고개를 끄덕인다.

"이곳 베다도 사람들은 대체로 친절하네."
"그러게. 잘사는 동네라서 사람들이 콧대 높고 인간미도 없을 줄 알았는데 말이야."

그런데 한편으로 생각해보면 그 이유를 알 것도 같다. 베다도에는 정부 관료 출신들이나 외교관, 국영기업 임원들 같은 중상류층들이 많이 살고 있다. 그렇다 보니 생활환경도 비교적 좋고, 현재의 삶에 대한 만족도가 높은 편이다. 그래서 현 정부나 체제에 대해서도 대체로 지지를 보내는 사람들이 많다. 가난한 동네의 사람들이 천성적으로 착하고 순박하다면, 여기 사람들의 친절함은 구조적이고 계급적인 측면에서 비롯된 게 큰 것 같다.

아바나대학 정문에서 내려다본 풍경

떠나기 전에 음악 시디를 몇 개 살 요량으로 호텔 리브레 맞은편에 있는 음반 가게에 들렀다. 거기서는 직원에게 부탁하면 미리 음악을 들어볼 수 있어서 시간만 넉넉하게 준비하면 취향에 맞는 음악들을 고를 수 있고, 괜찮은 음악을 추천해주기도 한다. 오후 내내 가게에 앉아서 고르고 고른 음반들 값을 치렀더니 주머니가 텅 비어 버렸다. 그래도 돈이 얼마 없어서 더 사지 못한 게 아쉬울 따름이었다.

특히 까밀로는 꼭 사려던 차랑가 아바네라(Charanga Habanera)의 '고산도 엔 라 아바나(Gozando en la Habana)'가 들어 있는 시디를 재고가 없어서 못 산 걸 두고두고 아쉬워했다. 야구장이든 골목이든 술집이든 어딜 가나 흘러나오던 그 노래는 화려하고 풍족한 삶을 찾아 마이애미로 떠난 여자친구에게 '우린 아바나에서 매일 즐겁게 사는데 넌 친구도, 부까네로 맥주도 없는 마이애미에서 심심해 죽겠지' 이런 내용이었다. 화음과 연주가 잘 어우러진 신나는 리듬도 좋았지만, 가사 그대로 수영장 딸린 대저택에서 외롭게 혼자 지내는 여자가 등장해 쿠바에서 즐겁게 노는 친구들의 영상을 보고 눈물짓는다는 뻔한 설정의 뮤직비디오가 압권이었다. 처음 그 비디오를 보고 얼마나 이 사람들이 웃기고 귀엽던지, 우리는 서울에 돌아온 뒤에도 가끔 유튜브를 통해 이 뮤직비디오를 몇 번이고 돌려보면서 배꼽을 잡았다.

베다도를 남북으로 가로지르는 빠세오 길을 따라 혁명광장에 다다랐다. 우리는 광장 서쪽에 우뚝 서 있는 호세 마르띠 동상으로 향했다. 지난번에는 모르고 지나쳤는데, 엘리베이터를 타고 올라가면 아바나 시내를 한눈에 내려다볼 수 있는 전망대가 있다고 해서였다. 계단

입구에서 사진 촬영비로 1CUC를 내고, 다시 건물 입구에서 입장료로 5CUC를 냈다. 건물 1층에 마련된 박물관을 둘러본 뒤 엘리베이터를 타고 꼭대기까지 올라갔다. 사방이 유리로 둘러싸인 전망대 밖으로 수십 마리의 독수리 떼가 날개를 활짝 펴고 유유히 주위를 돌고 있었다. 동물원에 앉아 있는 독수리 말고 날아다니는 독수리를 이렇게 가까이서 본 건 처음이었다. 장관이었다.

동상 뒤편으로 길쭉한 정부청사 건물도 내려다보였다. 분명 저기 어딘가에 피델과 라울이 일하는 집무실이 있을 텐데도 경비는 생각보다 훨씬 느슨했다. 무전기를 들고 이어폰을 낀 경호원과 경찰들이 곳곳에서 눈을 번뜩이는 청와대에 비하면 너무 한가로워 보여서 오히려 우리가 걱정될 정도였다. 그렇게 한참을 텅 빈 눈으로 아바나와 바다를 쳐다봤다. 며칠 후면 이곳과도 이별이라고 생각하니 왠지 허전하고 쓸쓸해졌다.

그렇게 한참을 텅 빈 눈으로 아바나와 바다를 쳐다봤다
며칠 후면 이곳과도 이별이라 생각하니 왠지 허전하고 쓸쓸해졌다

걸어서 집에 거의 다다를 즈음, 천둥 번개가 치면서 비가 쏟아졌다. 하루 종일 뒤집어쓴 먼지와 땀에다가 비로 흠뻑 젖은 몸을 빨리 씻어내고 싶었다. 그런데 케니아가 따라오더니 지금 샤워를 하면 안 된다고 했다. 번개 때문에 잘못하면 감전될 수 있다는 거였다. 30분을 기다려 천둥 번개가 잠잠해지고서야 우리는 샤워를 하고 저녁을 먹었다. 식사를 마치자 아마리따 아주머니가 식탁에 마주 앉았다. 전날 못다한 대화를 이어가기 위해서였다. 우리가 묻고 아주머니가 답을 하면서 대화는 밤늦도록 이어졌다.

Q : 혁명 이후에 정부는 쿠바를 떠난 부자들의 집과 호텔을 국유화해서 가난한 사람들에게 무상으로 나눠줬잖아요. 그런데 시간이 지날수록 가족 수가 늘면서 집이 좁아 불편을 겪는 경우를 많이 봤는데, 그럴 경우 개인이 주택을 구매하는 건 불가능한가요?

아마리따 : 법적으로는 개인이 주택을 매매하는 게 금지되어 있어요. 부자들은 집을 여러 채 소유하는 반면 가난한 사람들은 집값을 감당 못해서 살 집을 못 구하는 모순을 방지하기 위해서죠. 그 대신 가족 수가 늘

쿠바에서는 주택 매매가 금지되어 있는 대신 집을 서로 맞바꿀 수 있다
집에 대한 사진과 자료를 연락처와 함께 사람들이 많이 다니는 거리에
붙여 놓으면 직접 와서 보고 마음에 드는 집을 고른다

어나서 기존에 살던 집이 비좁은 사람들은 더 넓은 집을 가진 사람과 집을 교환하는 게 가능해요. 그럼에도 불구하고 주택난이 심각한 건 사실이에요. 정부가 이 문제를 해결하기 위해 오랫동안 연구 중인데, 자본주의 국가들처럼 부동산 투기 같은 걸 못하게 막으면서도 개인의 주택 매매를 허용하는 방안을 찾으려고 고심 중이죠. 솔직히 아직 적당한 해답을 못 찾고 있다는 건 저도 인정해요.

Q : 한국은 남자들이 일정한 연령이 되면 의무적으로 군대에 가야 되는데, 쿠바는 어떤가요?

아마리따 : 쿠바도 징병제를 채택하고 있는 나라 중 하나입니다. 남자들은 대학생의 경우에 재학 중 1년, 대학에 가지 않는 경우에는 2년간 의무적으로 군 복무를 해야 해요. 여자들은 자원하는 사람들은 입대가 가능하지만, 그건 의무가 아니라 개인의 선택에 맡겨요.

Q : 쿠바에 온 뒤, 우리가 생각하기에는 분명 학교에 있을 시간인데도 길거리를 돌아다니는 아이들을 많이 봤어요. 그 아이들은 학교에 가지 않는 아이들인가요?

아마리따 : 아뇨, 그건 불가능해요. 모든 아이들은 고등학교까지 의무적으로 다녀야 해요. 만약 학교에 안 나오는 아이들이 있으면 선생님들이 일일이 찾아가서 부모를 면담하고 아이들을 학교에 나오게 하죠. 아마 여러분이 본 아이들은 오전반, 오후반으로 나뉘어서 학교에 갈 시간이

안 됐거나 일찍 학교를 마친 아이들일 거예요. 학생 수에 비해 교실이 부족해서 이부제로 나눠서 수업하는 학교가 많거든요. 일단 새 학기가 되면 공책이나 연필 같은 학용품은 기본으로 지급되고, 그 뒤에 부족한 건 각자가 사서 써야 해요. 그리고 교복은 아주 싼 가격에 두 벌까지 살 수 있고, 점심은 학교에서 제공되는데 어머니들이 돌아가면서 학교에 가서 배식을 하죠.

Q : 노인들이나 장애인들을 위한 정책은 어떤가요?

아마리따 : CDR에서 하는 주된 역할 중 하나가 바로 동네에 있는 노인이나 장애인들을 보살피는 거예요. 동네에 있는 노인이 갑자기 잘 안 보이거나 하면 저 같은 CDR 책임자가 집에 전화해서 안부를 묻거나 직접 찾아가기도 하죠. 혹시라도 아프거나 하면 병원에 데려가기도 하구요. 장애인들도 마찬가지고, 정부에서 장애 정도에 맞는 직업을 주선해줘서 노동에서 소외되지 않도록 신경을 써요.

Q : 절대적인 금액으로 비교할 수는 없겠지만, 쿠바 노동자들의 평균 임금이 아주 낮은 편이잖아요. 저희도 처음에 놀란 게 이 돈으로 과연 한 가족이 살 수 있을까 굉장히 의아했거든요. 아주머니처럼 정부 고위직에 있었던 분들은 월급이 얼마나 되나요?

아마리따 : 제가 군에서는 은퇴했지만, 지금도 이 동네 CDR을 책임지면서 정부위원회에서 직책을 하나 맡고 있거든요. 그래서 제가 받는 월급

이 한 달에 340페소예요. 일반 노동자들도 하는 일과 경력에 따라서 보통 250에서 350 정도를 받지요. 이 돈으로 한 가족이 생활하기에는 턱없이 부족한 건 맞아요. 하지만 쌀, 계란, 닭고기, 식용유, 비누 같은 기본적인 식료품과 생필품들은 한 달 중에 열흘치를 정부에서 제공해주고, 부족한 양만큼 정부에서 운영하는 상점에서 아주 싼 값에 살 수 있기 때문에 생활 자체가 불가능하지는 않아요. 하지만 이외에 옷을 산다거나 여가를 즐긴다거나 하기에는 월급이 많이 부족한 건 사실이죠. 그런데 이 문제는 전체적인 경제상황과 맞물려 돌아가는 거라서 한꺼번에 해결하기가 참 힘들어요. 장기적으로는 정부가 직접 운영하는 산업들을 민간에게 넘길 계획을 세우고 있는데, 잘못하면 자본주의 국가들처럼 빈부의 격차가 커진다거나 물가가 확 올라갈 수도 있기 때문에 조심스러운 부분이 있죠.

Q : 아무래도 같은 사회주의 국가이다 보니까 쿠바와 북한을 많이 비교해서 생각하게 되는데, 북한에 대해서는 어떻게 생각하세요.

아마리따 : 이건 순전히 제 개인적인 판단인데, 북한은 너무 폐쇄적인 게 가장 큰 문제가 아닐까 싶어요. 쿠바와 북한 둘 다 미국의 경제봉쇄가 오래 지속되면서 경제적으로나 외교적으로 많은 어려움을 겪어왔는데, 그럴수록 다른 나라들과 더 많이 교류하고 서로 도와줌으로써 우리 편을 만드는 게 중요하죠. 그러나 안타깝게도 북한은 미국이 고립시키려고 하면 할수록 자꾸 안으로만 움츠러들고 문을 닫아거는 것 같아요. 물론 그렇다고 해서 쿠바와 북한의 관계가 나쁘다는 이야기는 아니에요. 예전에

도 그랬고, 지금도 두 나라는 서로 좋은 관계를 유지하고 있어요. 여러분
들이 쿠바에 대한 판단을 하듯 북한에 대한 저의 판단이 그렇다고만 이
해해주세요.

Q : 마지막으로 이건 좀 민감한 질문인데요, 카스트로를 비롯한 혁명 1세
대들이 점점 더 나이를 먹어가면서 혁명 이후의 세대가 쿠바를 이끌어가
야 할 때가 그만큼 다가오잖아요. 그런데 혁명 1세대는 나름의 정통성이
있기 때문에 그동안 국민들이 그들을 지도부로 인정했지만, 혁명을 직접
겪지 않은 세대들이 선거도 없이 권력을 물려받게 되면 직접 민주주의에

대한 국민들의 요구가 본격적으로 터져 나오지 않을까요?

아마리따 : 그건 오해예요. 외부 사람들은 흔히 쿠바를 카스트로 형제 두 사람이 이끄는 나라라고 생각하지만, 사실은 공산당 내에도 많은 지도자들이 있고 그들이 끊임없는 토론과 논쟁을 통해서 하나하나 합의해가면서 나라를 이끌어가는, 사실상의 집단지도체제로 운영되어 왔어요. 그리고 차세대 지도부로 오랫동안 훈련되고 단련된 중간 간부층이 아주 두텁기 때문에, 피델과 라울을 비롯한 1세대가 완전히 사라진다고 해도 절대 리더쉽의 문제는 없을 거예요. 그리고 또 하나의 큰 오해가 쿠바에서는 선거조차 치르지 않고 임명된 당 간부들이 나라를 좌지우지 한다는 건데, 사실은 그렇지 않아요. 지역마다 기초의회가 있고 그 위에 광역의회, 또 그 위에 전국의회가 있는데, 광역의회까지는 주민들의 직접 선거로 대표자를 뽑아요. 그러면 선출된 대표자들이 전국의회에 참석해 나라 전체의 지도자를 뽑고 정책을 최종 의결하죠. 그러니까 직접 선거로 대통령을 뽑지 않는다 뿐이지, 전체 의사결정에 국민들이 간접적으로 참여하는 셈이에요.

쿠바로 여행을 떠난다고 했을 때, 주위 사람들의 반응은 대충 이랬다.

"어머, 정말요? 너무 좋겠다. 그런데 위험하지는 않아요?"

이런 반응은 흔히 사람들이 쿠바에 대해 갖고 있는 이미지를 정확히 반영해준다. 카리브 해의 환상적인 경치와 멋진 음악과 춤이 가져다주는 총 천연색 로망과, 사회주의와 근육질의 흑인들에게 갖는 왠지 음울하고 위험한 무채색의 이미지. 이렇게 완전히 상반된 두 이미지가 쿠바라는 나라에 겹쳐져 있는 것이다.

결론부터 말하자면, 쿠바는 이방인들이 여행하기에 가장 안전한 나라 중 하나다. 물론 좀도둑이나 강도가 아예 없는 건 아니고, 특히 최근 들어서는 외국인들을 상대로 한 날치기 같은 범죄들이 조금씩 늘고 있는 추세라고는 한다. 그러나 우리같이 어리바리한 동양인 남녀 둘이 그다지 큰 두려움 없이 밤늦게까지 거리를 활보하고 다닐 수 있는 나라가 쿠바다. 밤에 어두운 뒷골목으로 잘못 들어갔다가 저 멀리서 애들 몇 명이 농구공을 탕탕 튀기고 있는 것만 봐도 다리가 후들거렸던 미국 뉴욕이나, 대낮에도 총으로 중무장한 경호원들이 옷가게를 지키고 셔터에는 어른 팔뚝만 한 자물쇠가 액세서리처럼 주렁주렁 달려 있던 멕시코시티와는 비교할 수 없을 정도로 안전하다. 거리의 히네떼로들도 모히또와 싸구려 시가로 덤터기를 씌울망정 으슥한 골목에 끌고 가서 지갑이며 입고 있던 옷까지 홀라당 벗겨가는 짓은 하지 않으며, 바가지를 씌우려고 일부러 멀리 돌아가는 택시 기사에게 얼굴을 붉히며 언성을 높여도 해코지는커녕 마지막엔 손까지 흔들어주고 가는 게 쿠바 사람들이다.

그래서 우리가 쿠바를 여행하면서 이른바 안전에 대해 비로소 진지하게 의식하기 시작한 것도 한 달간의 첫 번째 여행이 거의 끝을 향해 갈 시점에서였다. 그날 아바나로 돌아온 우리는 까밀로와 비슷한 또래의 헝가리 남자와 맥주를 마시며 각자의 여행담을 풀어놓고 있었다. 그런데 그는 얼핏 보기에도 꽤 비싸 보이는 파나소닉 카메라를 무릎에 꼬옥 올려놓고 맥주를 마셨다.

"카메라 가방은 옆자리에 두지 그래."
"사실은 오늘 낮에 강도를 당할 뻔했거든. 아직 불안해서 말이야."

그가 말한 상황은 이랬다. 말레꼰을 따라 걸으며 사진을 찍다가 쁘라도 뒷길로 접어들 때쯤, 갑자기 흑인 청년 한 명이 뒤에서 자기를 끌어안고 옴짝달싹 못하게 만든 사이 또 다른 흑인 청년이 손목에 있는 시계를 끄르려고 하더란다. 순간 그가 마구 발버둥치면서 소리를 지르니까 글렀다고 생각했는지, 둘은 남자를 보고 씨익 웃더니 유유히 걸어서 저쪽으로 사라지더라는 것이다.

"근데 어처구니없는 건 대낮이라 주변에 사람들이 꽤 많았고, 심지어 저만치 경찰관 하나가 서 있는 것도 봤는데 전혀 신경도 안 쓰더라는 거야."

들고 보니 많이 놀랐겠다는 생각이 들긴 했다.

"여기 와보니까, 공산 정권이 무너지기 직전의 우리나라 모습이랑 많이 닮아 있다는 걸 느껴. 경제적인 어려움과 억압적인 체제에 불만을 가진 젊은이들이 점점 더 범죄의 유혹에 빠져들고, 또 그래서 그걸 억지로 억누르려다 보니까 억압은 더 강해지고, 그럼 또 불만이 더 커지고, 그러는 사이 체제라는 벽에는 구멍이 숭숭 뚫리는 악순환. 이게 80년대 말 헝가리의 모습이었거든."

그의 말은 꽤 그럴듯하게 들렸다. 특히 자기 나라의 경험에 비춰 오늘의 쿠바를 해석하는 대목에서는 어느 정도 고개가 끄덕여졌다. 그럼에도 불구하고, 최근 들어 외국인들을 상대로 한 날치기나 강도가 좀 늘었다고 쿠바 사회주의가 곧 망할 것처럼 넘겨짚는 건, 결국 그렇게 되고 말 거라는 예단이나 그랬으면 하는 개인적인 바람이 투영된 것일 수는 있어도 그 자체가 곧 진실은 아니다. 강력범죄 발생률이 세계 최고 수준인 미국에서는 수감자들 가운데 흑인들이 차지하는 비율이 날로 늘어나는 등 인종 간의 갈등과 격차가 갈수록 커져만 가고 있다. 하지만 그렇다고 해서 당장 유색인종들이 들고 일어나 미국 체제를 뒤집어엎을 것처럼 이야기한다면, 사람들은 그냥 '어느 반미주의자의 설레발' 정도로 치부하지 않을까. 그렇다면 쿠바도 그와 다르지 않다. 게다가 쿠바의 범죄율은 세계 어느 나라보다도 낮은 수준이다.

카페를 나와 집에 도착하기까지 우리는 머릿속으로 각자의 생각을 정리하느라 거의 입을 열지 않았다. 잘 자라는 인사를 나누고 각자의 방으로 들어가기 직전, 그래도 이 얘기만은 꼭 해야겠다 싶었는지 그 친구가 우리에게 손을 흔들며 말했다.

"그래도 쿠바를 떠날 때까지는 꼭 몸조심하도록 해."

그의 마지막 당부를 한 귀로 흘려들은 걸 두고두고 후회하게 될 줄은 그때까지만 해도 꿈에도 몰랐다. 정말 꿈만 같았다고밖에 표현할 길이 없는 첫 번째 여행이 끝을 향해 치닫던 마지막 날의 일이었다. 우리는 '이제 가면 언제 오나, 어야디야~' 하는 심정으로 거리의 풍경 하나하나를 기억 속에 담기 위해 아바나 시내를 하루 종일 걷고 또 걸었다. 페트병 뚜껑으로 야구를 하느라 정신없는 땟국물 줄줄 흐르던 아이들, 정신없이 놀고 있는 아이를 부르는 엄마의 신경질적인 목소리, 웃통을 벗은 채 동네가 떠나가라 음악을 틀어놓고 할 일 없이 앉아 있는 아저씨, 심지어 건들대며 다가오는 히네떼로 청년들조차 그렇게 정겹게 느껴질 수가 없었다.

하지만 아무리 아쉬워한댔자 흘러가는 시간을 멈출 수는 없는 법. 헤밍웨이가 즐겨갔다는 식당 바로 옆집에서 모히또와 럼을 마시면서

헤밍웨이가 즐겨갔다는 카페, 라 보데기타 델 메디오

시간을 보내다가 이제 문 닫을 시간이 됐다는 종업원의 말을 듣고서
야 까사로 발길을 돌렸다. 라빠엘 길을 따라 까사로 꺾어지는 골목에
들어서려고 할 때 우리의 아쉬움은 눈덩이처럼 커졌다. 잠깐 동안 서
로 눈빛을 교환한 우리는 약속이나 한듯 골목 끝에 있는 공원으로 향
했다. 공원 앞 가게에서 부까네로 두 병을 사서 벤치에 자리 잡고 앉아
지난 한 달간 기억나는 일들을 하나씩 끄집어내며 수다를 떨었다.

“트리니다드 바닷가에서 물놀이 했던 기억은 정말 평생 잊지 못할
거야.”
“그때 우리 옆에서 아바나 클럽 병을 들고 수영하던 친구들 기억
나? 덩치에다 팔뚝 문신은 영락없이 쿠바 조폭인데 불가사리 던지니
까 놀라서 막 도망갔잖아, 킥킥킥.”

우리가 이런 이야기를 나누는 동안 공원은 어느새 사람들로 가득
차 있었다. 아마 근처에서 토요일 밤의 파티를 즐기던 아이들이 못내
집에 가기가 아쉬워 몰려든 것 같았다.
그때였다. 갑자기 누군가 등 뒤에서 목을 휘감았다. 순간 ‘우리가
아는 애가 장난치나. 누굴까?’ 하고 생각했다. 롤란도는 이런 장난을
칠 애가 아니고, 그럼 까사 주인 딸내미 남자친구? 불과 1,2초밖에 안
되는 짧은 시간이었지만, 아바나에서 만났던 사람들의 얼굴이 스쳐 지
나갔다. 아니, 그럼 혹시…!
내가 기억하는 건 거기까지였다. 꿈을 꾸는 듯 아득한 어둠 속에
서 나를 부르는 소리가 들렸다. 어지러움이 몰려오고 토할 것만 같았

다. 여기가 어디지? 내가 술을 너무 많이 마셨나. 몸이 마구 흔들리더니 눈앞에 당황한 까밀로의 얼굴이 보였다. 그랬다. 우리는 강도를 당한 거였다.

내가 기절한 사이, 두 흑인 남자가 뒤에서 까밀로의 목을 조르고 또 다른 덩치 큰 남자가 바지 주머니를 뒤졌다. 그런데도 주변 사람들은 모두 쳐다만 볼 뿐 누구 한 사람 달려와 도와주는 사람은 없었다. 강도들은 까밀로가 반항하자 더 이상 주머니를 뒤지지 못하고 순식간에 줄행랑을 쳤다. 정신이 들자마자 옆에 놔둔 가방들이 떠올랐다. 여권! 그래, 가방에는 우리 둘의 여권이 있었다. 얼른 손을 뻗어보니 다행히도 여권이 든 가방은 그대로 있었다. 그제야 가슴을 쓸어내리고 다시 한 번 찬찬히 확인해봤다. 애초 공원에 올 때 배낭과 어깨에 메는 작은 가방, 그리고 낮에 산 그림과 선물이 들어 있는 쇼핑백 두 개를 들고 왔었는데, 그중 사라진 건 선글라스와 디지털 카메라가 들어 있던 가방 하나였다. 그나마 천만다행이었다.

그러는 사이, 주위에서 지켜보던 사람들이 하나둘 걱정스러운 얼굴로 우리에게 다가오는 게 보였다. 지금 생각해보면 미안한 마음도 들지만, 그때는 그 사람들 가운데 한 패가 있을지 모른다는 생각에 마구 소리쳤다.

"아무도 다가오지 마. 오지 말라구. 경찰, 경찰!"

다음날 멕시코시티로 가는 비행기 안에서도 그리고 멕시코시티에 머무는 동안에도 그날의 일이 내내 머릿속에 맴돌았다. 특히 당시 공원에 그렇게 많은 사람들이 있었음에도 불구하고 아무도 우리를 도와주지 않은 게 너무 서운했다. 항상 우리에게 친절하고 웃으며 잘해주던 쿠바 사람들이, 버릇처럼 연대라는 단어를 입에 달고 다니는 그들이 왜 그런 상황에서는 누구 하나 나서는 사람이 없었던 걸까.

그러나 시간이 지나고 찬찬히 되돌아보니, 결국은 우리의 잘못이었다. 늘 사람들의 시선이 집중되기에 그만큼 범죄의 표적이 되기도 쉬운 이방인들이 그 늦은 시간에 돌아다니면서 완전히 마음을 놓고 있었던 게 문제였던 거다. 괜히 쿠바 사람들을, 애꿎은 피부색을 탓해서는 안 될 일이었다.

까밀로,
드디어
콩가를 사다

　슬슬 여행 짐을 꾸릴 걱정을 할 시간이다. 여행을 할 때마다 드는 의문이지만, 막상 떠나려고 하면 왜 짐이 올 때보다 늘어 있는 걸까. 여기 와서 산 물건이라고 해봐야 그림과 포스터 몇 점에 엽서, 커피 잔, 싸구려 알람시계가 전부인데 말이다. 게다가 올 때 배낭에 잔뜩 넣어왔던 비누랑 야구공, 문구류 따위는 이미 다 나눠주고 없는데도 이러니 알다가도 모를 일이다.

　오비스뽀 거리에 있는 인터내셔널 서점에서 얇은 천으로 된 7CUC짜리 가방을 산 뒤, 상하 골목에 있는 호세 집으로 향했다. 예전에 까밀로가 콩가를 사고 싶다고 했더니 호세가 콩가를 만드는 친구를 소개해주겠다고 한 적이 있었다. 자기가 이야기하면 쓸 만한 콩가를 아주 싼 값에 살 수 있게 해주겠다고 하도 호언장담 하길래 까밀로는 여행이 끝날 때까지 돈을 꽁쳐 두었고, 오늘이 바로 소원을 성취하는 날이었던 거다.

　집에는 호세와 부인이 우리를 기다리고 있었다. 호세는 우리를 보자마자 옆집 문을 홱 열더니, 2주 전에 우리가 주변 이웃들에게 나눠주라고 부탁한 비누와 학용품을 전해줬다고 다시금 확인시켜 주며 한껏 뿌듯해했다. 호세 부부가 쓸 만큼 가지고 남는 거를 주라고 했던 건데, 호세는 그걸 또 인심 좋게 이웃들한테 죄다 나눠줬나 보다. 하여간 착해 빠져가지고는. 세상 물정에는 완전 까막눈인 호세가 한편으로는 좋으면서도 다른 한편으로는 걱정스럽기까지 하다.

호세가 앞장서고 부인과 우리는 그를 따라나섰다. 그래서 도착한 까예혼 데 아멜에서는 평일 대낮인데도 남자들이 벤치에 할 일 없이 앉아서 가끔씩 찾아오는 외국인들에게 음악 시디를 팔고 있었다. 호세는 골목 중간에 있는 집에 우리를 데리고 들어갔다. 그런데 왠지 이야기를 나누는 품이 호세 말처럼 자기 말 한마디면 껌뻑 죽는 절친 같지는 않았다.

이상하기는 했지만 호세 말은 어차피 몇 수 접고 들어야 한다는 걸 알기에 굳이 묻지는 않았다. 이윽고 남자가 작고 하얀 몸통에 빨간색 테두리가 칠해진 녀석을 가져 나왔다. 한눈에 봐도 10년은 썼을 법한 중고였다. 처음엔 50CUC를 달라는 걸, 한국까지 가져 가려면 가방도 사야 하고 관세도 물어야 한다고 뻥도 치고 애원도 하고 해서 겨우겨우 30CUC에 콩가를 넘겨받을 수 있었다.

"호세, 큰 것도 하나 사고 싶은데 콩가를 직접 만든다는 그 친구네 집은 어디야?"

콩가는 작은 거와 큰 거, 또는 큰 거 두 개를 나란히 놓고 연주하는 게 기본이다. 친구 어쩌고 하는 이야기는 호세가 그냥 하는 소리라는 걸 뻔히 알면서도 이렇게 물었더니 호세가 또 자기를 따라오란다. 그리고 골목을 나서자마자 어떤 중년의 남자에게 다가가서 잠시 대화

©Steph & Adam Kahtava

를 나누고는 이번엔 그 남자의 집으로 들어갔다. 텅 빈 거실에는 가재
도구 하나 없이 콩가 하나가 우리를 기다리고 있었다는 듯이 덩그러니
놓여 있었는데, 이번에도 중고였다. 까밀로가 몇 번 통통 두들겨보고
는 아주 만족스러워했다. 그러나 중년 남자가 부른 가격은 120CUC, 나
무로 된 몸통에 금이 가 있을 정도로 오래된 악기의 몸값치고는 터무
니없는 가격이었다.

"말도 안 돼요, 아저씨. 그 돈이면 새 것도 살 수 있다는 거 우리도
다 안다고요. 그냥 70CUC에 주세요, 네?"

하지만 아저씨는 요지부동이었다. 오히려 옆에서 지켜만 보고 있
던 호세더러 속사포처럼 말을 쏟아붓는데, 아마도 어디서 이런 애들을
데려왔냐는 이야기인 것 같았다. 결국 우리는 그 녀석을 포기하기로
했다. 그래도 아쉬운지 까밀로가 콩가를 계속 쓰다듬었지만 그 아저씨
에게 그런 큰돈을 덥석 건네고 싶지는 않았다.

우리는 다시 까예혼 데 아멜로 되돌아왔다. 그 아저씨도 미련이 남
았는지 거기까지 따라와서는 벤치에 앉아 있는 남자들에게 우리 이야기
를 했다. 그러자 남자들 가운데 한 명이 까밀로에게 목소리를 높였다.

"이봐, 친구. 당신 직업이 뭐요? 교수? 변호사? 사업가?"
"아뇨. 제가 그렇게 보이세요?"

"이렇게 여행을 다닐 정도면 아무튼 돈 많은 사람일 거 아뇨. 다른 외국인들은 200CUC 달라고 해도 잘만 사더구만."

그들은 우리가 외국인들이니까 비싸게 파는 게 당연하다고 했다. 외국인들은 모두 부자라서 그렇단다.

"아저씨, 우리는 콩가를 치고 싶을 뿐이지 부자가 아니에요. 몇 년 동안 힘들게 모은 돈으로 겨우겨우 여행을 온 거지, 당신들처럼 하루 종일 여기 앉아 빈둥대면서 불평만 늘어놓지는 않는다구요."
"말도 안 되는 소리 하지도 마쇼. 여기 오는 외국인들은 다들 돈을 펑펑 잘 쓰는데, 당신은 아까 저 집에서도 콩가 깎아서 샀지? 당신 같은 외국인은 보다보다 처음이요."

더 이상 대화가 안 될 것 같아 우리는 그쯤에서 돌아서고 말았다. 하긴 그 사람들이 그렇게 생각하게 된 이유가 짐작이 안 되는 건 아니었다. 그들이 지금까지 봐온 외국인들의 모습이 실제로 그랬으니까 그렇게 생각하는 것뿐인 거다. 호세는 싸고 좋은 콩가를 소개시켜 주지 못한 게 영 마음에 걸렸는지 잔뜩 풀이 죽어 있었다.

"괜찮아, 호세. 덕분에 멋지고 귀여운 녀석을 샀잖아."
"아냐. 내가 좀 더 알아볼게. 있다가 3시에 롤란도 만나기로 했다고 그랬지? 나도 갈 테니까 그때 싸고 멋진 놈을 하나 소개해줄게."

우리는 호세 부부와 포옹을 하고 콩가를 집에 갖다 놓으러 택시에
몸을 실었다. 뒤돌아보니 우리가 사라질 때까지 둘은 손을 흔들고 있
었다. 그게 우리가 본 호세의 마지막 모습이었다.

사람들이랑 나눠 먹을 케이크를 사들고 아바나대극장 앞에서 롤란도를 기다렸다. 지난번 롤란도 집에서 열린 주말 파티 때 자기네 밴드 연주도 들어볼 겸 한번 놀러오라고 우리를 초대했던 세사르의 집에 가기로 한 날이었기 때문이다.

평소에 항상 우리보다 먼저 약속 장소에 나와 있던 롤란도가 오늘따라 약속 시각이 한참 지나도 나타나지 않았다. 혹시 무슨 일이 생긴 건가 약간 불안해하는데, 30분이 지나서야 롤란도와 다비드가 헐레벌떡 달려왔다.

"많이 기다렸지? 늦어서 너구 미안해."
"괜찮아. 우리가 늦은 적이 거 많은걸, 뭐."
"헤헤, 사실 그건 맞아. 그런 점에서 너희들은 이미 쿠바 사람이야."

세사르 집 앞 골목은 집 안에서 흘러나오는 연주 소리로 꽉 차 있었다. 이런데도 동네 사람들이 불평 하나 하지 않는다는 게 신기할 따름이었다.

벨을 누르자 세사르의 부인이 그 긴 다리로 계단을 내려와 우리를 반갑게 맞아주었다. 그녀는 검은색 남방 위에 출입증 목걸이를 걸고 있는 걸로 봐서 관공서 같은 곳에서 일하는 것 같았는데, 옷차림이나 행동거지가 세련된 도시 여성의 이미지를 풍겼다.

그녀를 따라 올라간 2층 거실에는 악기들과 음향 기기들로 비집고 들어갈 틈이 없을 정도였다. 겨우 콩가와 콘트라 베이스 사이를 조심스레 지나 세사르가 손짓한 소파에 엉덩이를 걸쳤다. 웃통을 벗어 젖힌 채 기타를 들고 있던 세사르가 멤버들을 하나씩 소개해줬다. 팔뚝에 문신이 가득한 덩치 큰 베이시스트, 카키색 모자를 쓴 호리호리한 콩가 연주자, 깊고 선한 눈매가 인상적인 막내 키보드 연주자, 흰머리와 주름에서 연륜이 그대로 묻어나는 트럼펫 할아버지, 수줍은 듯 말이 없는 바야모 출신 바이올리니스트에다, 기타 치고 노래하는 세사르까지 해서 모두 6인조로 구성된 밴드였다.

다시 연주가 시작됐다. 우리 귀에는 완벽하기만한데 세사르는 그다지 마음에 들지 않는지 연주를 끊었다가 다시 시작했다가 또 끊기를 되풀이했다. 혹시 우리 때문에 신경이 쓰여서 그런가 싶어 화장실에 가는 척하고 집 안쪽을 구경했다.

그런데 쿠바에서는 꽤 알아주는 뮤지션의 집이라 멋지게 꾸며놨을 줄 알았더니 정반대였다. 벽은 페인트칠을 전혀 하지 않아 짙은 회색의 시멘트가 그대로 벌거벗고 있었고, 화장실 변기는 얼마나 오래됐는지 누렇게 변색돼 원래 흰색의 변기가 노랗게 된 건지, 노란색 변기에 흰색이 묻은 건지 모를 정도였다.

집에 있는 살림살이라고는 돌아가는 소리가 심하게 나는 낡은 냉장고와 우리가 앉아 있던 소파, 컵, 그릇이 전부인 것 같았다. 우리가 쿠바에서 가본 그 어떤 집보다도 낡고 단출한 세사르의 집은 부부의 이미지와 너무 달라서 진짜 두 사람이 여기서 살긴 사는 걸까 의심스럽기까지 했다. 아마도 세사르는 돈이 생기면 모두 음향 장비와 악기를 사는 데 쓰고, 남는 돈으로는 옷을 사 입는 듯했다.

두 시간 가까이 이어지던 합주는 역시나 지난번에 만났던 크리스띠나 아줌마가 시몬이라는 이름의 키 큰 백인 할아버지와 함께 나타나면서 마무리됐다. 세사르의 부인이 우리가 사온 케이크를 자르는 동안 세사르는 집에서 직접 담근 럼을 꺼내 사람들에게 일일이 따라줬다. 그는 나중에 잔이 부족해지자 작은 생수병 밑둥을 잘라 즉석에서 컵을 만들었는데, 그러면서도 민망해하는 기색은 전혀 없었다.

그렇게 먹고 마시면서 자연스레 사람들은 동그라미를 그리며 앉았다. 모두들 이야기를 나누고, 다 같이 노래를 부르고, 크리스띠나와 시몬의 시 낭송을 듣다가 또다시 노래를 불렀다. 어느새 해가 져서 어두워진 실내에는 백열등 하나만이 사람들의 얼굴을 비추고 있었고, 그 때문인지 아니면 럼과 분위기 탓인지는 몰라도 모두의 얼굴은 바알갛게 상기된 채였다. 이렇게 낭만적인 여행의 마지막 밤이 또 있을까. 자리를 파하기 전에 다 같이 세사르의 기타에 맞춰 욜란다를 부르는데 왈칵 눈물이 쏟아질 뻔했다.

이 노래는 그저 그런 평범한 사랑 노래가 아니랍니다

멈출 수 없는 충만함으로 가득한

너무나도 낭만적인 내 사랑의 이야기입니다

나는 당신을 사랑합니다 나는 당신을 사랑합니다

영원히 당신을 사랑합니다

당신이 내 곁을 떠난다고 내가 당장 죽거나 하진 않겠죠

하지만 언젠가 이 세상을 떠나게 된다면

그 순간만큼은 당신과 함께이고 싶습니다

그 순간 나의 외로움이 비로소 벗을 찾게 됩니다

나는 당신의 손길이 필요합니다

당신의 손 당신의 손

영원히 당신의 손길이 필요합니다

때때로 내가 패배했다고 느낄 때마다

그래서 아침의 태양을 보고 싶지 않을 때마다

당신의 얼굴을 바라보면서

당신이 내게 가르쳐준 기도를 외워봅니다

그리고 창가에서 당신을 불러봅니다

욜란다 욜란다 영원히 욜란다를…

　우리는 사람들과 일일이 포옹을 하고 세사르가 선물로 건넨 DVD
를 챙겨서 롤란도와 함께 집을 나섰다. 말레꼰에 있는 롤란도의 집 앞
에 이르러서 아버지에게 드리라며 낮에 산 아바나 클럽 스페셜 한 병
을 롤란도에게 건넸다. 나와 까밀로를 꼬옥 껴안는 롤란도의 눈가가
살짝 젖어 있는 게 보였다.

　"수진, 까밀로, 이제 내 여동생이고 형이야. 그러니까 다음번에 다
시 오면 그때는 꼭 우리 집에 묵는 거다, 알았지?"
　"응, 그럴게. 내일 공연 멋지게 잘하고, 다음에 꼭 다시 만나. 안
녕."

　차창 너머로 점점 작아지는 롤란도의 모습을 보면서 나는 언젠가
꼭 쿠바로 돌아오리라 속으로 약속했다.

　그때까지 행복해야 해, 롤란도.